徳 間 文 庫

情熱の砂を踏む女

下 村 敦 史

主な登場人物

新藤怜奈……スペインで闘牛士となった兄・大輔が死亡したことに疑念を持ち、スペ
　　　　インへやって来た。
新藤大輔……怜奈の兄。危険な技に挑んで死亡した。
アナ…………アパートで大輔が世話になっていた女性。
エンリケ……アナの夫。元闘牛士。
カルロス……エンリケとアナの息子。現役の闘牛士。
マリア………不動産会社勤務。大輔の恋人だった。
ホセ…………マリアの父。元闘牛士。
ガルシア……闘牛場の興行主。
ラファエル…ロマ《ヒターノ》の闘牛士。
ミゲル………酔いどれのベテラン闘牛士。

プロローグ

新藤大輔《しんどうだいすけ》は金色の砂場《アレーナ》に両膝をつき、赤茶けた門を睨《にら》み据えた。数千人の観客たちのどよめきが聞こえてくる。

「エスタス・ロコ？」

気でも狂ったのか？　とエンリケが声を上げている。

大輔は聞き流した。テーブルクロスを敷くように桃色の布《カポーテ》を砂場に広げた。金の衣装ごしに太陽の熱を感じた。深呼吸を繰り返す。桃色の布の両端を握る両手のひらが汗ばむ。

初めての技でも挑戦するしかない。生き残るためには成功させるしかない。もう自分には他に方法がないのだから――。

門が開け放たれると、周囲から声が消えた。自身の心音と息遣いが観客全員に聞こえている気がした。

大輔は数メートル先にある闇の出口を睨み続けた。

「来い、牡牛《トロ》！」

覚悟を決めて一度だけカポーテを波打たせた。闇の中から砂を蹴立てる蹄《ひづめ》の音がした。灰白色の角《つの》を剝き出した真っ黒い牡牛が飛び出してきた。砂煙を巻き上げて突進してくる。

尖った角が迫る。大輔は腰をひねり、カポーテを右肩のほうに舞い上げた。牡牛を体の右側へ導こうとした。零《れい》コンマ一秒だけ視界を遮った桃色の布がなくなった瞬間、目の前に角があった。

やばい――。

体を横ざまに投げ出そうとした。車に撥《は》ねられたような衝撃。全身が浮き上がった。景色が反転する。視界一杯に砂場が広がる。腹は牡牛の頭に張りついたかのごとく離れない。

突かれた！

牡牛が跳ね回るたびに体が弾《はず》んだ。腹部に飲み込まれた角を握り締め、両脚をばたつかせる。舌に錆びた鉄粉の味が滲《にじ》んだ。口から血煙がしぶき、砂場が朱色に染まった。

「ディオス・ミーオ（何てこった）！」

エンリケの叫び声が聞こえた。逆さまになって霞む視界の中、カポーテを持って駆けてくる仲間たちの姿が見えた。

牡牛が鼻面《はなづら》をかち上げると、宙に放り出された。砂場が視界から遠のき、停止し、目の前に広がった。叩きつけられた瞬間、呼吸が止まり、続けてむせ返った。

倒れ臥《ふ》していると、複数の足音が駆け寄ってきた。何が何だか分からないうちに担ぎ上げられた。次々と言葉が浴びせかけられる。聞き慣れたスペイン語は未知の言語同然に聞こえた。

しかし、仲間たちに運ばれる中、薄ぼんやりと現実は認識した。
ああ、自分は一か八かの技に失敗したんだ——。
光の世界が遠のき、薄暗い通路の天井が視界に滑り込んできた。

1

成田《なりた》空港からアムステルダム経由でマドリードに着くと、新藤怜奈《れいな》はバラハス国際空港に降り立った。

紺地に白文字で『TAXI』と書かれた標識を見つけると、怜奈は付近で手を挙げた。タクシーが停まった。白いボディーに斜めの赤線が入り、熊がイチゴノキの実を食べている市章が描かれている。フロントガラスには、空車を示す『LIBRE』のプレート。

ドアを開けると、中型のスーツケースを持って乗り込んだ。「オラ」と挨拶をし、「プエルタ・デル・ソル、ポル・ファボール（プエルタ・デル・ソルまでお願いします）」と告げた。

運転席下方のメーターがカチャカチャと音を立てはじめる。ラジオが結構な音量で流れている。

怜奈は雑音を気にしないようにし、ミラーの横にぶら下がる聖画像に目を向けた。

老年の運転手は平然と八十キロほど出し、旧市街へ飛ばした。十分ばかり走ったとき、運転手が前を向いたままスペイン語で訊《き》いた。

「あんた観光客かい？　中国人《チナ》？」

「日本人《ハポネサ》です」

「ハポネサねえ。スーツケースを持ってなきゃ、観光客には見えなかったよ。観光で来たなら――」

赤信号に差しかかり、運転手はタクシーを停めた。歴史を感じさせる建造物が並ぶ十字路だった。彼は灰皿にたまった煙草《たばこ》の吸い殻を窓から捨てると、「観光で来たなら、ここには見るべきものがたくさんあるよ」と陽気な笑みを見せた。

軽く相槌《あいづち》を打ったとき、「牡牛《トロ》」という単語が聞こえた。ラジオに耳を傾ける。

「――ナンド牧場の三頭の混成出場。アントニオ・ガジャルド一頭目口笛《ビートス》、二頭目拍手《パルマ》、ロベルト・ラモン一頭目一周《ブエルタ》、二頭目ブエルタ――」

暗号めいた単語に小首を傾《かし》げると、バックミラーごしに運転手と目が合った。

「パンプローナであった闘牛のニュースだよ。闘牛に興味は？」

返事に窮した。闘牛は嫌いだ。兄を殺した闘牛――。兄が魅《み》せられた理由すら理解できない。

「最近は日本人も活躍していたんだよ」運転手は言った。「ダイスケ・シンドウを知ってるかい？　まあ、不運にも角にやられちゃったんだけどね。結構いい演技してたよ」

兄の演技の内容は全て知っている。兄は闘牛に出場するたび、ビデオを送ってきた。個人で撮影された粗い映像だった。『俺の闘う姿を見て勇気を得てほしい。バレエに打ち込んでいたときのような勇気を取り戻してほしいんだ』が兄の口癖だった。

自ら危険な行為に及ぶ姿を見て勇気を得る？　理解できない考え方だった。だから兄には何度も反発した。

「自分から檻に入って猛獣を挑発することが勇気？　命知らずの暴走族が山道でタイムを競う姿を見て格好いいと思える？　ただの死にたがりとしか思えない」

自ら命を危険に晒《さら》す兄が理解できなかった。だから兄の価値観を否定し、スペインへの誘いも断り、応援しようとしなかった。寂しげな表情をしていた兄の顔だけが記憶に残っている。

怜奈は下唇を嚙むと、運転手の話には応じず、無言で外に視線を投じた。

中世の面影を残している大都市だ。マドリード市内では一戸建ての建築が禁じられているため、全ての建物は数階建ての集合住宅やホテルやデパート、尖塔が突き出た教会ばかりだった。極端な凸凹がなく、整然とした雰囲気がある。

目的地に着くと、代金を支払い、素っ気ない態度を詫びる意味を込めて二割のチップを渡した。老年の運転手は特に喜ばず、「グラシアス」と礼を言っただけだった。

プエルタ・デル・ソルはマドリード自治州政府庁舎に面した半円状の広場だ。プレシアドス通りやカルメン通り、アルカラ通り、サン・ヘロニモ通りなどが放射状に集まっている。道路では耳をつんざくクラクションが鳴り渡っていた。焦熱の陽光が排ガス混じりの空気を貫いている。

怜奈は目的地の住所が書かれたメモに視線を落とすと、中型のスーツケースを引きながら広場内へ進み入った。

噴水の周辺では、若者たちが地べたに座り込んでいた。カルロス三世の騎馬像を囲む鉄柵の前では、腰の曲がった白髪の老婆がパンくずを撒《ま》き、何十羽もの鳩《はと》を足元に従えている。

怜奈は早くも額に滲みはじめた汗をハンカチで拭うと、ブラウスの襟元《えりもと》をパタパタと煽《あお》いだ。石畳を踏み締めるたび、靴底を通して熱さが感じられそうだった。

広場は鉛灰色の建造物に八方を囲まれ、半分が影になっている。真夏の陽光を避けるため、日陰を選んで歩いた。

熊がイチゴノキの実を食べている像の周辺は、待ち合わせする人々で埋まっていた。カフェの前の舗道には丸テーブルが並び、老人や若者がコーヒーを飲みながら談笑していた。隣にアコーディオン弾きが立ち、賑やかな音楽を奏でている。

異国の地に降り立った実感が湧いてきた。兄が人生の一部を捧げ、骨まで埋めた国だ。巻き舌交じりの早口でまくし立てられるスペイン語の喧噪。情熱や官能すら混じっていそうな空気。兄もこの広場を散歩し、異国の雰囲気を体じゅうに感じたのだろうか。

もう一度メモで住所を確認すると、カフェの人々を横目に進み、アコーディオンの音色《ねいろ》を背に、奥まった路地に足を踏み入れた。

旧市街の路地は迷路のように入り組んでいた。両側に石造りで数階建ての集合住宅が並び、完全な日陰になっている。表通りとは対照的な場所だ。広場が光なら路地は影だと思った。薄暗い谷底を歩いている気分だ。石のにおいが立ち込めていて、中世ヨーロッパにタイムスリップした錯覚に陥る。

路地裏へ進み入ると、舗道には路上駐車された車が切れ目なく並び、鉄細工の装飾が施された街灯があった。建物の陰にはゴミ袋や自転車のフレーム、歪んだ乳母車、錆びたオリーブ圧搾機が転がっている。

下品な落書きだらけの壁の前では、漆黒のローブの老婆が段ボール紙に座って物乞いしていた。白く濁った焦点の合わない目を向け、汚れた手のひらを無言で差し出している。

怜奈は視線を逸らして通りすぎたものの、舞い戻り、五ユーロ紙幣（約六百五十円）を手渡した。老婆は表情を変えず、「あなたに神のご加護がありますように」とつぶやき、真横にある薄汚れた段ボール箱に紙幣を落とした。

神の加護なら自分より兄にあってほしかった、と思いながら歩きはじめた。スーツケースの車輪が石畳上をカラカラ転がる音だけが響いている。

五分ほど歩いて目的地を見つけると、角を曲がった。両側の建物の壁に黒人の青年二人がもたれ、通路を遮るようにバスケットボールをV字にバウンドさせ合っている。怜奈は二人を交互に横目で見ながら歩を進め、パスの切れ目をついてあいだを抜けた。

目的のアパートに着いた。鉄柵のついた小さいバルコニーがある赤ばんだ石造りの建物だ。ドアの前に立つと、緊張した。

静かに息を吐き、チャイムを鳴らした。背後からは、バスケットボールがバウンドする音が聞こえてくる。

一分ほど待つと、部屋着姿の中年女性がドアを開けた。

豊かな黒髪が内側にカールし、卵形の顔を縁取っていた。目尻に細かい皺《しわ》が寄り、ファンデーションでも隠しきれない年月の重みが現れている。アナ・ロペス・ディアスだった。

兄は彼女の家族に六年間も世話になっていたのだ。

兄が暮らしていたとはいえ、日本語が話せないのは知っている。怜奈はスペイン語で話しかけた。

「レイナ・シンドウです」

彼女は「ええ《シィ》」とうなずき、神妙な顔つきで「アナと呼んでちょうだい」と答えた。

抱擁され、両頬にキスを受けたとき、彼女のローズのような香水の香りが鼻をついた。

怜奈は頭を下げた。

「兄が長いあいだお世話になりました」

「こちらこそ」アナが寂しげに微笑した。「この六年間、家族がもう一人増えたみたいで楽しかったわ」

「兄も喜んでました。日本に帰ってくるたび、スペインはいいところだ、親切な人間が大勢いる、って繰り返してました」

「レイナも遠慮せず滞在してちょうだい」

兄の訃報を知ったのは、兄がスペインの地で葬られた二日後だった。引っ越しをしたばかりで、アナからの連絡が通じなかった。後から兄の死を知り、動揺した。

闘牛という命懸けの世界で生きているのだから、いつかは――と覚悟はしていたつもりだったが、所詮、つもりだったらしく、いざ現実になるとショックは大きかった。何日も打ちのめされ、何も考えられない日々が続いた。

だが――。

兄はなぜ危険な技に挑んだのか――。

疑念が浮かび上がってきたとき、居ても立ってもいられず、アナに連絡を取ってこうしてスペインへ飛んできた。兄の死に目にも会えず、兄を送ることすらできなかったから、兄のために何か自分にできることがあるなら――と思った。

それは贖罪意識《しょくざいいしき》だった。

「それにしても、スペイン語が上手なのね」

怜奈は気持ちを切り替え、控えめに笑みを返した。

「外語大学で学んだんです」

「スペインに長年住んでいるアメリカ人のスペイン語よりうまいわよ。それだけ喋《しゃべ》れたら、現地人に間違われると思うわ」

お世辞でも嬉しかった。

スペイン語は最も日本人向けの言語だ。母音は日本語のものとほぼ同じ発音だし、何度聞いても正確に発音できない英語と違い、話すのも聞き取るのも比較的楽にできる。特殊な子音の読み方はいくつかあるものの、それさえ覚えてしまえば後は全部ローマ字読みで問題ない。たとえ専門用語が並んだ新聞でも、声に出して読むことだけなら簡単にできる。

唯一、授業でも苦しんだのは、人称や時制で動詞の語尾が五十数種にも変化することだった。しかし、それもスペイン人の教授との対話で自然と使いこなせるようになった。

「外語大学には兄の勧めで進学したんです。バレエから逃げ出した私に、『スペインはいいところだ。いつか絶対に来ることになるから、特に目標がないなら外語大学に進め』って言って、自分が何年も働いて貯めたお金を出してくれたんです」

アナはうなずくと、突然思い出したように「あっ、夫を紹介するわね」と言い、廊下の先に向かって声を上げた。「あなた！」

奥の部屋のドアが開き、姿を現したのはエンリケ・ナバーロ・ロドリゲスだった。兄からの手紙と写真で顔と名前は知っている。スペイン人は父親と母親の姓が一つずつ並んで姓が二つある上、結婚しても名字が変わらないからフルネームは覚えにくい。

「よく来てくれたね。心から歓迎するよ」

エンリケは黒髪を波打たせ、角張った相貌をしていた。表面的な優しさの下に潜む顔は、苦悩と闘いを重ねてきた男に相応《ふさわ》しい力強さを持っている。

怜奈は自己紹介すると、異国の風習に従って抱擁と両頬へのキスをした。

挨拶を終えると、二人に促されてアパートに入った。一階が煙草屋になっているため、玄関の真ん前に階段がある。

「アナの両親が遺《のこ》してくれたんだ。私たち一家と私の親友の父娘しか住んでいないから、遠慮はいらない。ずっと使われていない部屋がある」

「……兄の部屋じゃ駄目ですか？」

「ん？　構わないが——平気か？」

「兄が生活していた場所がいいんです」

「分かった。内装はそのまま残っているよ。服や小物にも手はつけていない。最初に触るべきなのは君だと思ってね。スーツケースは私が運ぼう」

エンリケは取っ手を摑《つか》んで持ち上げると、廊下を進んだ。一瞬、彼の歩くリズムに違和感を覚えた。注意深く観察しないと気づかない程度だったが、彼は稀《まれ》に右脚を引きずるようにしていた。

「あの、脚は……」

口にしてから失礼な質問だったと思い、怜奈は唇を引き結んだ。

「古傷でね、心配いらんよ。日常生活に不自由はない」エンリケは自嘲ぎみに笑った。「この傷のせいで血と一緒に勇気が流れ出てしまった。だから髷《まげ》を切った――。つまり闘牛士を引退したんだよ」

闘牛の危険性をまざまざと見せつけられたような気がした。怪我や死が身近にある世界。兄は一体闘牛の何に惹かれたのだろう。

階段を上り、二階にある一番奥の部屋に案内された。日本のアパートと違い、建物内に部屋があるから小さな洋館という印象だ。

アナがドアを開けると、怜奈は室内に進み入った。

紅海老茶色《べにえびちゃいろ》をした幾何学模様の絨毯《じゅうたん》が色鮮やかだった。ネイビーの掛けカバーが綺麗な天然木のベッドがあり、同色のクッションが枕元にある。ナイトテーブルにはカボチャ形のランプが置かれ、壁にはオレンジを描いた絵画が飾られていた。紫紺の一人用ソファ、窓ガラスを薄く覆うレースのカーテン、木彫りのタンス、牛と向かい合った闘牛士を描いたポスター二枚――。

「どう?」アナは訊いた。「気に入りそう?」

「はい。いい部屋ですね」

闘牛士を描いたポスター以外は。

「……ダイスケは綺麗好きだったわ」

「昔から整理整頓が趣味みたいな性格でしたから」

「あたしが『日本人は礼儀正しいわね』って言ったら、『真面目すぎて息抜きを知らない働きアリみたいな人種ですよ』って笑っていたのを覚えてる」

「でも、働きアリじゃない人間もたくさんいますよ」

怜奈は苦笑いしながら、バレエから逃げて何の目標もなく惰性で生きている私みたいな人間もいるから、と心の中で付け足した。

八歳でバレエアカデミーに入門した。比較的裕福な伯母は、レオタードなどの衣装代も喜んで出してくれた。

入門後は、体の向き、腕の角度、脚の開き方、振り付けやポーズを徹底的に学んだ。幼いころから体が柔らかく、新体操さながらのポーズも比較的容易だった。

十二歳のときに地元のバレエ団に入団し、十五歳のときにコンクールの中学生の部で第三位に入賞した。高校時代は小さな舞台で主役も何度かこなした。

しかし、悪夢は高校三年生の六月に起きた。日本バレエ協会の支部が主催する予選を奇跡的に通過し、全日本バレエコンクールのジュニアの部に出場したときだ。先生からは、『あなたの実力なら入賞は可能よ』と言われていた。

初日のアンシェヌマン――コンクール当日に振りつけを与えられて踊る審査――は、基本的な技術の習熟度が高かったから、順番に追われて形が乱れるようなことはなかった。問題は二日目の課題曲Aの審査だった。リハーサルでは大丈夫だったのに、中学時代のコンクールや地元の少人数の舞台とは比べ物にならない規模に緊張し、全身が震えた。踊りをはじめた直後だった。心臓が痛いほど高鳴り、指先に神経が行き届かなくなり、動作が乱れた。二度もつまずいた。顔を上げた先に広がっている審査員の目、目、目、目、目――。

心臓は破れんばかりに早鐘を打ち、このまま死んでしまうのではないかという恐怖心に支配された。大粒の汗がしたたり、視界が反転するようなめまいを覚えた。もう踊ることはできなかった。

なんとか続けなきゃ――。

挽回しなきゃ――。

焦れば焦るほど体が石のように硬直していく。

結局、逃げるように舞台から引っ込んだ。

バレエ団の名前を汚《けが》した者への容赦ない眼差しに怯《おび》え、何日も顔を出せなかった。居心地が悪くなり、被害者意識に囚《とら》われ、結局、バレエ団を辞めた。

それ以来、本気で何かに打ち込むことがなくなった。人生の目標が消えた。他人を拒絶し、心に殻を作った。

「ベッドのシーツを女の子らしいものに替える？」

アナが訊くと、怜奈は首を横に振りながらタンスを引き開けた。トレーナーや擦り切れたジーンズ、日本製のタオルが納められている。兄が生活していた部屋だ。何も替えたくない。

「そういえば……」怜奈は肩ごしに振り返った。「兄が活躍していたころの新聞はありますか？」

エンリケが答えた。

「全部とってあるよ。見たいなら持って来よう」

「最後の闘牛の新聞も？」

「あるが……読むとつらくなるかもしれんぞ」

「構いません。現実と向かい合いたいんです」

エンリケは「分かった」と答えると、スーツケースをベッドの前に置き、廊下へ消えた。アナは「じゃあ、ゆっくりしてね。あたしは昼食の準備をするわ」と言い残して出て行った。

怜奈はベッドに腰を沈めた。

兄が死んで、ついに独りぼっちになってしまった。

優しい両親が健在なら最高だったのに、一体何が原因で歯車が狂ったのだろう。

母は高校のころ、友達に連れられて観戦したボクシングの試合で、父と出会ったという。

父はバンタム級の四回戦ボクサーだったらしい。

飛び散る汗と命の躍動感——。

体を張って闘う姿が格好よく、当時交際していた同級生の男子とは比べ物にならなかった。母は一目で惹かれ、彼氏と別れて父と付き合いはじめた。

母は妊娠を機に結婚した。その二年後、父は網膜剝離《もうまくはくり》という目の病気でボクシングを辞めることになったという。そして、家族のために建設現場で働きはじめた。

怜奈が生まれたのはその後だった。

子供のころは家族四人、仲良く、楽しい思い出が記憶に残っている。クリスマスも常に一緒に祝っていた。兄が欲しがった、レール上を走る機関車の模型も、サンタクロースのプレゼントで、みんなで周回する様を楽しんだ。

幸せな毎日だった。

だが——。

怜奈が六歳のころに公園の遊具から転落し——輸血も必要な大怪我で、内ももには目を凝らさないと分からない程度だが、今も傷跡が残っている——、手術したころから、父が母を怒鳴る光景を見るようになった。平手打ちも目にした。母は頰を赤く腫《は》らしながら泣いていた。

怜奈は自分を責めた。

母が目を離した隙に、母に禁止されていた遊具で勝手に遊んだ結果の事故だった。母が悪いわけではない。

仲良くしてほしかったが、両親の関係は修復不可能だった。父が手を上げたころから、決定的になったのだと思う。

「これからはお母さんと三人で暮らすから」

母はそう言った。

父との離婚が成立した後、母は二人の子供を育てるため、パートを掛け持ちして朝から晩まで働いた。日増しに頬がこけ、顔色が悪くなった。きめ細かかった肌はくすみ、三十代なのに白髪染めが必要だった。女優顔負けの容姿は見る影もなくなっていた。

一年後、母は過労で倒れて入院した。五度目の見舞いで冷たくなった母と対面した。

それからは伯母の家に引き取られた。伯母は親切だった。母が苦しい生活を相談しなかったとはいえ、助けられなかったことに罪悪感があったに違いない。

伯母たちは優しくしてくれたものの、なかなか心を開くことはできなかった。

気がつくと、世の中を斜めから見るようになっていた。冷めた言葉を口にする自分に話しかけてくれるのは、兄だけだった。

その後、兄は定時制高校に進み、仕事をしながら勉強した。卒業後は父のように建築現場で働いた。

何げなくナイトテーブルに視線を落としたとき、背中を向けている写真立てを発見した。取り上げて表に向ける。兄が写っていた。金糸刺繍の派手なチョッキを身につけ、外もも部分が金色で内もも部分が青いズボンをはき、剣と真紅の布を持っている。闘牛の衣装だった。

ああ、兄が命を懸けた闘牛――。

怜奈は写真立てを胸に抱きかかえ、目を閉じた。

――俺、スペインに行って闘牛士になる。

兄が宣言したのは二十二歳のときだった。冗談のような話だった。最初は笑い飛ばし、「知ってる？　スペインじゃ日本語は話されてないのよ」とからかったのを覚えている。

「実はな、夢を見るんだ。闘牛場で牛と闘う自分の姿だ」

「何で急に闘牛なの？　テレビの特集番組でも観て毒された？」

「男心を燃え立たされた、って言ってくれよ。自分でも理由は分からない。中学校のころに夢で見て以来、頭から離れないんだ」

結局、兄は挨拶レベルの会話も危ういままスペインに渡った。伯母が滞在先を見つけ出したのだ。闘牛に関係深いエンリケたち一家が住むアパートだった。

伯母は『海外旅行でスペインを訪ねたとき、闘牛を見た帰りに彼ら一家と知り合ったの』と言っていた。兄に危険なことをしてほしくなかったため、兄にとっては幸運でも、妹にとっては不運だった。

怜奈は目を開けると、写真立てを下向きにしてナイトテーブルへ戻した。闘牛関連のものを見ていたらつらくなる。

それにしても——全く分からない。兄が『毎晩夢に見るんだ』と語ったほど闘牛に惹きつけられた理由も、『俺の闘う姿を見て勇気を得てほしい』とビデオを毎回送ってきた理由も、一度も見せたことがない危険な技に突然挑んだ理由も、何もかも。

革靴の音が聞こえた。顔を向けると、エンリケが段ボール箱を抱えて入ってきた。怜奈は礼を述べ、箱を受け取った。闘牛が嫌いでも、目を通さなくてはいけないときがある。

古い日付の新聞を手に取ると、スポーツ欄を広げた。サッカーのレアル・マドリードの連勝を報じる記事、バスケットボール中の珍事件を報じる記事——。闘牛に関するものが載っていない。

怪訝《けげん》に思いながら顔を上げると、エンリケは新聞を覗き込み、謹厳な顔で言った。

「スポーツ欄にはないよ。専門のページがあるんだ。新聞に闘牛の記事を書くのはスポーツライターではなく、闘牛評論家だからね。闘牛はスポーツじゃないんだよ」

彼は闘牛のページを開き、記事で用いられる専門用語の解説をしてくれた。口笛《ピートス》は、ブーイング程度には観客が反応したという意味。拍手《パルマ》は、親しい者がまばらな拍手を送ったという意味。一周《プエルタ》は、砂場を一周して観客たちに挨拶できる演技をしたという意味――。

説明を聞き終えると、タクシーで耳にしたラジオを思い出した。暗号めいた単語は、闘牛士の成績を告げていたらしい。

怜奈は新聞に順番に目を通した。一度の闘牛のたびに数紙買ってあるため、結構な量があった。どれも兄の扱いは小さかった。毎回様々な評価がされている。

『三十六番は脚の速い牡牛だった。ダイスケ・シンドウは扱うのに苦労していた』

『四十一番を一度で仕留めたとき、歓声が上がった』

『六頭の中で最も重い二十七番を相手に、東洋の闘牛士は二度もケープを奪い取られた』

『七番は角が外を向いた危険な牡牛だった。日本の勇敢な青年は、衣装をかすめる角にも負けず、なかなかの演技をした』

兄の活躍を報じた記事を読み終えると、怜奈は質問した。

「三十六番とか四十一番っていうのは牛の番号ですか？」

「ああ。闘牛に同じ牛はいないからね。一頭一頭番号がつけられている。記事やニュースでは番号しか用いられないが、牛にはそれぞれ名前もあるんだよ。闘牛場に行けば、掲げられたプラカードに記されているから分かる。まあ、牛の名前なんて誰も覚えちゃいないがね。三十分足らずで散る命だ」

「……この新聞、貰ってもいいですか？」

「もちろん構わんよ」

「ありがとうございます」

頭を下げたとき、アナの声が聞こえてきた。

「昼食の準備ができたわ！」

怜奈は新聞を段ボール箱に戻すと、ベッドの下のスペースに押し込んだ。エンリケに続いて階段を下りたとき、玄関のドアが開いた。バッグを提げた若い女性が入ってきた。肩までの黒髪をストレートに近いソバージュにし、目が大きく鼻筋の通った美人だ。U字に襟の開いた黒いシャツが豊満な胸を包み、赤いミニスカートが伸びやかな太ももを際立たせている。

エンリケは女性と抱き合うと、両頰にキスを受け、振り返った。

「紹介しよう。親友の娘の――」

「マリアよ」女性はエンリケの横を通り抜けた。

「私は怜奈です。綺麗な名前ですね」

「聖母マリア様の名前をいただいているの」

カトリックでは赤子に聖人の名をつけ、その加護の下、敬虔に生きなければならない、との教えがあることくらいは知っている。新憲法発布前、教会は洗礼のときに聖者たちの名前しか受けつけてくれなかったという。

マリアは柔らかにほほ笑み、両手を広げた。怜奈は体を寄せ合うと、彼女の頬の両側で唇を鳴らした。

「……レイナは大丈夫？」

「何もかも突然で、まだ混乱しています。それでも、覚悟はありましたから」

強がりだった。

「そう。でも、私は――」マリアは悲しげに眉を寄せた後、かぶりを振った。「何でもないわ」

怜奈はマリアの横顔を窺《うかが》った。彼女は追想するような視線を廊下の壁に向けている。

もしかしたらマリアは――。


昼食を最重要視するスペインだけあり、テーブルにはボリュームたっぷりの料理が並んでいた。

前菜はアボカドと海老だ。メインである鹿肉のステーキの横には、ピーマン、栗、ポテトが添えられていた。トマトペーストを塗ったトーストが切り分けられ、グラスには葡萄《ぶどう》酒が注がれている。

「豪勢ですね」

素直な感想を述べたとき、男がダイニングに入ってきた。漆黒の長髪を後ろでくくり、闘士を思わせる容貌をしている。ワイシャツから覗く日焼けした腕は筋肉質だった。

「マリアの父親のホセよ」アナは言った。「一階の煙草屋を経営しているの。ホセ、彼女はレイナ。今日からうちに住むことになった新しい家族よ」

ホセは眉間に皺を寄せ、「ああ」と素っ気なくうなずいた。渋い表情のまま席につく。

「……愛想がないわね、ホセ」アナは言った。「レイナが嫌われてるのかと思っちゃうわ」

ホセは引き締まった喉元を撫でると、顔を上げた。

「……すまない」

「平気です」怜奈は言った。「気にしないでください。突然、押しかけてきた私が悪いんです」

「違う、違うんだよ。私は、その……今日は疲れていてね。君の存在を迷惑がっているわけじゃない。ダイスケの妹が来るって話は聞かされていたからね」

穏やかな口調とは裏腹に、このアパートに住むことに賛成されていない気がした。

ホセは当惑がちに立ち上がり、「よろしく」と両腕を広げた。ハグとキスをした。バレエダンサーとして武器になった高めの身長だが、百八十センチ近い彼の前ではキスに背伸びが必要だった。

アナとエンリケが夫婦で向かい合って座ると、怜奈はホセを一瞥《いちべつ》した後、マリアと相対して椅子に腰を下ろした。食事中は、アナの手料理に舌鼓を打ちながらマリアと他愛もない会話を交わした。

不動産会社の会計課秘書をしている二十四歳の彼女は、朝九時から昼の二時まで仕事をし、昼寝《シエスタ》の時間に一時帰宅して家族と食事し、再び出社して四時から八時まで働いているらしい。

「EC加盟後はね、商店やオフィスなんか徐々にヨーロッパタイムをとりはじめたから、シエスタの時間を短縮しだしてる。でも、私の会社はずっと伝統を守っているわ。家族と食事する時間の大切さを分かっているのよ」

スペインでは、家族と食事を楽しんだり、短い睡眠をとったりするためにシエスタの習慣がある。商店や会社も二時から四時まで一斉に休みになる。しかし、ヨーロッパの仲間入りをするにつれ、その習慣は薄れはじめているらしい。残酷で危険な闘牛も同じように薄れていたら、兄は死なずにすんだ。家族と団欒《だんらん》するシエスタの時間を短縮するより大切だったのではないか。

怜奈はトーストを齧《かじ》り、葡萄酒を流し込むと、失礼を承知で正直な気持ちを告白した。

「……実は私、闘牛が好きになれないんです」

一瞬の沈黙があった。

アナはフォークを持ったまま、「無理もないわ」とうなずいた。エンリケは視線を上げ、静かな口調で言った。

「好き嫌いは当然だろう。我々スペイン人ですら、全員が認めているわけじゃない」

「そうなんですか？　誰もが闘牛を好きだと思っていました」

「世論調査では半数が無関心や反対を示している。牛を殺さなければ構わないという意見や、全面禁止を支持する意見もある。闘牛は文明国にとって時代錯誤な代物《しろもの》だと非難する者もいるよ」

「だったらなぜ続いているんですか？」

「……うむ、そうだな。言ってみれば闘牛はスペインの歴史なんだ。最初の闘牛が現れたのは十二世紀前後だ。十六世紀になると、国王の戴冠《たいかん》や婚礼や王子誕生——他にも戦勝記念や宗教的な祝い事に際して行われるようになった。現在の形の闘牛が生まれたのは、十七世紀の終わりごろと言われている。フェリペ五世に敬意を表するために闘牛が催され、ケープが使われた。消えてしまうほど浅いものではない」

「でも、昔から反対する意見はあったんでしょう？」

「ああ、むろんだ。一八六〇年以降は、民主派や共和派の勢力が強くなると、闘牛を批判する声も強くなった。闘牛士の怪我や死亡事故が起きるたび、議員たちが禁止を訴えたんだ」

「人が死んだりしたのに続けられたんですか？」

　エンリケは前菜の海老を口に運ぶと、葡萄酒を傾けた。

「サッカーやボクシングでも選手が死ぬことがあるだろう？」

「スポーツの最中の死は完全な事故です。自ら危険な行為をするのとは別です」

「レイナの意見は間違っていない。スポーツと闘牛は全く違う。だからこそ、安全な競技にはない真の感動を生む。昔はね、『闘牛が消えたスペインは死ぬ』とまで言われていた」

「私には――分かりません。闘牛は格闘技とも比べ物にならないくらい危険です。闘牛士は死ぬ可能性があるし、牛は絶対に殺される。野蛮だと思います」

「では、狩猟をどう思うかね？」

「……生きるために必要なら仕方ないと思います」

「狩猟を趣味にすることは？」

「動物を撃って楽しむのは好きになれません。でも、狩りではたとえわずかでも獲物に逃げるチャンスがあります。一方、闘牛の牛は闘牛場に閉じ込められ、逃げることも許されず絶対に殺されます。しかも、動物が苦しまないように一発で仕留める狩猟と違い、闘牛は牛に銛《もり》を打って走り回らせたあげく、最後に剣を突き刺して殺してしまいます。嬲《なぶ》り殺してる気がするんです」

「闘牛士《マタドール》は動詞の〝殺す《マタール》〟が語源だ。その名のとおり、確かに牛は必ず殺される。だからこそ牛は勇敢に闘い、人間は勇気を持って対峙《たいじ》しなくてはいけない。私に言わせれば、見方の違いだよ。猟師は遠くの安全な場所から猟銃で動物を仕留める。しかし、闘牛は違う。闘牛士は牛の角の真ん前に身を晒すから観客が興奮するんだ。猟師と違って人間も命を懸けているんだよ」

「でも、暴力的なイメージがあるんです」

「言いたいことは分かるよ。実際、『闘牛が禁じられたら、牛を殺す代わりに異端審問で異端者を焼くだろう』と言ってのけた者もいた。つまり、暴力的欲望を適度に発散させなければ、鬱積した衝動が人間に向くという考え方だ。しかし私は違うと思っている。闘牛というものは暴力的欲望の代償行為ではないはずだ。闘牛士は危険の中に美を作り出し、踏みとどまる勇気を示し、死に打ち勝たなくてはいけない。闘牛は素晴らしいものだ」

「でも私は——」

ムキになりすぎたと気づき、怜奈は慌てて口を閉じた。他人が人生を捧げたものを否定する権利は誰にもない。目標もないまま惰性で生きてきた自分なんかには特に。

エンリケは波打つ黒髪を掻《か》くと、眉を引き絞った。言葉を模索しているようだった。

「でもね、レイナ」マリアはフォークとナイフを置き、柔らかな声で言った。「闘牛は芸術的でもあり、尊いものなのよ」

「芸術——ですか？」

「画家であるゴヤはね、若いころ闘牛士を目指したことがあるの。三十三枚ある版画

『闘牛技《タウロマキア》』で闘牛の様々な光景を描いているわ。ピカソは画家よりバンデリジェーロ――つまり、牛に銛を打つ役割の人になりたかったそうよ。闘牛は情熱だと言い切り、光と影の世界で織り成される悲劇や優美に魅了されていたの。闘牛をモチーフにした絵を数多く描いているわ。あの名画『ゲルニカ』にも牛が登場する。闘牛の衝撃や感動は、様々な芸術分野に創造力を与えるのよ」

ゴヤやピカソが闘牛に造詣が深かった？　驚きだった。二人が闘牛士になっていたら、名画の数々は生まれなかっただろう。

「詩人ロルカは言ったわ。〝闘牛はこの国で最も詩的な豊かさと生命力を持ち、世界で最も教養的な祭り《フィエスタ》だ〟と」マリアは葡萄酒に口をつけ、間を置いてから続けた。「ロルカはこうも言っている。〝他の国では死によって幕が閉じるが、スペインでは幕が上がる〟」

「詳しいんですね」

「そうでもないわ」マリアは苦笑交じりに言った。「私の知識は芸術家と闘牛の関係が中心よ。というのもね、パパもエンリケと同じで元闘牛士なの。学校でゴヤやピカソやロルカについて習ったとき、パパやエンリケが人生を捧げた闘牛に多くの芸術家が傾倒していた事実を知ったわ。だから両者の繋《つな》がりに興味を持ったの」

玲奈は相槌を打つと、鹿肉のステーキにナイフを入れた。刃を差し込んだとたん、赤みがかった切り口から肉汁が滲み出た。フォークで口に運ぶと、歯ごたえのある肉を嚙んだ。

そのとき、自分はふと命を食べていると意識した。

「でもね……」アナが言った。「息子が命の危険を冒している二時間、待っている母親の身としては、それこそ牛のように心臓を剣で突かれる苦痛よ」

エンリケとアナの息子であるカルロスは、現役の闘牛士だと聞いている。

怜奈は同調してからマリアに顔を向けた。どうしても知りたい疑問がある。スペインはカトリック――。キリスト教の国だ。

「教会は反対したりしてないんですか？　牛を殺したりするのを」

マリアはグラスを置くと、真面目な顔で答えた。

「複雑な事情があるわ。都市での牛の刺殺は、数百年前にキリスト教信者の貴族たちがはじめたという説があるの。聖職者が闘牛場を所有していたり、自ら闘牛士になったり、司祭が闘牛の責任者だったりしたのよ」

「じゃあ、教会で賛成されているんですね」

「全てが、というわけではないわ。イエス様の血があれば、牛の血は必要ないと考える人もいるの。キリスト教徒なら血みどろの野蛮な見世物を許すなってことね。でも、闘牛は慈善事業や病院なんかの利益のためにも催されるし、教会は必ずしも否定的に考えていないの。闘牛はね、反対と賛成、禁止と再開の歴史でもあるわ」

マリアは言い終えると、海老を口にした。怜奈は質問を打ち切り、食事に専念した。

一時間ほどの昼食が終わると、怜奈はエンリケに頭を下げた。

「すみません。何だか議論の火種になってしまったみたいで」

「いやいや。楽しい会話だった」

彼の瞳は優しかった。気分を害している様子はない。怜奈は胸を撫で下ろした。

「食事というものはね、会話したり議論したり、家族で賑やかに食べるものだよ。喋らない食事が楽しいものか。レイナの正直な感想は嬉しかったよ」

思い返してみれば、自分の意見を主張したのは久しぶりだ。心に殻を作って以来、当たり障りのない会話で生きてきた。

背後でカチャッと音が鳴った。顔を向けると、マリアが皿を重ねていた。自分はなんて気が利かないんだろう、と思いながらテーブルに駆けつけ、グラスを集めてキッチンに運んだ。

皿洗いするアナに「座っていていいのよ」と言われたものの、世話になる身として後片付けを担当した。何げなく視線を投じると、カウンターにオリーブオイルのボトル、紙パック入りのマヨネーズ、瓶詰にされたスパイス類が並んでいた。調味料はいろいろある。いつか恩返しを兼ねて簡単な日本料理でも振る舞おう。

皿洗いを終え、食器類を棚に並べ終えると、ダイニングと続き部屋になっているリビングへ入った。マリアは芝色のコーナーソファに腰を沈め、赤いミニスカートから伸びる小麦色の脚を組み、英語の参考書を読んでいた。短脚の丸いガラステーブルには、飲みかけのコーヒーが置かれている。

「勉強ですか？」

「ええ、そうよ」マリアは言った。「英語は将来必ず役立つから」

突然、甲高いチャイムが鳴り響いた。アナは廊下に駆けていき、戻ってきた。後から黒髪の青年が入ってきた。赤銅《しゃくどう》色の肌をし、縦に整った鼻梁《びりょう》が特徴だ。アルマーニのハイネックストライプシャツの上から黒のテーラードジャケットを羽織り、ブーツカットジーンズで決めている。

アナが立ち去ると、青年はマリアに向かい、映画俳優のような笑顔を見せた。

「相変わらず美人だな。今夜の食事の約束、取りつけに来たぜ」

マリアは青年を一瞥すると、教科書に視線を戻した。

「他の子を誘ったらどう？　言い寄る女ならたくさんいるでしょ」

「つれねえなあ。他の誰から美しさを買えってんだ？　マリアが独占販売してるくせに」

「キザな称賛《ピロポ》の言葉はよしてよ」

マリアが顔も上げずに言い放つと、青年は彼女の前に進み出た。円柱型フロアスタンドの天辺《てっぺん》に手のひらを乗せる。

「なあ、俺の気持ちは伝えただろ。昨日も断ったじゃねえか」

マリアはソファに背中を預けたまま二、三言つぶやいた。青年が腰を曲げながら耳を突き出すと、彼女は声の大きさを戻した。

「アイ・キャン・スイム。アイ・キャント・スイム――」

「無視するなよ！」

青年は彼女の参考書をはたき落とした。マリアは緩慢な動作で顔を上げ、「何するのよ？」と彼を睨みつけた。

「つまんねえ国の言葉で俺を無視するな」

「私は休日の午後を有意義にすごしていただけよ」

「なあ、何でそんなに冷たいんだよ？　俺がロマ《ヒターノ》だからか？」

「違うわ」

「ふんっ、ヒターノより日本人《ハポネス》なんかのほうがましってか？」青年は自分自身の二の腕を指差した。「だがな、俺の血には誇りが流れてる。ヒターノとしての誇りだ！　俺に言わせりゃ、外国人のほうがよっぽど糞だ」

マリアは眼前で聖書を破られた聖女を思わせる顔をした。

「あなたは外国人の何を知っているっていうの？」

「何も知らねえよ。知る価値もない」

「知らないものを否定する権利はないわ」

怜奈は彼女の言葉を聞き、闘牛を否定する自分も同じではないかと思った。知っているつもりで実は何も知らないのかもしれない。

「俺はマリアのために言ってるんだぜ。気持ちは分かるけどよ、死んだ奴に囚われていても仕方ねえだろ」

「レイナの前でやめて。ダイスケの妹が来てるのよ」

青年が振り返ると、彼と目が合った。青年は黒髪を掻《か》き毟《むし》り、マリアに向き直った。

「俺だって同情はしてるさ。ただ、俺はお前のために――」

マリアは瞳に怒りを秘めたまま、彼を睨んでいた。青年は数秒後、嘆息《たんそく》を漏らし、「出直すよ」とリビングを出て行った。

「気を悪くしないでちょうだいね」マリアは組んでいた脚を解いた。「彼は女に強い口調で迫ったり、外国人を馬鹿にしたら男らしさを示せる、って思い込んでいるところがあるの」

怜奈は彼女の顔を見つめた。先ほどの廊下での会話中にも感じた疑問――。今の青年とのやり取りで確信に変わった。

「マリアは私の兄を……好きだったんですか?」

彼女は質問に驚いた表情も見せず、うなずいた。

「愛し合っていたわ。ダイスケは誠実で熱心で優しかった。女性の下着を脱がすためならどんなお世辞でも言う今の彼みたいな男とは違った。ダイスケ、言葉はおぼつかなくても、身振り手振りで一生懸命意思の疎通をはかろうとしていたわ」

「意外です。兄は奥手だったから高校時代も恋人はいなかったし、片思いの相手にも思いを告げられないまま、先に告白した男に取られたり――。まさか外国で恋人を作っていたなんて」

「愛ってのはね、運命的なものなの。理屈じゃないわ。意志じゃコントロールできない。人間はね、自分の気持ちどおりにしか生きられないのよ」

「兄が告白したんですか？」

「いいえ、私よ。私が積極的に迫ったの。ダイスケは最初、戸惑っていたけど、一緒にいるうちに彼も同じ気持ちだって分かった。後は感情のおもむくまま――」マリアは言葉を切ると、儚《はかな》げに微笑し、足元の参考書を拾い上げた。「もう充分でしょう？」

「あっ、はい。すみません。プライベートな話を聞いちゃって」

「構わないわ。妹のあなたには知る権利があると思う。ただ、私自身がまだ心の整理をできていないだけ」

　気重な空気が流れたため、怜奈は話題を変えた。

「そういえば、エンリケの息子さんが闘牛士なんですよね。会って話を聞いてみたいって思うんですけど……」

「カルロスね。たぶんバルよ。いつもは昼食に帰ってくるんだけど、闘牛を翌日に控えた日だけは近くの店で一杯やってるの」

2

兄の死に関する疑問をぶつけるなら、兄と親しかったカルロスに話を聞くのが一番だろう。

怜奈はアパートを出ると、手のひらを差し出している物乞いの老婆の横を抜け、表通りに向かった。歩道を行き交う人々、車の騒音に負けじと大声でまくし立てられるスペイン語の喧噪――。大通りでは、走る車のあいだを何人もの通行人が駆け渡っている。

マリアに聞いた店は、陽光が降り注ぐ舗道に面した場所にあった。緑が繁茂するプラタナスの樹木の陰にあるテラス席では、数人の男女がくつろいでいた。タンクトップとホットパンツ姿の若い女性の前では、ウエイターが腰を曲げて目障りなゴミを拾っている。

怜奈はテラス席を横目に、バルのドアを押し開けた。日本のバーとは印象が全く違った。天井からは数珠《じゅず》繋ぎになったニンニクやタマネギ、黄褐色の豚のもも肉がぶら下がっていた。オリーブやニンニクのにおいに混じり、海老を炒める香りが漂っている。

怜奈は琥珀《こはく》色の明かりに包まれている店内を見回した。旧式スロットマシンに硬貨を投入して黙々と遊んでいる男、奥のテーブルで新聞を読んでいる白髪の老人、笑い合っている男女、唾を飛ばしながら政治家批評をし合っている中年男たち――。カウンターの前のスツールには、三人の青年の後ろ姿があった。

歩み寄って「オラ」と気軽な挨拶で声をかけると、三人の青年が同時に振り返った。一人に見覚えがあった。兄の送ってきた写真で見た記憶がある。エンリケの息子のカルロスだった。

「やあ、レイナだね」

黒髪で日に焼けた肌をし、彫刻を思わせる相貌の青年だ。細く描いたような眉の下に、二重まぶたの大きな目がある。彼は緋色の開襟シャツをラフに着こなしていた。

「もうスペインに着いたんだね」

カルロスは立ち上がると、「さあ」とばかりに両手を広げた。怜奈は彼と抱擁を交わし、両頰にキスをした。

互いに改めて自己紹介すると、他の二人が「俺らにもその可愛い子を紹介しろよ」と声を上げた。カルロスは彼らを蹴る動作をし、「僕らは大切な話をするんだよ」と遠くを指差した。

「分かったよ、分かった」

二人は「じゃあ、楽しんでくれ」と意味ありげな笑みを残し、奥のテーブル席へ去っていった。怜奈は二人を見送った後、カルロスに向き直った。

「いいんですか？」

「構わないさ。僕に奢《おご》ってもらおうと寄ってきてた連中だしね。それより、丁寧語《ウステ》は堅苦しいからやめよう」

怜奈は彼の提案を呑み、隣のスツールに座った。カウンターは亜鉛板で覆われ、その後ろに並ぶ大皿に様々なつまみ《タパス》が置かれている。マッシュルームのニンニク炒め、蛍イカのフライ、ジャガイモのピリ辛ソース和え、肉団子、ムール貝のマリネ――。

昼食を食べたばかりなのに、食欲をそそられる光景だった。目の前に並ぶタパスはビュッフェ顔負けだ。

「コーヒーでいいかい？」

「ええ」

カルロスが注文すると、船乗りの風貌をした主人は慣れた動作で圧力式の抽出機を操作し、コーヒーを淹《い》れた。怜奈は礼を言いながらカップを受け取り、カルロスに顔を向けた。

彼は自分の前にある皿から貝を取り上げている。

「食べるかい？　カタツムリだ」

「……遠慮しておく」

「うまいんだけどな」

「カタツムリは食べるものじゃない。雨上がりに見つけるものよ」

「日本人はよく分からないな。猫は食べるくせに」

「それは日本じゃない！」

「冗談だよ、冗談」カルロスは悪戯《いたずら》小僧を思わせる笑みを浮かべ、爪楊枝でカタツムリの中身をくり貫いた。「僕が日本人と六年も暮らしてたのを忘れたのかい？　相当な知識を仕入れてるさ。スモー、キモノ、カブキ――」

怜奈は一瞬の間を置いた後、噴き出した。

「相撲に着物に歌舞伎？　典型的な単語ばかりじゃない。カルロスは六年間も一体誰と暮らしてたの？」

「最高の男と、だよ」

カルロスの自然な台詞には、下手な気遣いがなかった。もし腫れ物に触るように接されたら、悲嘆から抜け出せなくなっただろう。

「ありがとう、カルロス」

「僕はまだ何もしてないさ」

彼はカタツムリを口に放り込むと、殻を床に捨てた。

怜奈は視線を落とした。床には海老の殻、鳥肉の骨、紙ナプキンなどが撒き散らかしてある。床が汚れている店ほど人気があってタパスが美味《うま》い、という考え方が貫かれているバルだった。

カルロスは葡萄酒を傾けると、一息ついてから言った。

「でも、元気そうでよかったよ。正直、心配してた」

怜奈はソーサーの紙袋を開け、コーヒーに砂糖を入れた。黒い液体を見据えながら言った。

「不幸を嘆く自分は日本に置いてきたの」

顔を上げると、カルロスはスツールごと向き直り、貴族然とした面貌を引き締めていた。

「実はね、あの最後の闘牛の前、ダイスケから言われてたんだ。自分が技に失敗して角にやられることがあったら、スペインを訪ねてくる妹を頼む、って。レイナが涙に暮れたままだったら、どうしようかと思ってた」

「兄は失敗も覚悟の上だったの？」

「闘牛士は誰でも死を覚悟してる。〝死んだライオンより生きている犬〟なんてのは通じない。無様に生きるより、勇気を示して死ぬほうが称賛される世界だ」

「私には理解できない」

「昔はね、震えて銛を打ちにいけなかった銛打ち士《バンデリジェーロ》に観衆が怒って大騒ぎになって、市長がその臆病な男を刑務所に入れる約束をしないと秩序を取り戻せなかったこともあった。勇気は称賛されるけど、臆病は死も同然の世界なんだ」

怜奈はカップを口元に運んだものの、飲まずにソーサーへ戻した。カルロスの目を見つめる。

「死んだら人生おしまいよ。生きてるから意味がある。少なくとも私はそう思ってる」

「普通はそうだ。でもね、闘牛士は違う。勇気があるゆえに死ぬ闘牛士は、臆病ゆえに生き延びるより立派なことなんだ。もっとも、臆病な奴は死ぬけどね」

「同じ臆病なのに生きたり死んだりするの？　矛盾してない？」

「闘う前に逃げるならともかく、牛の前に立った以上、臆病風に吹かれて逃げる奴は死ぬんだ」

謎めいた台詞だった。勇敢にケープを振っているより、突進から逃げたほうが生きられるのではないだろうか。それとも、恐怖に負けたら闘牛士としておしまいだという意味なのか。

「私には何も分からない」

「無理もないさ。闘牛は日本じゃあまり知られてないんだろ？」

「闘牛士は赤マントで牛を華麗に躱《かわ》す、くらいは知られてる。ヒラリと相手を躱す者の象徴ね。『闘牛士のようにパンチを躱すボクサー』とか『闘牛士のように相手を躱すドリブル』とか、他のスポーツの華麗な動きを喩《たと》えるときに聞くくらい」

「……僕に言わせりゃ全部不適切な表現だね」

「そう？　闘牛士は華麗に牛を躱すでしょ」

「いや、違う。闘牛士はね、ケープを振るときに足を動かしちゃいけないんだ。微動だにしないままケープで牛を操る——。それが闘牛の絶対条件だよ。足捌《あしさば》きや体捌きを使って自ら牛を避けたら、それはもう闘牛士じゃない。牛は躱すんじゃなく、通過させる、あるいは操る、と言ったほうが正しい。だから、突進してくる相手を自分自身が動いて避けるなら闘牛士には喩えられない。一撃で仕留めるって意味で喩えるなら適切だろうけどね。闘牛士のように華麗なステップで躱し——だって？　冗談じゃない。飛びのいたり、ステップを踏んだりする人間が闘牛士なものか。闘牛士は身を翻して躱してるんじゃなく、牛が真横を通過するまで微動だにしないんだ」

　カルロスの表情には猛々《たけだけ》しいプライドがみなぎっていた。闘牛に命を懸けている者のプライド——。

「合気道なら近いかもしれない。前に友達が見学に連れていってくれたんだ。先生《マエストロ》は、向かってくる弟子を不動の状態で次々と転がし、投げ飛ばし、見事な技を見せていたよ。友達の話によると、合気道は相対する二人が調和し合うことが大切らしい。闘牛と同じ概念だよ」

　分かるような分からないような説明だった。牛を嬲り殺す闘牛に調和という単語が結びつかない。

怜奈はとりあえず相槌を打つと、最も聞きたかった疑問をぶつけた。

「兄が門の前で膝立ちになった理由を知らない？　あれは今までじゃ一度も見せなかった技よ。普段どおり演技していたら死なずにすんだのに」

カルロスは両手を組み合わせ、グラスに視線を落とした。黒い瞳に底知れぬ悲しみが宿り、横顔が暗く沈む。

「ダイスケは……名を上げたかったんじゃないかな。〝ポルタ・ガジョーラ〟――。門の前で膝をつき、駆け出てくる牛を待ち受ける技はね、名を売りたい闘牛士がよく用いるんだ。すごく危険な技なんだよ」

「分かる。逃げにくい体勢で待つわけだから」

「確かにそれもある。でもね――知ってるかい？　闘牛では最初、助手が牛を挑発するだろう？」

ビデオで観ているからだいたいの手順は知っている。牛が門から出てきたとき、助手が桃色の布で挑発し、おびき寄せては待避所に逃げ込み、牛を走り回らせる。

「牛の体力を奪うためよね」

「いや、闘牛士が牛の癖を観察するためだよ。脚や目の具合や性格を見る。今日の牛は左右のどちら側から突進する傾向にあるか、とかね。でも〝ポルタ・ガジョーラ〟を試みると、観察する前に牛を操らなきゃならない」

なるほど、たしかにそれは危険だ。

「あの技が危険なゆえんはまだある。門が開くと、牛は牧場を示すリボンを銛で背中に打たれ、勢いよく飛び出すようになってる。しかも暗くて静かな囲いに閉じ込められていた牛は、突然の明かりと観客の声に混乱し、予想もつかない動きをすることがある。牛の癖はおろか、どんなふうに飛び出してくるかも分からないのに、両膝をついて待ち構える〝ポルタ・ガジョーラ〟は極めて危険な技だ」

怜奈は床を睨み、タイトスカートの上で拳を握り締めた。

兄はそんな無茶な技に挑んだのか。信じられない。成功する可能性のほうが少ないような技だ。一体なぜ？　本当に名前を売るためだけに命を懸けた？

「レイナ」カルロスは言った。「闘牛は嫌いかい？」

怜奈は顔を上げると、彼の瞳を見つめた。黒曜石を彷彿《ほうふつ》とさせる瞳だった。

嘘をつくことは簡単だ。一言、『嫌いじゃない』と答えればいい。

しかし――。

「嫌いよ。たった一人の家族まで殺したんだもの」

「そうか……」

カルロスは伏し目がちに息を吐いた。黙って葡萄酒を口にし、顔を上げた。

「生で観たことはあるかい？」

「兄が送ってきたビデオだけよ」

「なら明日、僕の闘牛を観に来てくれ」

「……闘牛はもう観たくないの」

兄が危険な技に挑んだ理由を知るためには、闘牛から逃げているわけにいかない。しかし、今はまだ――。

「それに、生でもビデオでも同じでしょ」

「テレビやビデオからは感情が抜け落ちてる。生で観なけりゃ、闘牛は感じられない。テレビでの闘牛はね、平坦で中古のように感じるんだよ。だから僕は自分の演技をビデオで観直したりしない。闘牛は一瞬の芸術なんだ」

「でも……」

「明日はダイスケとレイナのために最高の演技をするよ」

カルロスの表情は真剣だった。怜奈はつかの間ためらった後、無言でうなずいた。兄のために――と言われたら断れない。

「明日は僕のために祈っておいてくれ」カルロスは日焼けした顔に微笑を浮かべ、立ち上がった。「じゃ、準備もあるし、僕はそろそろ行くよ」

彼が背中を見せたとき、怜奈は大切なことを思い出した。慌てて呼び止めると、カルロスが振り返った。

「事故の一週間前の日付で手紙が届いていて、その中で兄は、闘牛士をやめるかもしれない、って。兄は何か言ってなかった？」

「……ダイスケは闘牛に惚れ込んでた。やめるはずがないよ。本当にそう言ったのか
い？」

「ええ。本当よ。妙だと思わない？　闘牛士をやめるつもりの兄が命懸けで名を売る技に
挑戦する必要はないでしょ」

「いや、最後だからこそ、最高の演技をしたかったのかもしれない。闘牛士ならそう考え
る。納得できない演技のまま引退はできない」

「じゃあ、兄が闘牛を最後にしようと思った理由は？」

「僕には分からないよ。兆候すらなかった」

「何か覚えてない？　些細《ささい》なことでもいいの」

彼は秀眉を寄せて「うーん」とうなった。

旧式スロットマシンで遊んでいた男が台をバンッと叩き、カウンターに歩み寄ってきた。

主人と株価問題について話しはじめる。

突然、カルロスは「あっ」と声を上げた。

「思い出したよ。妙な忠告をされたことがある」

「何て言われたの？」

カルロスは一呼吸置いてから言った。

「〝取り返しがつかなくなる前に、闘牛界から身を引く準備はしておいたほうがいい〟」

3

道路すら焼きそうな太陽の下にある巨大な円形闘牛場は、荘厳な石造りだった。壁は砂漠の熱風に晒され続けたような黄褐色をし、古代ローマのコロシアムを彷彿とさせる外観をしていた。アーチ型の入り口があり、数枚のポスターが貼られている。

案内役を買って出てくれたのは、マリアの父親であるホセだった。

アナは息子が闘牛をするたびにマリアと教会へ行き、終了までの約二時間、祈りを捧げているし、エンリケはカルロスの剣係――闘牛士に最も近い世話役――を務めているから他に適任はいない。

ホセは長い黒髪を後ろでくくり、墨色の開襟シャツを着込み、人差し指と中指で煙草を挟んでいた。闘士然とした相貌に人当たりのいい笑みを浮かべている。

闘牛場の前には出店が並び、周辺をダフ屋が徘徊《はいかい》していた。入り口の前には人々が波となってひしめいている。赤いカーネーションを買ってドレスの胸元にさしている女性、ペットボトルをラッパ飲みしながら水分補給している若者、葉巻を吹かしている中年男――。

全員が生き生きとし、目を輝かせ、思い思いの言葉を交わしていた。周辺の温度が数度上昇しているように思えた。

怜奈は押し流されないように離れた場所に立ち、息を吐いた。

「熱気がすごいですね」

素直な感想を口にすると、ホセは興奮ぎみにうなずいた。

「闘牛の熱さ。私が何でも教えてあげよう」

ホセは兄の闘牛のたび、ビデオ撮影をしていたらしい。『日本の妹に闘牛の素晴らしさを伝えたいんです』と言われ、闘牛の文化を広めるためなら――と二つ返事で引き受けたという。

「そろそろカルロスが来るころだ」

案内されるまま裏口に回ると、大勢の人々が集まっていた。

ホセが三本目の煙草を靴の底でにじり消したとき、紫紺のセダンが停まって、カルロスが降りてきた。金細工が派手なチョッキとズボンを身につけている。ワイシャツ姿のエンリケを従えていた。

何人ものファンが何事かを叫び、カルロスに声をかけた。彼は人々の声を無視し、伏し目がちに歩いた。

怜奈は励ましの言葉をかけようと前に進み出た。しかし、開けた口からは何も出てこなかった。カルロスは他人の全てを拒絶するような表情をしている。

彼が裏門の中に消えると、怜奈は止めていた息を吐き出した。

「声をかけられる雰囲気じゃなかったです」

「うむ」ホセは言った。「カルロスは神経質なところがある。今日は普段以上だ。気合が空回りしたら牛に――やられるぞ」

怜奈は息を呑み、カルロスの無事を祈った。彼の言葉が脳裏に蘇ってくる。

『明日はダイスケとレイナのために最高の演技をするよ』

誰のためでもなく、普段どおりの演技をしてほしい。肩に力を入れすぎるあまり、兄のような無茶をして失敗したら――。不吉な予感がしてならなかった。

神に祈る気持ちでいると、続けざまに真っ赤なセダンが現れ、別の闘牛士が降り立った。青年は笑顔で観客の声援に応え、スター然とした足取りで裏門に姿を消した。

怜奈は高鳴る心臓を意識しながらホセとメインゲートに戻った。

突然、黒光りするメルセデス・ベンツが滑り込んできた。後部座席から中年男が降り立った。不機嫌なブルドッグを思わせる顔に黒く細い口髭を蓄え、新札のごとく皺のないワイシャツに太鼓腹を包んでいる。隣に整然と背広を着こなした男がつき添っていた。

男は腹を揺すりながら闘牛場へ進み入った。

「この闘牛場の興行主だよ」ホセは言った。「ペドロ・ガルシアだ。彼の機嫌を損ねたら出番を貰えない。彼の一声で夢を打ち砕かれ、消えてしまった闘牛士も少なくない」

「そんなに独裁なんですか？」

「普通だよ。興行主が有力な闘牛士のマネージャーを兼ねて、自分の闘牛場で優遇したりするのはね。スペインでは十人に満たない権力者が大多数の闘牛場を仕切っている。コネさえあれば演技の機会に恵まれ、瞬く間に一流への道が開ける。しかし、興行主に気に入られなければ、出番はない。才能だけでは駄目な世界なんだ」

「……厳しいんですね」

「しかし、ガルシアはそんな中でも筋金入りの経営至上主義だ。普通はどの興行主でもそうだろうが、彼は特に容赦がない。大抵の興行主の場合は、市議会が所有している闘牛場を借り、経営している。契約が切れると、また入札が行われるんだ。しかし、ガルシアは闘牛場を完全に個人で所有している」

「違いがあるんですか？」

「違いというより、経緯の問題だな。昔のマドリードにはね、現在スペイン最大の闘牛場であるラス・ベンタス以外にも複数の闘牛場があった。時代と共に閉鎖されたんだ。新たな闘牛場の建設は一九六八年に停止されている。しかし、闘牛に傾倒していたガルシアの父は大枚をはたき、閉鎖されている闘牛場のうちの一つを再オープンしたんだよ。闘牛場はラ・スエルテと名づけられた。『運命』や『幸運』という本来の意味だけでなく、『闘牛の技』という意味がある。大したネーミングセンスだよ。彼の父は本当に闘牛を愛していた。ところが問題は八年前に起きた。彼の父親ががんで世を去ったんだ」

「何が問題なんですか？　息子が闘牛場を引き継いだ、というだけでしょう？」

「ガルシアはね、闘牛に興味がなかった。だから、闘牛士を目指す人間の苦労や気持ちを考えず、完全な経営至上主義を貫いている。君の言うとおり、独裁と表現するのが適切だろう。経営の役に立たんと分かれば、枝に残った最後の一枚の葉を毟り捨てるより簡単に切り捨てる。カルロスは優れた演技をするが、うかうかしておったら何が起こるか分からんぞ」

ホセの話を聞き終えたとき、ある可能性に気づいた。

いいかいかいかいかいかいかいかいいいいいいいいいいいいいいいい
もし兄がガルシアに切り捨てられそうになっていたとしたら――？

優れた演技ができると見せつけ、考え直してもらうために危険な技を試みるかもしれない。

いや、違う。昨日、カルロスは兄にされた忠告を教えてくれた。取り返しがつかなくなる前に、闘牛界から身を引く準備はしておいたほうがいい、と。

兄は重大な事態に陥っていた。だから忠告したのだろう。しかし、闘牛士をやめるつもりだったのなら、一か八かの危険な技に挑んだ理由は？　最後だから最高の演技をしようと考えた？

怜奈は考えるのをやめ、ホセの案内で闘牛場に入った。内装もコロシアム同然だった。古代ローマに時が飛んだ錯覚に囚われた。闘牛士の代わりに鎧《よろい》を纏《まと》った剣闘士が現れ、決闘をはじめたとしても不思議ではないだろう。

階段席は青みがかった花崗岩だった。午後七時前だというのに頭上では太陽が照りつけ、光の奔流が降り注いでいる。

腰を下ろすと、黒のタイトスカートに火がつきそうなほど熱かった。尻をモゾモゾと動かしていると、ホセが座布団を買ってきてくれた。

怜奈は円形の砂場《アレーナ》を見つめた。黄金色の砂が敷き詰められ、白線で大小の円が描かれており、周囲を赤茶けた防壁が取り囲んでいる。最前列からは直径五十メートルのアレーナも楕円形に見え、清掃員の姿はほとんど平行に見えた。

時間の経過に従い、観客が増えてきた。煙草や葉巻の煙を立ち昇らせている男たち、扇《せん》子《す》で顔を扇《あお》いでいる婦人たち、日よけの段ボール紙を頭上に掲げている青年たち——。一万人も収容できる闘牛場が熱気で埋まってくる。

怜奈は息を吐いた。半袖のブラウスに汗が染み、肌の色が透けていた。日干しにされそうな暑さだ。

汗を拭おうとハンカチを取り出したとき、青空に飲まれるようにラッパが鳴り響いた。開始の合図だ。最低限の専門用語は車内で勉強しておいたから、闘牛の進行に戸惑う心配はないだろう。

アレーナの四分の一は三日月形の陰になっていた。日向と日陰《ソル・イ・ソンブラ》――光と影の世界だ。

白馬に乗った二人の執達吏《アルグアシル》が入場してきた。黒いビロードのマントを羽織り、橙色で扇形の羽飾りがついた黒の鍔広《つばひろ》帽子を被《かぶ》っている。

十数人の吹奏楽団がパソ・ドブレを演奏しはじめた。二拍子のマーチふう舞曲だ。胸の芯に響いてくるようなリズム――。バレエダンサーだったころの記憶を刺激するようなリズムだ。いやがうえにも緊張感と興奮が高まってくる。

二人のアルグアシルはアレーナを横切り、メインゲートの真上にあるボックス席前へ向かった。闘牛を主催する会長に挨拶する。二人は左右に分かれ、防壁沿いに戻っていった。一呼吸の間があった後、騎馬のアルグアシルを先頭に三人の闘牛士が登場した。右端を歩くのがカルロスだった。金の衣装が陽光にきらめいている。

続いて銀の衣装を着た九人の銛打ち士《バンデリジェーロ》が三列に並びながら現れ、馬に乗った槍方《ピカドール》が六人、作業方が九人、美装したラバ隊が列を組んでアレーナを行進した。儀式的な雰囲気を感じさせる光景だ。

三人の闘牛士はボックス席の真下に来ると、黒い船形の帽子を脱いで会長に挨拶した。続く一隊も順々に挨拶し、それぞれの持ち場へ退場する。カルロスは防壁前で左腕を吊る三角巾状のケープを脱ぎ捨てた。

怜奈は「あっ」と声を上げた。

先ほどまでは意識して見ていなかったが、改めて見るとカルロスの闘牛服は燃えるような赤色だった。兄の青い衣装とは対照的だ。赤色を下地に金細工が施されたチョッキ、外もも部分が金色で内もも部分が赤色のズボン――。

「どうかしたか？」

「服の色が……」怜奈は右隣のホセに顔を向けた。「ケープより派手な赤です」

「だから？」

「牛は赤色に興奮するんでしょう？　あれじゃ、カルロスが危ないです」

ホセは困惑するような間を置いた後、愉快そうに笑った。

「レイナは何か誤解しているね。牛は色盲だよ。白と黒の濃淡がぼんやり分かる程度だ」

「赤を認識できないんですか？」

「そうだよ。まあ、白い衣装より濃くは見えるだろうが、それは青でも黒でも一緒だ。牛は赤い色に興奮して突進するんじゃなく、動くものを狙って突進するんだよ」

「じゃあ、ケープが赤いのは？」

「牛じゃなく、観客を興奮させるためだ。闘牛士自身も燃え立つような色に気持ちが高ぶり、恐怖心を忘れて見事な演技ができる。だから赤の衣装でも心配は全くいらない。赤い衣装で白いケープを振ろうが、牛はケープに突進する」

天動説を信じる中、地動説が正しいと聞かされた気分だった。ビデオで兄の闘牛を観ていたときも、赤いケープを狙って突進しているのだと思っていた。牛が色を認識できなかったとは……。

アレーナに視線を向けると、カルロスは帽子を被ったまま両手でカポーテ――表が濃い桃色で裏が鮮やかな黄色の布――を持ち、静かに技の練習を二度、三度としていた。

中央では赤シャツに黒ズボンの係員が立ち、プラカードを掲げていた。牡牛の情報を公開している。ビクトリーノ・マルティン牧場出身、名前はラボリオーソ、体重五百十キロ。

プラカードを持った係員が退場すると、ボックス席の会長が白いハンカチを取り出した。パソ・ドブレがやみ、小太鼓とラッパの音が鳴り渡った。恐怖の門《トリル》が開けられる。

闇の出口から牡牛が飛び出てきた。艶やかな墨色をした筋肉の塊だった。尖った銀灰色の角は鈍く光り、殺傷能力を象徴する二本の槍さながらだった。

牡牛は空気のにおいを嗅ぐように二、三度鼻を蠢《うごめ》かせた。日本の牛が気弱な肥満体の一般人なら、闘牛用の牡牛は全身を筋肉の鎧で固めたヘビー級ボクサーだ。

「あ、あんな牛と闘うんですか?」

紡ぎ出した声はかすれていた。兄が相手をしていた牡牛の二倍はあるだろう。角も比べ物にならない。

「ダイスケは見習い闘牛士《ノビジェーロ》だったからね。三百キロもない二歳牛が相手だ。しかし正闘牛士《トレロ》のカルロスは、五百キロもある四歳牛を相手にする。迫力があるのも当然だよ」ホセは楽しむような口調で言った。「百年ほど前、ベンガル産の獰猛《どうもう》な虎と闘牛を檻の中で戦わせる見世物が催された。結果が分かるかい？」

「まさか――」怜奈はホセの顔をじっと見つめた。「闘牛が勝ったんですか？」

「そのとおりだ。しかもね、闘牛は鋼鉄の檻を破壊し、広場に飛び出したほどだ。警官は銃を乱射し、結果として大勢の死者が出た。闘牛士ってのはね、獰猛な虎より強い牡牛と向き合わなきゃいけないんだよ」

信じがたい話だった。虎の牙にも勝る凶悪な角を持った五百キロもある牡牛――。カルロスは無事に成功できるのだろうか。

不安ばかり募った。怜奈は唾を飲み込むと、額に浮き出た汗をハンカチで拭った。アレーナに視線を投じる。牡牛は前脚で砂を引っ掻いていた。まさに闘牛という感じだ。

「……ん？　今日の牛は駄目かな」ホセがつぶやいた。

「なぜですか？」

「うむ」ホセは引き締まった首元を撫でた。「地面を掻くのは躊躇《ちゅうちょ》の仕草だ。砂を舞い上げて威嚇しているが、それは攻撃に移る自信がないからなんだ。臆病な牛ってことさ。大切なのは、動くもの全てに迷いなく向かっていくことだからね。だから闘牛が成り立つ。牛が躊躇したら闘牛士はタイミングをはかりにくくなる」

初耳だった。日本のアニメや漫画などでは、凶暴な牛が登場したら必ず前脚で地面を掻き、砂煙を巻き上げながら怒りをあらわにしている。それが臆病な牛の証だったとは思わなかった。

アレーナで動きがあった。銀細工が派手な闘牛服を着た銛打ち士《バンデリジェーロ》が現れた。牡牛との距離は十数メートル。カポーテを遠目から揺らした。

牡牛は鼻面を左右に振ると、桃色の布目がけて突進した。距離が一気に詰まる。バンデリジェーロは踵《きびす》を返し、防壁の隙間から退避所に飛び込んだ。牡牛は止まりきれず、木製の防壁にぶち当たった。木片が飛び散る。

「どうやらいい牛のようだな。躊躇は最初だけだ」

反対側にいるバンデリジェーロも、防壁の前でカポーテを振って牡牛を呼び寄せた。突進されると、退避所へ逃げ込む。牡牛は防壁から防壁を走り回った。

退避所にいるカルロスは、内臓まで射貫く目で牡牛の動きを見つめていた。癖を見極めようとしているのだと分かる。

カルロスはついにバンデリジェーロを制すると、胸の前で十字を切ってからアレーナに進み出た。金色の房飾りや線状細工が目立つ闘牛服が陽光にきらめき、神々しい魅力を発していた。黒い船形帽子の下にある中性的な顔立ちは引き締まっている。

カルロスは両手でカポーテを構えた。胸から下を全て隠せるほど大きい布だ。カポーテを波打たせると、牡牛が猛進した。両足を砂場に根付かせ、角を体に引きつけた。カポーテを側面に振った。牡牛が斜めに切り込む。桃色の布に飲み込まれ、真横を駆け抜ける。

「分かるかい？」ホセは言った。「牛は動くものを攻撃するから、闘牛士は体を動かさず、ケープを振って騙すんだ」

カルロスの台詞が脳裏に蘇ってくる。

牛の前に立った以上、臆病風に吹かれて逃げる奴は死ぬんだ――。

意味が理解できた。もし突進に怖がって動いてしまったら、牛は人間を襲うだろう。華麗な身のこなしの人間を闘牛士に喩えるのは確かに不適切だ。闘牛士が体を動かしてしまったら、決して牛を避けられないのだから。

カルロスは五回、六回と技を見せた。牡牛はカポーテを突き抜けるたびに切り返し、間を置かず突進した。数回目で牡牛が真横を走り抜けたとたん、彼は料理人が腰布を巻くように桃色の布を体に纏わせた。決めのポーズだった。

牡牛は鼻面を上下させ、彼を睨みつけている。カルロスは牡牛に背を向け、悠然と歩み去った。拍手が湧き起こった。

怜奈は半ば無意識的に握り締めていた拳を開き、手のひらの汗をハンカチで拭いた。カポーテで基本的な技を披露する第一場面は無事に終わった。

しかし、最大の危険はまだ先にある。

入れ込みすぎたカルロスが怪我しなければいいのだが――。

会長が白いハンカチを振ると、ラッパの音が響き、褐色の馬に跨《また》がった槍方《ピカドール》が槍を携えて登場した。金色のチョッキに白いズボンを身につけ、白の鍔広帽子を被っている。彼が牡牛に槍を刺すのだ。

「槍の場面を見るのは初めてかい？」ホセは訊いた。

「はい、兄のときはありませんでした」

「ダイスケは槍なしだったからね。カルロスが闘っているのが『正式な闘牛《コリーダ》』だ。ダイスケが闘っていたのは、『ノビジャーダ』――若牛を相手にする闘牛だよ。そしてノビジャーダの中には、二歳牛を相手にする槍なしの『シン・ピカドーレス』と、三歳牛を相手にする槍ありの『コン・ピカドーレス』がある。普通はね、『シン・ピカドーレス』で経験を積み、『コン・ピカドーレス』にランクを上げ、最後は『コリーダ』に進級するんだ。ダイスケは、『コン・ピカドーレス』を目指して頑張っていたんだよ」

「でも、何のための槍なんですか？　私には何だか――嬲り殺しに思えます。槍まで刺すなんて」

「牛の勢いを弱めるために、首のこぶ《ムリッリョ》に槍を刺すんだ。突進の際に頭を振る癖なんかを矯正する役割も担っている。何より、頭を高い位置で支えておくための筋肉を傷つけ、牛の頭を下げさせなきゃならない。牛の頭が上がっていると、角にやられる危険が増す。まあ、嬲り殺し云々は——闘牛を理解できないと納得は無理だろう」

馬はマットのような分厚いパッドで全身を覆われ、黒いスカーフで目隠しされていた。疑問をぶつけると、ホセは首元を撫でながら答えてくれた。

「防護衣は馬を守るためにある。目隠しは牛が見えないようにだ。脅えてピカドールを振り落としかねない。馬には闘牛の前に鎮静剤が注射されるし、綿の玉で耳栓もされるんだ」

馬は防壁前の日陰で側面を向けて陣取った。ピカドールは馬上で三角の切っ先がついた槍を脇に抱えている。

カルロスはカポーテで牡牛を誘導した。ピカドールは声を上げながら槍を振り、金属のプロテクターに覆われた脚で音を鳴らした。二人の見事な連携があり、牡牛は馬の側面に角先から突っ込んだ。分厚いパッドがいびつに変形する。馬は揺れ動き、防壁に押しつけられた。しかし、ピカドールはすでに槍の切っ先を黒い背に突き立てていた。

牡牛が腹の下から鼻面を突き上げるたび、馬の前脚が浮き上がり、ピカドールは体勢を維持するのに四苦八苦していた。白い鍔広帽子の下から覗く顔は汗にまみれ、表情は歪んでいる。

「すごい迫力……」怜奈は声を漏らした。

「防護衣がなかった時代には、十頭近い馬を殺した牛もいたものさ」

カルロスとバンデリジェーロが駆けつけ、カポーテを振って馬から引き離そうとした。牡牛は三度、四度と馬に体当たりした後、桃色の布を目に留め、カルロスに向かって突進した。彼はカポーテの下端で砂を擦りながら誘導した。

「カルロスはいいタイミングで引き離したな」

「え？」怜奈はホセの顔を見た。「善し悪《よあ》しがあるんですか？」

「うむ。槍を長く刺しすぎたら牛が弱り、動けなくなる。逆に短すぎたら牛は強いままだ。闘牛士は苦労する。ピカドールの技量と闘牛士の判断が問われる場面だ」

アレーナに向き直ると、牡牛は舌を垂らして喘《あえ》いでいた。背中の隆起から血潮が噴き出ている。

思わず顔を背けたくなった。

牡牛はカポーテに誘導されると、頭を下げて角から馬に突っ込んだ。槍を背に突き立てられる。再び引き離された後、三度目の突進を試み、三度目の槍を背に受けた。

痛みに耐えながらも馬に向かう牡牛から勇気を感じた。本当に勇敢なのは闘牛士ではなく、牡牛ではないだろうか。

そう言うと、ホセが「うむ」とうなずいた。

「二度突かれ、背中の痛みが槍のせいだと気づきながらも三度目の突進をする牛は、勇敢な奴だ。しかも、奴は背中の傷を庇《かば》わず、むしろ晒してでも角を突き立てようとした。立派な牛だよ」

怜奈は手に汗を握りながら、牡牛に視線を戻そうとした。向き直る前に、ホセの斜め後方に座る男に目を奪われた。鍔広帽子の下にある浅黒い顔に真っ黒な口髭と顎髭を生やし、タラコ唇を噛み締めていた。ギョロリと剝いた目に、獣めいた原始的な怒りが浮かんでいる。

男の視線の先を追うと、波打つ筋肉を持った牡牛の姿があった。

怜奈は達磨大師を思わせる男の顔を二度ばかり盗み見た。他の観客たちが興奮の表情を浮かべている中、男の悔しげな顔付きは不釣り合いに見えた。

一体何だろう。勇敢な牡牛を睨む必要があるとは思えない。

怪訝に思っていると、アレーナで動きがあった。一部の観客の楽しむような野次に送られ、馬に乗ったピカドールが退場する。次に登場したのは、紫を下地に銀糸刺繡が派手な闘牛服のバンデリジェーロだった。

怜奈は奇妙な男の存在を忘れることにし、闘牛に集中した。

バンデリジェーロは両手に一本ずつ銛を持っていた。円筒形で七十センチ前後。赤色と黄色のモールやリボンで装飾されている。

彼は銛の後端を持ち、反り身になり、両腕を高く上げて構えた。二本のタクトを構える指揮者を彷彿とさせる。

別のバンデリジェーロがカポーテを揺らし、牡牛をアレーナの中央に誘導した。銛を構えたバンデリジェーロは、牡牛の正面十数メートルの場所に位置した。

一度だけ跳びはねるように動き、両手を掲げたまま半円を描くように走りはじめる。牡牛は彼を見据えると、頭を下げ、角を向けながら真っすぐ突進した。互いの距離が詰まる。

曲線と直線の動きが交わる刹那、バンデリジェーロは角の真ん前で両脚を揃え、両手を振り下ろした。黒い背に銛が突き刺さった。牡牛が乱暴に角を跳ね上げる。危ない！　と思ったときには、バンデリジェーロの身が翻っていた。色鮮やかな二本の銛が黒い体軀の左右にぶら下がっている。

「見事だ」ホセは言った。「ケープも持たず、自らの体を囮《おとり》にして牛を引き寄せ、ギリギリのところで銛を打ち込む勇気――。神に捧げるために牛を飾り立てるんだ。牛を再び興奮させる効果もある」

黒を下地にした銀色の衣装のバンデリジェーロが現れ、角の上に倒れ込むように二対《つい》の銛を打った。牡牛は猛り狂い、彼を追いはじめた。全力疾走で逃げるバンデリジェーロ。追いつかれる直前、退避所に飛び込んだ。

最後に一番目のバンデリジェーロが登場し、角に刺される寸前で銛を打ち込んだ。牡牛の背中からは六本の銛が垂れ下がっている。インディアンの羽根飾りめいて見えた。

ラッパが鳴り響くと、バンデリジェーロがカポーテで牛を引きつけはじめた。カルロスはそのあいだにムレータ——上部に芯棒を通した真紅の布——と剣を手に現れ、ボックス席の前に行き、闘牛帽を掲げた。

「コン・ス・ペルミソ（あなたの許可を）」

彼は会長に形式的な言葉を述べると、向き直った。

怜奈は『え？』と思った。彼が自分のほうへ近づいてくるように思えたのだ。実際、彼は真ん前の防壁までやって来た。二メートルも離れていない場所での対面だ。

「レイナ」カルロスは闘牛帽を掲げたまま言った。「一頭目の演技と牛の死を君に捧げるよ。無念にも角に倒れた僕の親友ダイスケ、そしてその妹であるレイナ。僕は二人のために演技する」

突然の状況に言葉を返せずにいると、彼は背中を向け、肩ごしに闘牛帽を投げた。怜奈は身を乗り出すようにして受け取った。

ホセの顔を見やると、彼はうなずいた。

「帽子は演技が終わるまで預かっておくんだ。〝献呈〟は自信があるときにしかしないんだが——。カルロスは気合充分だな」

怜奈は闘牛帽を胸に抱きかかえ、祈る気持ちでアレーナを見つめた。

カルロスは中央に進み出ていた。これから最も危険な最終演技がはじまる。光と影の世界での一騎打ちだ。

ギラギラした陽光の下、カルロスは十数メートル先の牡牛に左半身を見せて立ち、右手で剣と一緒に持ったムレータを体の前側に差し出した。真紅の布を揺すると、牡牛が目標を捉えた。猛進する。真紅の布に角が迫る。

突然、彼は横向きのままムレータを背中側に滑らせた。牡牛が方向転換する。くの字を描いて斜めに切り込む。角が左横っ腹をかすめて真紅の布に飲み込まれる。反り身になった背中すれすれを駆け抜ける。

信じがたい技だった。全身の産毛が逆立ち、握り締めた拳の中は汗で濡れていた。目を見開いたまま言葉が発せない。もし牡牛の方向転換が零コンマ一秒でも遅れていたら、角は間違いなくカルロスの横っ腹を突き刺しただろう。

牡牛が切り返すと、カルロスは半身のまま体の前にムレータを差し出した。尖った角が真紅の布に突進する。近距離でのパセ——牡牛を通過させること——だ。再び背中側にムレータを出し、背面を駆け抜けさせた。四回、五回と繰り返される。

カルロスから視線を引き剝《は》がせない。

真紅の布に牡牛が吸い込まれるたび、怒濤《どとう》のごとく「オーレ！」の歓声が沸き上がった。両耳をつんざく大音量だ。

牡牛が動きを止めると、カルロスは背を向け、泰然とした足取りで場を離れた。怜奈は肺に溜まった息を吐き出した。喉はカラカラに干上がっていた。

カルロスは右手の剣を腰に当てると、左手でムレータを構え、バレエダンサー顔負けの姿勢を作った。指先にまで神経が行き届いているのが分かる。

真紅の布を翻して攻撃を誘った。両脚を動かさず、軸にしてパセの連続。ムレータが牡牛の鼻面から巨軀を薙《な》ぎ、角が腹部の真横を走り抜ける。

カルロスは何回もムレータを翻し、牡牛を行き来させた。パセのたびに巨体を引き寄せ、五回目のときにはすれ違いざまに体同士が接触した。彼の体が揺れる。揃えた両脚を踏ん張ったのが見て取れた。

怜奈は胸に抱える闘牛帽を握り締めた。氷の手に心臓を鷲摑みにされている気がした。

「危険な距離だ」ホセは上ずった声で言った。「近づきすぎたら、太陽に迫ったイカロスのように死を迎える。ムレータは翼の役割を果たしているのだ。もし翼がもげたら――生きてはいられない」

カルロスが誘うと、牡牛が突っ込んだ。ムレータに角が飲み込まれた瞬間、真紅の布の中で牡牛が頭を捻った。

「危ない！」

カルロスは鼻面に撥ね上げられた。人形のごとく宙に舞い、砂場に叩きつけられた。角を下げた牡牛が背中に突進する。

最悪な予感が的中した！　気負いすぎて――。

死が迫った刹那、カルロスは転がるように立ち上がった。ムレータを突き出して振る。牡牛は急激に方向転換し、標的を真紅の布に変更した。間一髪のパセだった。周囲にどよめきが広がった。

怜奈は震える息を吐き出した。死が間近に見えた瞬間だった。人間の命が散る光景を目《ま》の当たりにするところだった。

カルロスの周囲には、カポーテを手に駆けつけた数人のバンデリジェーロが集まっていた。最悪の事態が起こる前に、桃色の布で牡牛を引きつけようとしたのだろう。

「下がれ！　心配ない」

観客席まで響く声だった。カルロスは激しい手振りで彼らを追い払うと、牡牛と向かい合った。大歓声が上がった。霰《あられ》の乱打にも似た拍手の嵐が続く。

「危なかったな」ホセは胸を撫で下ろすように言った。「普段のカルロスは機械的に完璧な闘牛をするんだが――今日のあいつには妖気《ドウエンデ》があるよ」

怜奈はカルロスを見据えた。もう充分だと思った。常に死が寄り添っている世界。油断や気負いが命取りになる世界。次に倒されたら角にやられるかもしれない。

カルロスは姿勢を整え、声を上げてムレータを振った。牡牛が砂を蹴り上げながら駆ける。ギリギリまで引きつけてからパセ。角が腹をかすめた。刺されたと確信したほどだった。血を見ずにすむとは思えなかった。

ビデオでは簡単に牡牛を操っているように見えたのに、生の闘牛では一回一回のパセから死のにおいと命の鼓動を感じた。

怜奈は固唾《かたず》を呑んで見守った。

彼が死の象徴をムレータで操り、遠ざけては引き寄せるたび、生への渇望を感じた。闘牛場全体に広がる「オーレ！」の声。感情をほとばしらせるような叫びに胸が締めつけられた。体の内側に震えが走り、背筋を興奮が駆け登ってくる。

カルロスは黒岩のような巨軀を体に引きつけた。角が衣装の房飾りをかすめても微動だにしない。日本舞踊にも似た線の美しい姿勢を作り、猛進する牡牛を操っている。尖った角がムレータを通り抜けるたび、自分自身が生と死の狭間《はざま》に飛び込んでいる気がした。ますます「オーレ！」の歓声が広がった。闘牛場が地鳴りを起こしていると錯覚したほどだった。他の観客たちの放射する熱が全身に感じられる。カルロスと牡牛と観客が渾然一体となっているのが分かった。自分自身も同じ気持ちだった。気づいたときには、自分も心の底から「オーレ！」と叫んでいた。

牡牛はやりすごされると、敏活に反転した。目の前にちらつくムレータに突進する。カルロスは体を回しながら華麗にパセした。牡牛が即座に振り向いて襲いかかる。

カルロスは真紅の布で牡牛を支配した。腰から伸びる見えない鎖に繫《つな》がれているかのごとく、牡牛は彼の周囲を回っている。三十センチほどの距離でパセの連続だ。牡牛と手を繋いでダンスしているように見えた。

相手に敵愾心《てきがいしん》を持っているのではなく、慈しみを抱いているのが分かった。もはや死を予感させる不吉な不安は感じられない。カルロスは絶対に角を受けたりしないだろう。死に打ち勝っている。牡牛も彼を突きたいとは思っていない。

なぜ牡牛の気持ちが理解できるのか分からなかった。しかし、理解できるのは事実だった。

今ならカルロスの言葉の意味が分かる。闘牛士と牡牛は合気道のように両者が調和している。

怜奈は不死の感覚を味わい、胸の高鳴りを伴った陶酔感に支配された。カルロスのパセは芸術的だった。見えない神の手が牡牛を摑み、操っているように見えた。

凄すぎる――。

カルロスは一連のパセを終えると、胸を張り、背中を向けた。牡牛は彼の後ろ姿を見つめ、腹を波打たせながら立ち止まっている。

防壁まで戻ったカルロスは、ワイシャツ姿のエンリケに歩み寄り、剣を交換した。最後の見せ場、『真実の瞬間』がやって来た。

「あの……」怜奈は訊いた。「なぜ剣を替えるんですか？　別に折れたりしたわけじゃないのに」

「今までのはアルミ製のダミーなんだ。最初から重い真剣を使っていると、疲れるうえに怪我の危険があるからね」

なるほど、とうなずいたとき、カルロスがアレーナに戻ってきた。柄と鍔の部分が薔薇色をした細い十字剣を持っている。

彼は牡牛と向かい合い、再び何度かパセをした。

頃合いを見計らうと、牡牛と二メートルの距離に立った。心持ち両脚を揃え、左手のムレータを砂場に擦る低さで差し出し、右手の剣を胸の高さで水平に構える。闘牛場が一斉に静まり返った。

刺殺の瞬間だ。

しかし、観客席からは針に見えるような剣で五百キロの牡牛を殺せるとは思えなかった。

牡牛は前脚を揃え、真っ黒い瞳をカルロスに向けている。

大観衆の息遣いすら途絶えた静寂の中、カルロスと牡牛は見つめ合ったまま微動だにしなかった。彼は唇を突き出すようにし、自らの魂を投げ出すような目をしていた。一秒ごとに緊張が広がる。

怜奈は息を呑んだ。手のひらに汗が滲んでいた。

闘牛の性質を知った今なら、『真実の瞬間』の危険性が理解できる。闘牛士は自ら牡牛に向かうため、動く体が標的になってしまう。ムレータを振って牡牛の目をうまく引きつけなければ、角にやられるだろう。

突然、カルロスは裂帛の気合を放ち、飛び込んだ。左手のムレータを右側下方に振る。牡牛は真紅の布に反応した直後、動くカルロス目がけて角を跳ね上げた。刺されたと思った刹那、角のあいだに銀色の閃光が走り、次の瞬間にはカルロスが横に飛びのいていた。牡牛の首の後ろにある隆起部の中央から、短い柄が生えている。剣全体が埋まる見事な一撃だった。

怜奈は両拳を握った。胸が締めつけられ、体の奥底から煮え立つような興奮が突き上げてきた。

数人のバンデリジェーロたちが駆けてきた。牡牛の周りで数枚の桃色の布が振られる。牡牛は右につられては左につられ、困惑するように右往左往した。

カルロスは彼らを追いやる手振りをし、牡牛の真ん前で人差し指を黒い鼻面に突きつけた。牡牛は彼を見つめ返した。優しい眼差しに思えた。

牡牛が横ざまに倒れ込んだ。口から血も吐かず、眠るようだった。怜奈は震える体を両腕で抱き締めた。悲しいわけでもないのに涙があふれてきた。

生命エネルギーの象徴だった牡牛の命が目の前で途絶え、肉塊になる瞬間を目撃するのには純然たる衝撃があった。生と死は全く別物であると思い知らされ、しかも、互いを隔てる境界線は容易に行き来できるのだと突きつけられる。

自分自身の生涯を体験したような錯覚に囚われた。しかし、実際は時間にして二十分程度だった。

カルロスはムレータを左脇に抱えると、胸の前で右拳を振って観客にアピールした。拍手の音が鳴り響いた。観客は総立ちになって白いハンカチを振っている。

「感動的な闘牛だったから耳を切れと言っているんだ」

怜奈はハンカチで涙を拭い、ホセに顔を向けた。

「耳……ですか？」

「うむ。毎年集計される闘牛士のランキングはね、出場回数と切った牛の耳の数を元に作られるんだ。耳を切るってことは、見事な闘牛だった証なんだよ。規則では、観客の半数が白いハンカチを振っていたら、耳を一枚切らなくてはいけないことになっている。二枚目は会長の判断次第だ」

カルロスに執達吏《アルグアシル》が歩み寄った。相変わらず黒マントと羽飾りがついた黒い鍔広帽子が目立った。アルグアシルは黒い耳を一枚持っている。カルロスはそれを受け取ると、軽く抱き合い、褒美を掲げてみせた。パソ・ドブレが演奏され、闘牛場が興奮の声に包まれる。

「耳を一枚、貰いましたね」

ホセは怪訝な顔を見せた後、首を横に振った。

「そんな言い方はしないんだ。耳を切る、と表現するんだよ」

「じゃあ」怜奈は言い直した。「耳を一枚、切りましたね」

「ああ、見事な演技だった。気合は空回りしなかったようだな」

カルロスが歩み寄ってきた。防壁から身を乗り出すようにし、興奮の余韻が残る顔で訊いた。

「どうだった？」

怜奈は深呼吸すると、高鳴る胸を押さえながら言った。

「最高だった」

「本当かい？」

「ええ。カルロスが言った意味、分かった気がするの。ビデオじゃ伝わってこない感情が感じられたもの」

理屈ではない興奮だった。彼の言ったとおり、ビデオでは肝心の感情が死んでいた。だから表面的なものばかりで判断し、牛の嬲り殺し感や闘牛士の無謀さが目立ったのだろう。

怜奈は闘牛帽を放り、カルロスに返した。彼は日に焼けた顔に白い歯を覗かせ、満面の笑みで応えてくれた。

「じゃあ、最後まで楽しんでくれ」

カルロスが耳を手に場内一周をはじめると、アレーナに帽子やハンカチが投げ入れられた。彼は拾い上げては投げ返した。

アレーナの奥に目を向けると、息絶えた牡牛がラバ隊に引きずられながら退場するところだった。

「殺された牛はどうなるんですか？」

「火葬されるんだ」ホセは言った。「ちょっと前まではね、興行主は肉を売っていたよ。六頭の牡牛を買うだけで四万ユーロ（約五百万円）以上必要だし、一流の闘牛士を雇えば同じく数万ユーロもいる。興行主はわずかでもマイナス分を回収したいからね。しかし狂牛病が蔓延してからは、切った耳も纏めて火葬されるようになった。肉の売買を禁じられたら、可哀想に興行主もいっぱいいっぱいさ」

牡牛が運び出されると、作業方たちが箒《ほうき》で砂場をならしはじめた。カルロスは防壁の中に退散している。座長が白いハンカチで合図し、トランペットが鳴った。新たな牡牛が飛び出てきた。通常、闘牛は三人の闘牛士が二頭ずつ相手にする。

二人目の闘牛士は、カルロスの後から闘牛場に到着し、ファンの声援にスター然と応えていた青年だった。彼はカルロスに比べると腰の引けた演技をした。途中、二度ほど野次が飛んだ。

彼は最後の場面で剣とムレータを捨てると、牡牛の前に膝をつき、心臓を突いてみろとばかりに胸を突き出した。どよめきが上がった。

「見栄《アドルノ》は邪道だよ」ホセは首を横に振った。「一部の観客には受けるがね。危険ではあるが、真剣味が薄れてしまう。自分の命で遊ぶのは難しくない。自殺志願者でも連れてくればいいんだ」

ホセの言い分は何となく理解できた。この闘牛士の行為は、無防備な彼に危険が迫っている印象しかない。カルロスの演技のような胸の高鳴りがない。

「死は乗り越えられることにより、勇気に価値を与えるんだ」

苦痛から逃げようと楽なほうに――死に向かう人間は大勢いる。自殺志願者なら無謀な行為も平然とできるだろう。それは決して勇気ではない。死にたがる者が危険なまねをするのと、生きようとする者が勇気、知恵、技術を駆使して危険に打ち勝つのとは全く違う。兄が口にした勇気の意味がようやく分かった。記録映像では決して感じられなかった勇気――。闘牛を生で観て初めて理解できた。

ビデオでは牛を集団で嬲り殺しているように見えた。闘牛士は無意味に無謀な行為をしているように見えた。しかし、現実は違った。牡牛は勇敢に闘い、人間と心を通わせていた。闘牛士は死と闘い、生き延びるために勇気を振り絞っていた。

ああ、兄の価値観を突っぱねず、兄が生きているうちにスペインへ来ればよかった――。

闘牛士はただの命知らずではない。命の大切さを知っているからこそ、死に物狂いで生きようとしているのだ。実際に兄が闘う姿を見ていたら、真の勇気を受け取れただろう――。

下唇と共に悲しみと後悔を嚙み締めていると、次の闘牛が開始された。三人目の闘牛士は剣を四度も刺し損ね、観客からブーイングと野次を浴びた。ホセの説明によると、一度で仕留められなかったら嬲り殺しになるので、駄目な演技とされるらしい。

怜奈は過去を悔やむのを後回しにし、闘牛に魅入った。

カルロスの二頭目がはじまった。彼はアレーナの中央に立ち、牡牛を観客全員に献呈した。ムレータの場面がはじまる。

彼は死を引き寄せては優美にパセした。津波に似た大観衆の「オーレ！」の声が爆発した。続く二人も今度は安定した演技を見せた。時間の経過と共にアレーナを侵食する影の度合いが増し、二時間を超える闘牛が終わった。

興奮の高鳴りはおさまらなかった。

4

ホセと一緒にホテルの五〇四号室に入ると、チェック柄の開襟シャツを着たカルロスがいた。備えつけの机に飾られた聖母マリア像に祈りを捧げている。着替えは終わったらしい。

エンリケは大型スーツケースに闘牛服をしまっている最中だ。

カルロスが向き直ると、ホセは彼に歩み寄って言った。

「耳を二枚切っても不思議ではなかったな」

「演技には満足してるよ」

二人は握手しながら背中を叩き合った。

怜奈はカルロスに近づいた。

「闘牛は凄いわよね。わけも分からず涙が出たもの」

カルロスは貴族然とした顔に笑みを浮かべ、闘い終えた安堵《あんど》と満足が窺える口調で言った。

「〝闘牛士でもないかぎり、人生を徹底的に生きてる奴はいないよ〟――。ヘミングウェイの『日はまた昇る』の一節だよ。闘牛士はアレーナというキャンバスに死と芸術の絵を描くのさ」

本当に凄かった。スペインが〝対照の国〟と言われるゆえんを知った気がした。光と影、生と死、人間と動物、暴力と知性――。対を成す様々なものが調和し、芸術的な輝きを作り出していた。

牡牛の前に立つたび、闘牛士は生を勝ち取ろうと勇気を振り絞り、大勢の観客たちに不死の感覚と感動を伝える。他のどんな職業の人間でも、闘牛士ほどの人生は送れないのではないだろうか。

自分の考えを口にすると、カルロスは嬉しそうにうなずいた。

「ああ、アレーナで生きてるのは闘牛士だけだ。闘牛士は見る者全てのために死に立ち向かい、生きようとする。僕は最高の世界で生きてる実感があるよ」

カルロスの表情は生き生きしていた。彼の顔を見つめていると、胸がドキドキと音を立てはじめた。中性的な整った顔から抗しがたい魅力を感じる。シャワーを浴びて湿った黒髪も、黒光りする大きな瞳も、女を誘惑するような肉感的な唇も——。

彼の全てに触れたいと思った。カルロスが背を向けると、怜奈は半ば無意識的に彼の体に手を伸ばした。指先が服に触れる瞬間、急に彼が振り返った。慌てて腕を引っ込める。

「ど、どうしたの？」

カルロスは脱いだシャツを手に持っていた。

「帰り支度だよ」

彼は小型のトランクを取り出すと、ズボンやペットボトルを片付けはじめた。

「……今日じゅうに帰るの？」

「成功は家族と祝いたいからね」

「うむ」ホセは振り返り、引き締まった首元を撫でた。「今日の闘牛は祝う価値のある見事なものだった」

カルロスは意外そうに彼を見た。胴震いする演技だった。

「珍しいね、ホセがそこまで褒めてくれるのは」

「耳を切る演技は久しぶりだからな。最近のお前は観客の感情を揺さぶる闘牛が少なかった」

「冗談はやめてほしいね。僕はいつだって完璧な演技をしてる。最近ずっと耳を切れなかったのは――不運だっただけさ」

「幸運、不運という問題ではない。つまりは――」

「やめようよ、ホセ」カルロスは手で制した。「今日は成功を祝う日だ。説教する日じゃない」

「……うむ、そうだな。今日の闘牛は素晴らしかった。今後も今日のような演技ができれば夢も叶うだろう」

「夢？」怜奈は訊いた。「どんな夢なの？」

カルロスは皺ができるほどタオルを握り締め、闘争心と意欲に満ちた口調で言った。

「僕の夢はね、国内最高のラス・ベンタス闘牛場で演技し、尻尾《しっぽ》を切って伝説になることなんだ。ラス・ベンタスでは耳二枚が最高で尻尾は出ない。僕が知ってるかぎり、過去は四尾のみじゃないかな。六〇年代のパロマ・リナレス以後、尻尾は出てないはずだ。基本的に尻尾を切るのは禁じられてるからね」

「カルロスならきっと実現できるわ」

「闘牛士として成功したら、農地に投資して闘牛用の牛を買うんだ。いつでも自由に練習できるようになるし、ステータスにもなる」

カルロスは微笑を残し、小型のスーツケースにタオルをしまった。片付けが終わると、四人でホテルを出た。エンリケが運転するセダンで旧市街のアパートに帰宅する。アナとマリアが成功祝いの手料理を準備していた。

エンリケたちがリビングに入ると、怜奈は階段を上がった。汗で湿った服を着替えようと思った。

自室に入ると、部屋が荒らされていた。

怜奈は唖然としながら室内を見回した。

トランクがこじ開けられ、タオルや絆創膏ケース、ビニール袋、スカーフがベッド上に散乱し、引き開けられたままのタンス周辺には、数着のTシャツやジーンズ、スカート、下着類が散らばっている。兄の衣服も荒らされ、ベッドの掛けカバーやクッションも絨毯に落ちていた。

泥棒に入られた？　いつの間に？　闘牛の最中？

その時間、アナとマリアは教会に行っていたからアパートは無人だった。忍び込む隙はある。

早く他のみんなと話し合わなくては――。

怜奈は一階へ下りようとし、途中で思いとどまった。

明らかにおかしい。先に帰宅していたアナとマリアは何も言っていなかった。もし自宅が荒らされていたら、夕食の準備をしている場合ではないだろう。

彼女たちの部屋は無事だった？　侵入者が選んだのはこの部屋だけ？　アパートとはいえ洋館タイプだから、玄関さえ抜ければ全ての部屋に忍び込めるというのになぜ？

怜奈は自室に戻ると、後片付けを兼ねて盗まれた物のチェックに取りかかった。何者かにプライバシーが蹂躙《じゅうりん》された屈辱と恐怖を噛み締めながら、散らばる衣類を畳み、タンスにしまう。

夕食の完成を告げるアナの声を聞いたときには、室内を元どおりに整頓できていた。思い当たる範囲内で盗まれたものはなかった。引き出しの奥に入れておいたパスポートも無事だ。

汗で湿った衣服を脱ぎ、半袖のTシャツと濃紺のジーンズに着替えた。一階のダイニングに入ると、アナとマリア、カルロス、エンリケ、ホセがテーブルについていた。魚介類の揚げ物を中心に料理が並び、葡萄酒が準備されている。

五人の表情はカルロスの成功を祝う笑顔に満ちていた。異常事態があったとは思えない。もし自分たちの部屋が荒らされていたら、警察を呼ぶ大問題に発展しているだろう。

侵入者は間違いなくあの一室を狙ったのだと分かる。兄の死に関係している？

しかし、何が狙いだったのだろう。金銭目当ての泥棒と判断するにはタイミングがよすぎる。マドリードで犯罪が横行しているとはいえ、入居の翌日、兄と無関係な空き巣が偶然にも侵入したと考えるには無理がある。

怜奈はアナたちに事件を伝えようと口を開いたものの、思い直し、黙って椅子に腰を下ろした。

トラブルを抱えていると知られたら、部屋を追い出されるかもしれない。兄の死に関する疑問を解くためには、兄の生活していた場所にいるのが一番なのに――。

兄の持ち物が狙われているのなら、アナたちに危険はないだろうと自分に言い聞かせた。侵入者もあれだけ部屋を荒らして何もないと分かれば、二度と忍び込んだりしないはずだ。

怜奈は辛うじて笑顔を作り、夕食を食べながらカルロスの見事な闘牛の話題に交ざった。

話が盛り上がるにつれ、闘牛の興奮が鮮明に蘇り、疑問の数々は気にならなくなった。

頭にあるのは闘牛の圧倒的迫力だけだった。

5

犬を模した日本製の目覚まし時計を止めると、怜奈は朝日に明るむ部屋の中で上体を起こした。

闘牛の興奮は一晩経《た》っても薄れていなかった。カルロスが闘う姿を夢の中で再現していた。イメージは鮮烈なまでに残っている。猛々しい牡牛の姿、死に立ち向かう勇敢なカルロス、数千人の観客が叫ぶ「オーレ！」の大喚声――。自分の築き上げてきた価値観の建造物が粉々になり、地底から新世界が現れたような感覚だった。

初めてバレエを観たときの興奮を思い出した。指一本にまで意識が行き届いた美しい踊りに魅せられたのだ。

怜奈は写真立てを起こした。金糸刺繍のチョッキを身につけ、真紅のムレータを構える兄の姿が写っている。

怜奈は壁に備えつけられた鏡で長い黒髪を整え、ピンクのキャミソールと濃紺のジーンズを身につけ、一階へ下りた。

バスルームのドアを開けると、エンリケが口の周りを泡だらけにして剃刀《かみそり》を当てていた。ボタンを留めていないワイシャツの隙間から胸毛が覗いている。

「すぐすむよ」エンリケは言った。「工場で日雇いの仕事をしているんでね。今日も行かねばならん」

怜奈は彼が準備を終えるのを待ち、バスルームで身なりを整えた。ダイニングに戻ると、エンリケとアナ、カルロス、ホセの四人が食事していた。

「マリアは？」

怜奈は椅子に腰を下ろしながら訊いた。ホセがチューロ——細長いドーナツ——をつまんだまま答えた。

「娘はもう食べ終えているよ。今は部屋で会社に行く準備だろう」

怜奈はうなずくと、朝食を見回した。大皿に盛られたチューロやビスケット、カップに入ったココア《チョコラテ》——。スペインの食事は昼食がメインだから、朝は簡単なものですませる。普段から朝食が軽めだった自分には合っていると思った。

「ねえ、カルロス」怜奈は言った。「昨日の闘牛は本当に最高だった。私も好きになったみたい」

「本当かい？」カルロスは目を輝かせた。「レイナに嫌いだって言われたときはショックだったけど、本当の素晴らしさが伝わったなら僕こそ最高だよ」

彼の瞳に見つめられていると、落ち着かない気分になった。心地よい胸の高鳴りが混じった高揚感——。

怜奈は一度視線を落とし、間を置いてから顔を上げた。

「本当に凄かった。夢にまで出てきたもの」

カルロスは笑顔でうなずいた後、表情を引き締めた。

「でも、僕はときどきうなされるよ。牛の前に立つのは精神的に疲労するんだ。何度角にやられる夢を見たか分からない」

「厳しい世界なのね」

「〝壺を何度も水汲みに持っていくとついには割れる〟」カルロスはスペインのことわざを引用した。「闘牛士はね、常に危険を引き寄せなきゃいけないから、毎回命懸けなんだ」

彼の口から紡がれる言葉には重みがあった。一瞬、空気が緊張を帯びたように感じた。

カルロスはチョコラテ用のスプーンを取り上げると、ビスケットを突っ突いた。

「食事にも気を遣わなきゃいけない。カロリーの摂りすぎは厳禁だ。体重が増えたら危険だからね。動きが鈍るだけじゃなく、牛にやられたときに角が深く突き刺さる。体重が軽ければ、刺さるより先に撥ね飛ばされて、命が助かる可能性が高くなるんだ」

「食事制限とか練習とか、つらくはないの？」

「精神的重圧もあるし、苦しいって思うことはあるよ。別の仕事を選んでいたら、安定した収入で快適な生活を送れていただろうね。でも、お金や生活は問題じゃない。そんなものは副次的なものさ。闘牛ってのは僕の存在理由そのものなんだよ」

人生の目標があるというのはどんな気持ちだろう。バレエから逃げ出して以来、夢もなく惰性で生きてきた自分には分からない。

心底羨《うらや》ましいと思った。彼は死と隣り合わせの世界で生き生きしている。

「闘牛は空気みたいなものだ」カルロスは両手で宙を撫でた。「摑みどころがないけど、確実に存在してる。吸って吐いたら同じ空気がもうないのと同じで、闘牛にも二度と同じ闘牛はない」

怜奈は相槌を打った。エンリケとアナはチューロをチョコラテに浸して食べながら、大音量で報道されるニュースを観ている。

カルロスがチョコラテで喉を鳴らしたタイミングを見計らい、怜奈は質問をぶつけた。

「女の闘牛士もいるの？」

「……まあ、きわめてわずかだけど、いることはいるよ」

怜奈は心の準備をするためにビスケットを口にし、飲み込んでから言った。

「私も闘牛士になりたいの」

6

一瞬、時間が止まったような間があった。エンリケとアナとホセはチューロを手にしたまま固まっている。

「冗談だろ？」カルロスは悪意のない笑い声を上げた。「僕たちを驚かせて楽しんでるのかい？」

「……本気で言ってるのよ。カルロスの演技を観てから闘牛が頭を離れなくなったの」

正直な気持ちだった。

兄の命を奪った闘牛なのに、カルロスの演技を観てからその世界が目に焼きつき、夢にまで見た。

ビデオで観たときとは全然違った。〝本物〟は迫力があり、命の躍動が肌に伝わってきた。

バレエの美しさに魅了され、自分でも踊ってみたいと思った子供のころのように、今、闘牛の世界に心を摑まれてしまった。

だが、想いを伝えたとたんカルロスの目がスーッと細くなり、優しい笑顔が消えた。迷惑行為をすると宣言した友人を目の当たりにしたような表情だった。

「無理だね。〝揺り籠《かご》で覚えたことは長持ちする〟——。これは事実だ。幼いころから練習しなきゃ大成はできない」

「でも、私の兄も二十二歳からはじめたでしょ」

「……毎年、何十人もデビューしては消えていく世界だ。正闘牛士に至っては二百人程度しかいない。昇格式《アルテルナティーバ》を受けられる者は極々《ごくごく》、少数なんだよ。ダイスケは持ち前の努力と熱意で出番を手に入れたけど、簡単じゃなかった」

「それは分かってる」

「いいや、分かってないね。闘牛士になってからダイスケが闘った回数を知ってるかい？」カルロスは父親に顔を向けた。「父さんなら詳しいだろ？　教えてやってよ」

エンリケは波打つ黒髪を掻いた。瞳は困惑の色に揺れている。

「父さん？」

「……あ、ああ」エンリケは言った。「私はダイスケの剣係として彼と苦楽を共にした。ダイスケは闘牛士の資格を得るまでに三年も必要だった。就労ビザを手に入れるために雇用先を探し回ったり、練習を繰り返す日々だ」

「苦労話の一端なら私も聞いてます」

「闘牛士になってからも大変だった。出番がなかったんだ。小さな村の闘牛場ですら機会を貰えなかった。しかし三年後、ダイスケはラ・スエルテ闘牛場で出番を手に入れた。興行主のガルシアが日本人観光客による収入を期待してくれたんだ。一万人も収容できるマドリードの闘牛場でのデビューは奇跡だった。闘牛シーズンの終了間近だったからその年は一回だけだったが、ダイスケはデビューできて大喜びだった。目の前には希望が広がっている気がする、と言っていたよ。しかし、翌年は一回もチャンスがなかった。デビュー時に思いのほか観客が入らなかったからだ」

「たった一回で判断するなんて――」

「ガルシアも、ダイスケが有名になって日本人観光客を集めるのを待っているわけにはいかなかった。スペイン全土に四百はある闘牛場がしのぎを削っているからね。採算が取れなきゃ、外国人の出番は少なくなる。それでもチャンスを待ち続けたダイスケは、二年後、なかなかの演技で名を上げはじめた。出番は増えるはずだった。だが、不運にも狂牛病が蔓延したせいで闘牛の回数が激減した。結局、三回止まりだ。最後のシーズンになった今年も同じ三回だけしか出場できなかった。六年で七回だ」

「でも、可能性はゼロじゃないんですよね？」

答えたのはカルロスだった。

「偉大な闘牛士だったホセリートは、二歳のときに剣を持った写真を残してる。十二歳で闘牛士になった。十六歳のときには一人で三歳牛を六頭殺し、自分の誕生日を祝ったほどだ。君の年齢のときには、不世出の天才と称されていた」

怜奈はジーンズを握り締め、語調を強めた。

「私は偉大な闘牛士になりたいって思ってるわけじゃないの。兄みたいに闘牛をしたいって思ってるだけよ」

「……体重が半トンもある筋肉の塊が尖った角を突き出し、馬も持ち上げるパワーで突進してくる恐怖が想像できるかい？　殺傷力のある角が体の数センチ横を駆け抜けるんだ」

カルロスは立ち上がると、緋色の開襟シャツを脱ぎ、放った。怜奈は反射的に腰を上げて受け取った。

「何なの？」

Tシャツ姿の彼は、キッチンの棚の引き出しからガムテープを取り出した。膝元の扉を開け、二本の包丁を引っ張り出し、木製の椅子を逆さまにする。脚二本に包丁を添えてガムテープを巻きつけた。

カルロスが背もたれ部分を握って持ち上げると、椅子の脚から二本の包丁が突き出ていた。

「即席の牛だ。僕が突進する。足を動かさず、布の動きだけでパセできるかい？」

「カルロス！」アナは立ち上がり、金切り声を上げた。「馬鹿なまねはやめなさい」

「お前、何を考えているんだ」

エンリケとホセが進み出ると、カルロスはピシャリと言い放った。

「三人とも黙っていてくれ」

怜奈は椅子の脚から生える二本の包丁を見つめた。尖った先端が銀色に光っている。人間の体にたやすく突き刺さる刃だ。もし避け損なったら――。

「さあ、行くよ」

カルロスが足を踏み出した。怜奈は飛びのいた。

「ま、待ってよ」

「……ヘミングウェイの短編小説じゃ、こうやって練習した闘牛士志願者の少年が死んだよ。ほら、ケープを振れよ」

カルロスは刃先を向けたまま、再び迫ってきた。怜奈は後ずさりしながらかぶりを振った。

「わ、私はまだ何の練習もしてないんだから、こんな危険な行為はフェアじゃない」

「僕は牛の前に立つ意味を教えようとしてるんだ。ほら、逃げてどうする？」

カルロスの声には嘲弄《ちょうろう》の響きが忍び込んでいた。優しかった彼がなぜ急にこんな意地悪を言うのか理解できなかった。自分はいい加減な気持ちで言っているわけではない。

「でも、最初は二百キロや三百キロの牛が相手なんでしょ？」

「……だから？　ホセリートはたかだか二百六十キロの牛、バイラオールに殺された。腸がはみ出る大怪我が元で命を落としたんだ。信じられるかい？　彼は一人で六頭殺す闘牛を二十回以上も行った。銛打ち士《バンデリジェーロ》時代の四百倍もの給金を得ているほどの実力者だった。生涯千四百頭以上も殺した。闘牛の全てを知り尽くしていたんだ。なのに中型の牛に殺された。バイラオールは永遠に名を残したよ」

怜奈はカルロスの冷然とした顔を見つめた。彼は間を置いた後、しゃがみ込み、椅子の脚から包丁を取り外しはじめた。

「さっきも言ったけど、闘牛には一度たりとも同じ演技はない。何が起こるか分からない世界だ。バイラオールは四度の槍を受け、四頭の馬を殺したときに視力をなくしていたらしい。目の見えない牛ほど危険なものはないからね。闇雲に角を振り回す」

彼は解体し終えると、椅子を立て直し、二本の包丁を手に立ち上がった。

「一歳の子牛ですら、何十針も縫う大怪我をさせる力を持ってる。甘い世界じゃないんだよ」カルロスは包丁を片付けると、「バルにでも行くよ」とダイニングを出て行った。

怜奈は下唇を噛み締めたまま、彼の開襟シャツを手に立ち尽くすしかなかった。

胸が痛かった。心がドライアイスにでも触れたようだった。他人の辛辣な言葉にも、次々と襲ってくる不幸にも慣れ、傷つかないように強く生きてきたのに、なぜ彼に拒絶されてこんなにも苦しいのだろう。

「レイナ」エンリケは言った。「息子だって君を傷つけるつもりであんなことをしたわけじゃ――」

「分かってます」

何も分からなかった。

怜奈はカルロスのシャツを椅子の背にかけ、ダイニングを出た。階段を上って自室に入る。

カルロスなら賛成してくれると思っていた。兄を手助けしたように協力してくれると思っていた。昨夜みたいな笑顔で喜んでくれると思っていた。

しかし――全て思い違いだった。

怜奈はベッドに倒れ込み、うつ伏せになった。写真立ての中の闘牛服を着た兄の姿を眺める。

自分は間違っていた？　カルロスを怒らせ、エンリケやアナやホセを困らせてしまった。闘牛を本気で好きになったから、自分も兄のように挑戦したいと思っただけなのに――。もしかしたら、本気になれるものを見つけたかもしれなかったのに――。

ノックの音がし、「レイナ？　大丈夫？」とアナの気遣う声が聞こえた。怜奈はドアも開けず、「はい」と答えた。

「これからパン屋へ行くんだけど、レイナも一緒にどう？」

「部屋にいます」

「そう……。分かったわ。あまり落ち込まないようにね」

ヒールが絨毯を打つ音が遠のくと、怜奈はドアに背を向け、枕元のクッションを握り締めた。

カルロスの態度が頭を離れない。とりつくしまがなかった。敵愾心すら感じられた。何が気に食わなかったのだろう。手紙によると、兄はカルロスにも快く迎えられ、親身になって技を教えてもらい、親友同然の仲になったらしい。

決して闘牛を舐めていたつもりはなかった。危険を承知で挑戦したかった。自分にも本当の人生が見つかるかもしれないと思ったのだ。

何度も自問自答した。顔を上げると、置き時計の針は午前十時を示していた。ノックの音があり、アナの声がした。

「ねえ、レイナ。入ってもいいかしら」

怜奈は体を起こすと、「どうぞ」と答えた。

ドアが開き、アナが入ってきた。ボカディージョ――棒状のパンを使ったサンドイッチ――が載った皿を持っていた。生ハムやチーズの香りが漂っている。

「軽食よ」アナは皿をベッドサイドテーブルに置くと、目尻の皺を深め、温情に満ちた笑顔で言った。「通貨がペセタからユーロに替わったせいでパンが値上がりしちゃって、本当、困るわ。でも、品質は変わっていないからレイナの口にも合うはずよ」

ボカディージョは数種類あった。トルティージャが具になっているものもある。

「……あまり食欲がないんです」

アナは同情と理解の浮かぶ瞳を見せた後、一人用ソファを引っ張ってきて腰を下ろした。

「レイナが落ち込む気持ちは分かるわ。カルロスの態度は最低のものだった。でもね、普段は決してあんなことをする子じゃないのよ」

「なぜ反対されたのか分かりません」

「今朝のカルロスは変だったわ。レイナの怪我を心配していたなら、他の説得の仕方があったはずだもの。カルロスのあの態度には――悪意があったように感じたわ」

怜奈はうなずくと、彼女の目を真っすぐに見つめた。

「アナは私が闘牛をするのに反対ですか？」

「……ええ」アナは視線を逸らさずに言った。「反対よ」

「いい加減な気持ちで言ったわけじゃないんです」

「分かっているわ。あなたの気持ちは充分伝わってくるもの。でもね、大切な人間が牛の前に立つのは死の苦痛よ」

　思い返してみれば、初日にもアナから似た台詞を聞いた。

「もしかしてアナは——闘牛が好きじゃないんですか？」

「ええ。苦痛を感じるだけだもの。息子が牛の前に立つたび、心が押し潰されそうよ。カルロスが闘牛士になるって宣言した日、あたしは猛反対したわ。将来はまともな仕事に就いてほしいって思っていたから」

「でも、カルロスは闘牛士になったんですよね」

「闘牛の危険さを知って諦めてくれたら、って何度も思ったわ。なのにカルロスは学校が終わると、闘牛学校に通い詰め、闘牛に魅せられていった。あたしは最後まで神に祈り続けたわ。息子が闘牛を諦めてくれるように、よ。でも、あの子が十七歳のときにデビューが決まったの。あたしは涙を流して神に恨みの言葉をぶつけた。だから私は息子の闘牛も観たことがないの」

　信じられない話だった。アナが闘牛を好いていないとは思いもしなかった。

「闘牛士と結婚したのに変だって思うでしょう？　でもね、あたしはエンリケの優しさに惹かれたの。フランコの独裁時代、女は取るに足らない者のように扱われたわ。当時の婚約者は一人での外出時に化粧すら許してくれなかった。〝盲人の妻が化粧するようなものだ〟が口癖だった。夫以外の男に気に入られようと化粧している、って非難することわざよ。でもね、エンリケは違った」

アナは豊かな黒髪に包まれた卵形の顔に、過去を懐かしむ表情を浮かべていた。

「生前の父はこのアパートを貸し出していたわ。エンリケは部屋を借りに来た青年の一人だった。あたしたちはそうやって出会ったの。あたしは彼の奔放さや優しさや力強さに惹かれたわ。だから婚約者と別れて彼と交際をはじめた。彼が闘牛士だって知ったのはもっと後よ。当時はエンリケを失う恐怖でいっぱいだった。結婚にはずいぶん悩んだけど、結局は彼を選んだわ。愛が恐怖心を上回ったのね」

以前、マリアが言っていた台詞を思い出した。

『愛ってのはね、運命的なものなの。理屈じゃないわ。意志じゃコントロールできない――』

「でもね、エンリケの闘牛は一度も観たことがないの。彼は当時、何度も観に来てくれって言っていたけど、あたしは行かなかった。彼が悲しみ、寂しがっているのは分かっていても観られなかった――。夫の闘牛も苦しいけど、我が子が牛の前に立つのはもっと苦しいものなの。レイナはもうあたしたちの家族同然なのよ。あたしはあなたが危険を冒す姿を観たくないわ」

怜奈は下唇を噛み、視線を落とした。申しわけなさでいっぱいだった。アナは本気で心配してくれている。彼女を苦しめないためには、自分の気持ちを曲げなければいけない。しかし、今の自分は闘牛をやりたいと思っている。

「私は――本気なんです」怜奈は彼女の目を見つめた。「兄のように闘牛をしたいんです」

アナは黙っていた。表情からは感情が読み取れない。

数秒の沈黙の後、アナはソファから立ち上がり、背を向けた。無言のまま部屋のドアを開ける。

怜奈は再び下唇を噛み、彼女の背中を見つめた。怒らせてしまったかもしれない。しかし、自分の気持ちは曲げたくない。バレエを辞めて以来、人生に目標を見出せなくなり、惰性で生きてきた自分が新たに見つけた目標なのだ。自分を変えるチャンスがあるなら変えたい。

アナは部屋を出ると、ドアを閉める間際、ため息交じりに言った。

「教会で祈る回数が増えそうね」

7

午後二時、昼食の準備が整ったと呼ぶ声がした。

ダイニングに入ると、袖が汚れたワイシャツ姿のエンリケが早くも椅子に座っていた。日曜いの工場から一時帰宅したのだろう。料理を前に生き生きした表情だ。

昼食はコシードだった。牛肉や豚肉、鶏肉、ベーコン、ニンジン、ポテト、ひよこ豆を煮込んだスペイン伝統の家庭料理だ。一皿目には濃厚なスープとパスタが盛られ、二皿目には肉や豆などの具が盛られている。

エプロン姿のアナは、キッチンで手を洗いながら振り返った。

「おいしいわよ。ダイスケが一番好きだった料理なの」

怜奈は彼女の気遣いに感謝しつつ、椅子に腰を落ち着けた。

一階の煙草屋を閉めたホセが席につき、アナが葡萄酒の準備をはじめたとき、革靴の音がダイニングに入ってきた。振り返ると、オリーブ色の開襟シャツを着たカルロスが立っていた。彼は視線を横に逃している。

「カルロス……」

彼は無言のまま真横を通り抜け、椅子に座った。サッカー選手が表紙を飾る雑誌を広げた。

　何か言わなければ、と思ったものの、カルロスは氷の衣でも身に纏っているようだった。話しかけられる雰囲気ではない。

　怜奈は料理に視線を逃がした。

　沈黙が続く中、マリアが不動産会社から帰ってきた。彼女は紅色のキャミソールの上から薄手のカーディガンを羽織り、伸びやかな脚をジーンズで包んでいる。彼女はソバージュぎみの黒髪を掻き上げると、椅子に腰を下ろし、家族の顔を一瞥した。

「どうかしたの？　空気が変よ」

　カルロスは雑誌から顔を上げ、すぐ視線を落とした。

「別に何でもないさ。レイナが闘牛士になりたいって言った――。ただそれだけだ」

　マリアの驚いたような眼差しが滑ってきた。怜奈は彼女の目を見つめながらうなずいた。

「……本気なの、レイナ？」

「もちろん本気です。でも、カルロスが認めてくれなくて――」

「なぜなの？」

「私には全然――」

「当然だろ」カルロスは顔を上げ、断固とした口調で言った。「女の闘牛なんてもってのほかだ」

怜奈は予想外の台詞に驚いた。女だから反対された？　意味が分からない。朝、カルロスは女の闘牛士もいると答えた。性別が引っ掛かるとは思えない。なぜ反対されなければいけないのだろう。

理由を問いただそうと腰を上げたとき、マリアが言った。

「カルロスの言い分も理解はできるわ」

怜奈はマリアに首を振ってみせた。

「私には分かりません」

「……闘牛界ってのはね、最近まで男のものだったの。古い禁令では、女が牛に血を流させるのは禁止されていたわ。女には闘牛場も閉ざされていたのよ。だから昔は男装した女闘牛士がいたくらい。女が牛を殺すのが正式に認められたのは、たしか三十年ほど前だったかしら。多くの男が女の闘牛士を嫌うのは、ある意味仕方がないことなのかもしれないわね」

「分かったかい」カルロスは言った。「闘牛界は男社会なんだ。闘牛士、牡牛、牧場主、飼育家、批評家――。全て男だ」

「ねえ」マリアはカルロスに視線の槍を刺した。「私はあなたの言い分も理解はできる、って言っただけよ。納得はできないわ」

「闘牛の歴史を知ってるマリアなら納得できるだろ？」

「私が女だってこと忘れたの？　女を追い出すのは侮辱よ」

「世の中には男の世界ってものがあるんだ」

「最近は女性議員も増えているわ。女性パイロットもいるのよ」

「僕の友達は『女が機長してるって分かったら不安になる』って言ってるけどね」

「……カルロスが男女差別主義者とは知らなかったわ」

「僕も男女平等は当然だと思ってるさ。だけど、闘牛だけは別だ」

「禁じられてるわけじゃないわ。法学部だって三十年以上前には女に扉を開いているのよ」

「理屈じゃないんだよ。八年前の出来事を覚えてるか？」

　マリアは小首を傾げた。

「アランフェスの闘牛場で女たちの反乱があったろ」

「ああ、あれのこと――」

「〝男たちは不要だ《オンブレス・フエラ》〟をスローガンに掲げて、可能なかぎり男を排しての闘牛だ。テレビスタッフや先導役に至るまで女、女、女――。八千人近い女の観客。その中心になったのは、中性的な魅力で女を虜にした闘牛士へスリンだ。彼が一頭仕留めるたび、ハートマークが描かれたパンティがアレーナに舞った。へスリンはそれで汗を拭って投げ返していたよ。何百万もの女がテレビの前で熱狂したそうだ」

「革命的な出来事よ」マリアは平然と言った。「闘牛の世界でも女の存在が認められたわ」

「世間じゃ女たちの馬鹿騒ぎに批判的だったろ。闘牛を汚す行為だと様々なメディアで叩かれた。多くの批評家は、技術も創造性もない稚拙な闘牛だと評したよ。『闘牛技の深みを知らない女たちは、ヘスリンの愛らしい容姿と簡素な演技に興奮した』ってね」

「……公の場で下着を振り回す行為はともかく、女にも闘牛を観る権利はあるのよ。もちろん、する権利もね。クリスティーナ・サンチェスは立派だったわ」

　怜奈は「誰ですか？」と訊いた。

「欧州で初めて正闘牛士になった女性よ。『槍なしの闘牛《シン・ピカドーレス》』を百三十回近く闘った後、『槍ありの闘牛《コン・ピカドーレス》』でも百四十回は闘ったわ。角に傷つけられながらも、一九九六年、二十代半ばで正闘牛士になったの。その年は七十回近く闘牛をこなして百三十は耳を切ったわ」

　怜奈はマリアからカルロスに視線を移した。彼は肩をすくめると、呆れ顔で首を振った。

「冗談だろ。彼女みたいになれると思ったら大間違いだ。彼女は稀な例なんだよ。第一、クリスティーナ・サンチェスが名を馳せはじめたころには、動物愛護協会が『女は冷酷に動物を殺す行為に関わるべきではない』と反対したんだ。彼女の活躍の場はね、地方の第二級か第三級の闘牛場ばかりだった。第一級の闘牛場には滅多に呼ばれなかった」

「でも、闘うことはできたんでしょ」怜奈は言った。「私は正闘牛士を目指してるんじゃないわ。闘牛がしたいだけなの。朝にも言ったはずよ」

「……いいかい、レイナ。確かに第二のクリスティーナ・サンチェスになった女の闘牛士はいるし、第三、第四のクリスティーナ・サンチェスを目指す女の見習い闘牛士もいる。でもね、フランコの独裁時代には、禁止令が出て本国の土を踏めず、海外でしか活躍できなかった女の闘牛士もいるんだ」

「フランコの時代は二十五年以上前に終わってるでしょ。昔の話を持ち出すのはアンフェアよ」

「たしかに独裁時代は終わってる。でもね、闘牛に関する事情は完全に変わったわけじゃない。クリスティーナ・サンチェスは正闘牛士として百八十試合以上戦い抜いたけど、三年前の十月に髷を切った。分かるかい？　髷を切るってことは引退だ。大きな闘牛に出場できるクラスの闘牛士のはずなのに、出場契約書が来ないというのが理由だった。一緒に出場するのを有名闘牛士が拒むんだよ。女は闘牛場に不運をもたらすと思われているからね」

　怜奈は彼の言い分に反論できず、椅子に腰を落とした。目の前に絶望が広がっている気がした。

「でも、カルロス」マリアは思わせぶりな笑みを浮かべた。「レイナなら成功するかもしれないわよ。神のご加護があると思うわ」

「何でだよ?」

「代々、闘牛士の定宿として使われているホテルの名前、知っているでしょう? サンタ・アナ広場にあるホテルよ」

カルロスは一瞬の間を置き、鼻を鳴らした。

「くだらないジョークだな」

「どういう意味ですか?」怜奈はマリアに顔を向けた。

「レイナ・ヴィクトリア――。ホテルの名前よ。闘牛士の宿として有名なホテルの名前の一部が名前なんて、神様に導かれているような気がしない?」

「こじつけにもほどがある」カルロスは言った。「〝王女《レイナ》〟は闘牛士に何の縁もない単語じゃないか。名前で適性が決まるなら、レイナは文字どおりスペインの王女《ラ・レイナ・デ・エスパーニャ》にでもなれるよ」

言葉には皮肉の針があった。

ホセは眉を顰《ひそ》め、アナやエンリケと顔を見合わせていた。居心地の悪い空気が流れている。

カルロスは反対している。しかし、諦めたくない。自分も本当の人生を生きてみたい。

兄のためにも――。

兄が命懸けの演技で勇気づけてくれようとしたのに、闘牛に批判的な言葉ばかりぶつけた。兄の勇気を受け取らなかった。だから兄と同じ世界に足を踏み入れたい。生前の兄が与えてくれようとした勇気はちゃんと受け取った、と証明するために――。

怜奈は顔を上げると、カルロスの目を見据えた。

「私は本気なの」

怜奈は自分の気持ちを正直に話した。

バレエで大失態を犯して以来、勇気がなく惰性で人生を生きてきたこと。兄が勇気づけようとしてくれたのに素っ気なく突っぱねてきたこと。しかし、闘牛に魅せられ、自分も本当の人生を生きたいと思ったこと――。

「他にも理由はある。私の兄は危険な技に挑んで死んだ。でも、納得できない。兄は闘牛士にしか分からない何かで悩んでた。私は兄の死の真相を知るためにも、闘牛士になりたい」

8

タクシーは旧市街を出て北へ向かっていた。

怜奈は隣に座るカルロスに目を向けた。彼はシートに背中を預け、前を見つめたまま言った。

「言っておくけど、僕は賛成したわけじゃない」

「分かってる」

「ダイスケのことを出されたら、むげにはできなかっただけだ」

カルロスが納得していないことは、その表情を見れば分かる。兄の死の真相を知るために——という理由が後付けだと知っていながら、折れてくれた。

「……正直な気持ちを言うとね、実際に体験してみれば諦めがつくと思ってるんだ。レイナには悪いけどね」

「諦めなかったら？」

カルロスは苦笑いした。

「大したものだと思うよ。でも、それは体験してから言ってほしいね」

「……私は何をすればいいの？」

「まず闘牛術を学ぶんだ」

「たしか闘牛学校があるのよね？」

「僕が通っていた学校は十八歳までなんだよ。レイナが闘牛士になるには先生《マエストロ》に師事して学ぶしかない。プロの闘牛士に特別推薦されたら資格が貰えるからね」

「どこで学べばいいの？」

「僕が闘牛をしたラ・スエルテ闘牛場だよ。日曜日以外は闘牛士志願者や現役の闘牛士が練習する場になってる。ダイスケもそこで練習したんだよ」

「当面は練習の日々、ってわけね」

「一番の近道はパトロンを見つけることだ。金を出してくれる者がいたら、練習に全てを注げるからね。昼間はトレーニングをし、夕方は闘牛関係者が集まるバルでくつろいだりできる。いろんな情報を仕入れられるし、交友関係も増やせる。パトロンの存在は大切だよ。分かるかい？　〝立派な木に身を寄せる者にこそよい影が被さる〟」

「私は他人に甘えたくない。誰かにお金を出してもらったら弱みを握られた気になるもの」

「レイナは甘すぎる。闘牛界にかぎって言うなら、〝悪い連れといるより独りのほうがまし〟ってことはないんだ。どんなコネや助けでも大切だよ」

「悪い連れと組むなんてごめんよ。金持ちのおじさんと愛人関係を結んだりしたくない」

「僕もそんなことは勧めやしない。僕が言うパトロンってのは、必ずしも愛人関係が必要とはかぎらないんだよ」

「日本でパトロンって言ったら、愛人関係を指すケースが多いのよ。カルロスはどうなの？　悪い連れと組んでいたりするわけ？」

「残念ながら」カルロスは微苦笑した。「僕には悪い連れはおろか、パトロンも代理人もいないよ。自分で自分を売り込み、実力を見せつけるしかなかった」

「なら、私も自力で頑張るわ。ところで代理人っていうのは？」

「闘牛士の宣伝や興行の場所、回数、報酬など全てを仕切ってくれる人間のことだ。代理人は、正闘牛士になるまでの金を先行投資してくれる。闘牛士は報酬から投資分とマネージメント料を払うんだ。顔が広く、たくさん契約を取ってきてくれる代理人が最高だ。目をつけてもらうには、実際に牛の前に立って見事な演技をして、素質を示すしかない」

芸能界におけるマネージャーのようなものだろう。パトロンと違ってまともな気がする。

「代理人は正当な存在みたいね」

「当然さ。スポーツ界にも選手を売り込む代理人がいる。金持ちの異性に取り入って援助してもらうわけじゃない」

「でも、簡単には見つけられないんでしょ？」

「もちろんだ。代理人は才能のある者だけを探してる。優れた闘牛士の代理人は大金持ちになれるからね。でも、天才的な才能を持った者なんてそうはいない。一夜での成り上がりを夢見た思い違いの志願者が多いんだ」

「……私のこと？」

カルロスはレモンでも丸齧りしたような顔をした。

「一般論の話をしてるんだ。レイナを責めたりはしてないよ」

「ならいいけど……」

カルロスは黒髪に指先を走らせると、一度かぶりを振り、窓の外に視線を投じた。

沈黙が続いた。

タクシーが停まると、カルロスが代金を支払った。怜奈はドアを開けて降り、円形闘牛場を見つめた。闘牛の日に来たときと違い、チケット片手に集まる群衆の姿はない。周囲に張り巡らされた道路を無関心に走る車だけだ。

ラ・スエルテ闘牛場の扉は開けっ放されていた。二人で正門から入ると、アレーナには白いシャツに黒い短パン姿の青年や紺色のジャージを着た青年が十数人集まっていた。桃色のカポーテや真紅のムレータを持ち、角を模した道具で突進する仲間をパセしている。

「分かるかい？」カルロスは言った。「ここでは、誰もが思いがけないところから野兎《のうさぎ》が飛び出すのを待ってるんだ。幸運を信じてる者の吹きだまりさ」

彼は砂場で練習している十数人の元へ行き、身振りを交えながら何事かを言った。

怜奈は防壁前に立ったまま周囲を見回した。赤茶けた防壁の向こう側に階段状の観客席がある。アレーナから見上げると、砂場にのしかかるように取り巻く席の数々が迫力満点だった。闘牛の際には観客で埋め尽くされる場所だ。アレーナに立っているだけなのに、闘牛士の仲間になった気がして気分が高揚してくる。

カルロスが声を上げた。

「さあ、レイナ。みんなに紹介しよう」

振り返ると、全員の視線が入り口に集まっていた。怜奈は緊張を胸に歩み寄った。男たちの値踏みするような目が注がれている。奇異なものを見る目、好奇に満ちた目、驚きに見開かれた目――。

「女の闘牛士志願者かよ」

聞き覚えのある声がしたとたん、男たちの壁の中から黒髪で赤銅色の肌をした青年が進み出てきた。マリアに言い寄っていたロマ《ヒターノ》の青年だった。鋭角的な顎を横切る薄い唇を緩めている。

マリアを訪ねてきたときのようなアルマーニの服装とは違い、青年は汗に濡れた紫のTシャツにジーンズ姿だった。彼も闘牛士志願者だとは思わなかった。

「彼はラファエル・ゲレーロだ」カルロスは言った。

ラファエルが右手を伸ばしてきた。握手に応じようとした瞬間、ベージュのタンクトップの上から胸を鷲摑みにされた。

「な、何を――」

驚きながら腕を払いのけると、ラファエルは大袈裟なほど愕然とした顔付きをした。

「い、い、い、男なのに胸があるぜ」

怜奈はラファエルを睨みつけた。

「どういう意味？」

ラファエルは皮肉っぽい薄笑いを浮かべた。

「牛の前に立てるのは男の中の男《マチヨ》だけだ。闘牛士を目指すからには男だと思ったんだけどな」

「……マリアに相手にされない八つ当たり？」

ラファエルは表情を歪めたものの、声を冷静に抑えたまま言った。

「コホネスもない臆病な奴に闘牛ができるかよ」

コホネス？　何だろう。勇気？　度胸？　力？

「私が臆病だって言いたいわけ？」

「コホネスがあるなら確かめてやろうか？」

「やって見れば？」

突然、ラファエルが右手を股間へ伸ばしてきた。怜奈は慌てて飛びのいた。

「な、何のつもり？」

「コホネスがあるかどうか確かめてやろうと思ったんだよ」

ラファエルの真意が分からなかった。怜奈は困惑し、カルロスに視線を移した。

「……俗語だよ」カルロスは自らの股ぐらを指差した。

コホネス――。

怜奈は思わず「あっ」と声を上げた。コホネスが〝睾丸《コホン》〟の複数形だと気づいたのだ。

紅潮する頰を意識しながらラファエルを見据える。

「あなたは何が言いたいの？」

「コホネスは勇気の象徴なんだよ。だから女に闘牛は無理だ。理解できたか？ 楡《にれ》の木にナシを要求するようなものだ」

「……楡の木には楡の木のよさがあるわ。ナシがなくても立派に役立てるのよ」

「なるほど」ラファエルは野卑な笑みを覗かせた。「トルティジェーラってわけか」

「オムレツ売り《トルティージャ》？」

小首を傾げると、カルロスがため息交じりに言った。

「トルティジェーラはレズビアンを意味する隠語だよ」

怜奈は眉を寄せた。屈辱を嚙み締め、ラファエルを睨みつける。マリアが口にした人物評を思い出した。

彼は外国人や同性愛者を馬鹿にしたら、男らしさを証明できると思っているのよ――。

言い寄る彼をマリアが冷たくあしらう理由が分かった気がする。ラファエルは彼女に相応しくない。

「チュエカに行きたいなら地下鉄を利用しな」

ラファエルの台詞に数人が忍び笑いを漏らした。冷やかすような微笑の奥に刺《とげ》が見え隠れしている。

「マリマチョがたくさんいるぜ。あんたなら気に入られるだろうよ。毎夜毎夜、相手を変えられるほどにな」

「何を言ってるの？」怜奈はカルロスに尋ねた。

「……チュエカってのは、有名な同性愛者の区域だよ。夜は女装した男やレズビアンのカップルで賑わうんだ。マリマチョは男っぽい女って意味さ。大半の者はね、女闘牛士は女を捨てたと思ってる。中には、女闘牛士が全員レズビアンだって言う奴もいるよ」

怜奈は顔が火照《ほて》るのを感じながら下唇を噛んだ。ラファエルの下品な言い草に女の性そのものを馬鹿にされた気がした。

カルロスが女の闘牛に困惑するのと違い、ラファエルは女の闘牛を見下している。

「女が何もできないと思ったら大間違いよ」

「どうだか」ラファエルは鼻を鳴らした。「女は家事をして男に忠誠を誓っているほうがお似合いだ。俺は女の闘牛士なんて絶対に認めないからな」

怜奈は負けたくないと思った。反論しようと口を開いたとき、数人の背後から野太い声がした。

「おいおい、いい加減にしたらどうだ」

全員が振り返った。赤茶けた防壁に備えつけられた足掛かりに、男が酒瓶とグラスを持って腰を下ろしていた。四十歳前後だろう。襟が大きく開いたシャツを薄汚れたズボンの外に出している。

男は立ち上がると、一度だけよろめき、歩み寄ってきた。全身から葡萄酒の甘酸っぱいにおいが漂っている。

「俺はミゲル・フェルナンデスだ」

赤ら顔の男は無表情のまま言った。撫でつけられた艶やかな黒髪、L字形に口の端近くまで伸びる揉み上げが印象的だった。

怜奈が自己紹介すると、ミゲルは他の仲間を一瞥した。

「つまらん意地悪はなしにしようじゃねえか。練習したいってんならさせてやりゃあいい」

つかの間の沈黙があった後、数人が愛想のいい笑みを浮かべた。ラファエルは舌打ちすると、二人の仲間を連れて場を離れ、三人でムレータを使った練習をはじめた。

「困った奴だ」ミゲルはラファエルに視線を投じた。「他人をけなすことばかり考えているから、いつまでも正闘牛士になれんのだ。最近は出番が増えているとはいえ、もっと自己を磨き上げねばな」

「あんたが言うか？」金髪の男が笑った。「酒浸りで酔いどれじゃないか」

「出番さえ貰えりゃ最高の演技をしてやるさ。熟成した葡萄酒ほど味わいがあるってのに気づかん奴が多すぎる」

「牛の前でフラフラしてたら角にやられるぜ」

「アルコールは一晩寝りゃ抜ける。問題はねえよ」

「あの……」怜奈は二人の会話に割って入った。「ラファエルは練習生じゃなく、もう闘牛士なんですか？」

「ああ」ミゲルは酒臭い息を吐きながら言った。「五年も前からな。しかし、二十一歳になってもまだ見習い闘牛士《ノビジェーロ》のままだ。今年まではあまり出演できていなかったからな」

一歳下のラファエルが自分のはるか先を歩いている。彼に偉そうな口を利きながら、自分は階段の一番下に立ったばかりだ。死に物狂いで努力するしかない。

怜奈はミゲルを見つめ、頭を下げた。

「ありがとうございます、セニョール・フェルナンデス」

「ミゲルで構わない。それに誤解しないでもらいたいが、俺は練習したいならさせてやれと言っただけだ」

怜奈は首を傾げた。

「女が闘牛士を目指すのは自由だが、俺も女に牛の相手ができると思っちゃいない。牛を前にしたら逃げ出すに決まっている。女の細腕で一体何ができる？」

「やってみないと分かりません」

「口では何とでも言える。まあ、気がすむまで練習すればいい。現実を前に逃げても誰も責めはしねえよ」

ミゲルは相変わらず無表情のまま言うと、葡萄酒のにおいをアレーナに残し、闘牛場を去っていった。彼を見送っていると、カルロスが頭を掻きながら言った。

「レイナが挑もうとしてる世界は厳しい。闘牛学校に通っていても闘牛士になれるのは一割程度だ。独学で技術を身につけるのは並大抵じゃできない。本当にやるんだね？」

「ええ」怜奈は覚悟を胸にうなずいた。「本気よ」

「……分かった」

「ありがとう、カルロス」

「僕は別に何もしちゃいないさ」

カルロスは素っ気なく言うと、「無理するなよ」と言い残して闘牛場を出て行った。

チクチクと痛む胸を押さえながら入り口を見つめていると、数人の闘牛士志願者たちが遠巻きに顔を見合わせていることに気づいた。

怜奈は一人に近づき、「あの……」と声をかけた。

相手は仲間と視線を交わし、ぷいっと背を向けてしまった。

自分が〝女〟だからなのか、単に新参者への態度なのか――。正直、はかりかねた。

全員が全員、ラファエルのような価値観の持ち主とは思いたくないが……。

「あのう……」

別の二人組もそっぽを向き、自分たちの練習に戻っていく。

一人ぼっちになってしまった怜奈は、バッグからカポーテ――エンリケから借りた――を取り出した。桃色の布を見よう見真似で振ってみる。

基本も何も分からない。

結局、初日は夕方まで物真似を繰り返しただけだった。

二日目も三日目も同じだった。早くも心が折れそうになるが、困難に挑むと決意したのだ。こんな程度で諦めるわけにはいかない。孤独だとしても、闘牛界に飛び込むと決めたのは他ならぬ自分なのだから。

四日目も、五日目も、一人で練習を続けた。

所詮は見よう見真似だから、何日汗みずくになっても上達している気がしない。

金髪の男が歩み寄ってきたのは、アレーナに足を運んで一週間が経ったころだった。

「なかなか意地っ張りな性格なようだな」

「え？」

「誰からも無視されて、幽霊みたいに扱われてるのに、毎日、通ってくる」

怜奈は視線を落として下唇を嚙み締めたが、すぐに顔を上げ、男の顔を真っすぐ見返した。

「覚悟はしていましたから。でも、一人じゃ何も分からなくて、それは少し挫《くじ》けそうです」

金髪の男は顎を撫でた。

「俺と練習するか？」

「……いいんですか？」

「ああ」

「でも、どうして――」

「冷やかしじゃなさそうだし、ひどい練習を見かねてな」

怜奈は苦笑した。

「じゃあ、練習しようか」

「お願いします。どうすればいいんですか？」

「全て自由だ。資格も金もいらない。練習したい人間が練習したい日に集まってる。練習したくなければ来る必要はない」

「分かりました」

金髪の男はうなずくと、防壁の中からカポーテを持ってきた。桃色の大きな布を両手で胸の前に構える。

「闘牛士に必要なのは運動能力じゃない。必要なのは死を前に逃げ出さない勇気だ。両脚を揃え、牛が通りすぎるまで静かに立っていなきゃいけない」

　金髪の男は架空の牛を撫でるようにカポーテを振った。二度、三度と実演する。

「こうやって牛の顔をカポーテで撫でる技を『ベロニカ』と呼ぶ」

「『ベロニカ』——ですか」

「聞き覚えがあるって顔だな。キリストが十字架を背負ってゴルゴタの丘に向かっていたとき、聖女ベロニカがその顔の血と汗を拭った格好と似ているというのが名の由来だ。最も基本的なカポーテの技だよ。さあ、実践してみようか」

　怜奈はカポーテを胸の前で構えた。桃色の布は二、三キロある。彼のお手本を参考にして『ベロニカ』を試み、手取り足取り教わっては繰り返した。

「カポーテを持つ両手は低く保つんだ」

　助言を頭に叩き込みながら、陽光の照りつける中、目に流れてくる汗を拭って練習した。アレーナに影が増えてくるころ、洗濯物を干していると誤解されない程度には扱えるようになった。

「なかなか筋がいいな」

　怜奈は息を喘がせながら答えた。

「一応、元バレエダンサーですから」

「ほう？」金髪の男は片眉を吊り上げた。「バレエダンサーか。闘牛士になる下地を作るには最適だな」

「本当ですか？　命懸けの闘牛とダンスですよ？」

「今度、いいビデオを貸してやるよ。さあ、休憩は終わりだ。とりあえず『サロン』をしてみよう」

金髪の男は練習用の角を持っていた。二本の本物の角の切り口同士が胸幅の鉄棒で繋げられた道具だ。

「技術を身につけるためには、『室内の闘牛術《サロントレオ》』と呼ばれるもので練習するんだ」金髪の男は角の根っこ部分を両手で握って腰を曲げ、両腕を突き出した。「俺が突進するからカポーテで操るんだ」

彼は牛の真似をして構えている。

怜奈はカポーテを波打たせた。角が桃色の布に突っ込んでくる。ゆっくり向かってきてくれるため、本物の角とはいえ、包丁ほどの恐怖はない。練習どおりにベロニカを成功させた。

三十分以上練習したとき、金髪の男は息を切らせながら角を差し出してきた。

「次はレイナが牛になるんだ」

「私もですか？」

牛の役には少し羞恥心があった。だが、自分ばかり練習するわけにはいかない。

「もちろんやります。私の練習につき合ってくれたんですから」

「これも君の練習だ」

「私が牛役をするのに？」

「闘牛士になりたけりゃ牛になる必要がある。交互に練習するのが大切なんだ。牛の気持ちを知り、牛の癖や動きを学ぶために牛になるんだ。ケープ捌きの練習だけじゃ、一人前にはなれない」

怜奈はうなずくと、長い黒髪を後ろに纏め、ジーンズからゴムを取り出してポニーテールにした。

角を受け取り、頭の前で構える。腰を曲げると、上目遣いに前方を見た。揺れているカポーテが目に入る。桃色の布だけを見据えて突進した。カポーテに頭が飲み込まれたとたん、目の前から桃色の布が消えた。振り返る。再びカポーテがちらついていた。突進する。何度も繰り返し、曲げっぱなしの腰が痛くなるまで続けた。

牛になると、牛の視点を知ることができた。牛が頭を下げて構え、目の前で揺れ動くものだけを狙って突進するから、技が成立する。理屈を体感し、闘牛術の一端が理解できた気がした。

上達できた興奮を胸に、日が暮れるまで交互に練習した。

タンクトップは汗でびしょびしょになり、ジーンズには濃紺の染みが何カ所もできていた。

疲労のあまり両腕が垂れ下がり、肩より上に持ち上げられなかった。

9

「これがダイスケの使っていた道具だ」

怜奈はエンリケから中型のトランクと革製の剣箱を受け取った。

本格的に練習をはじめてから五日。いつまでもエンリケからカポーテを借りているわけにはいかない。

エンリケが部屋を出ていくと、アルミ製の剣と真剣が収められた剣箱をベッドの横に置き、トランクを開けてみた。使い古したカポーテとムレータが三枚ずつ入っていた。

兄が使っていた道具だと思うと、感慨深いものがあった。

怜奈は兄のカポーテで技の練習をした。午後八時に入浴して汗を流し、普段どおり十時に夕食の席についた。最近はスペインの遅い食事時間にも慣れた。

日本人の口に合うのは実証済み、とアナが作ってくれたのは、スペイン名物のパエリア――魚介類や鳥肉、野菜を加えた炊き込みご飯――だった。

兄も堪能した味を噛み締めながら夕食を摂ると、皿洗いを手伝ってからリビングのレコーダーに、練習相手から借りたビデオを差し込んだ。

再生してみると、数組の男女がペアでフロアに立っていた。照明の光を全身に浴び、背筋を伸ばしたポーズを取っている。男は胸元がV字に切れ込んだ黒一色の長袖の服と長ズボン姿、女は股下数センチの短いスカートがセクシーな真紅のドレス姿だ。

闘牛の行進時に使われるパソ・ドブレが流れはじめた。マーチふうの舞曲だ。

男女はバレエダンサーのような姿勢を作り、激しくステップを踏みながら踊りはじめた。男がポーズを決めるたびに汗が光る。女が回転するたびに短いスカートが真紅の花弁のように広がり、小麦色の太ももが付け根まで覗く。

男女はキスするほど顔を近づけ、上体を反らし、情熱的なリズムに身を任せている。元バレエダンサーの目から見ても、相当レベルが高い踊りだった。

「去年のダンスコンテストのビデオだな」

振り返ると、ホセが立っていた。引き締まった首を撫でながら、隣のソファに腰を落ち着ける。

「闘牛とダンスに共通点があるって言われたんですけど……」

「たしかに動作の共通点はあるだろう。パソ・ドブレは闘牛士を模したダンスだからな」

「本当ですか？」

「ああ。男は闘牛士、女は真っ赤なケープを意味している。パソ・ドブレは闘牛士を原型にした勇壮なダンスなんだ」

言われてみれば、パソ・ドブレのダンスは闘牛士を彷彿とさせる。このような踊りが闘牛士の姿勢の基礎になるなら、九年間続けたバレエは武器になるだろう。

ホセと一緒にビデオを観終えると、自信を胸に部屋へ戻った。

自分も闘牛士になれるかもしれない――。

寝る準備をし、下着姿でベッドに入ったのは午前一時前だった。

毎日の厳しい練習による疲労のため、柔らかなベッドに寝転ぶと、心地よい睡魔に襲われた。無駄に抵抗せず、意識の手綱《たづな》を手放し、夢に身を委ねた。

カルロスが牡牛を見事に操り、観客を沸かせている夢だった。隣では一緒になって喜ぶ自分の姿がある。

突然、金属的な微音が響き、怜奈は夢から醒めた。

薄闇の中で目を開けると、上体を起こし、ナイトテーブルの置き時計を見た。蛍光の針は午前四時半を指している。

一体何の音だったのだろう。カーテンに透ける真っ黒い窓ガラスを見つめた。

強い風に窓が揺れた?

しかし、ガラスは震えているものの、大きな音は立てていない。夢の中に忍び込んできたのは、部屋のドアを開けたような音だった。

エンリケとカルロスは、明日の闘牛のためにホテルに泊まっている。アナかマリアが二階に来た？　何の用事で？　二階にあるのはカルロスの私室だけだ。三階の自室で寝起きする彼女たちが真夜中に下りてくる用事があるとは思えない。

まさか――。

何者かが侵入している？

カルロスの闘牛の後で自室が荒らされていたのを思い出した。同じ犯人がまた忍び込んだ可能性もある。

心臓の鼓動が高まり、呼吸が苦しくなった。部屋に吹きだまる闇が敵意を抱いて迫ってくる気がする。

再び物音がしないか、ベッドの上で息を殺した。人がいるならまた音がするかもしれない。

置き時計の秒針が一周、二周、三周しても静寂は破られなかった。気のせいだったのだろうか。

秒針が一周した。時間が経過するにつれ、動悸《どうき》はおさまり、呼吸も緩やかになってきた。侵入者がいるなら何かしら音がするはずだ。しかし、もう何の音も聞こえてこない。

気を取り直してベッドに倒れ込んだものの、夢の中で聞いた物音の正体が気になって落ち着かなかった。

廊下に出て確かめてみるべきでは？　実際は何でもないかもしれない。忘れ物をしたとカルロスから電話があり、アナが彼の部屋へ入っただけとか。

不安に耐えながら朝まで起きているなどできない。アナにしろマリアにしろホセにしろ、正体を確かめなくては――。

ベッドから足を下ろすと、スリッパを突っかけ、幽霊さながらに白いバスローブを羽織り、薄闇の中で革製の剣箱を開けた。迷わず真剣を手に取った。

そこで迷いが生じた。二階にいるのがアナやマリアなら、驚かせることになってしまう。剣は置いておくべきだろうか。

つかの間悩んだすえ、十字剣を握ったまま立ち上がった。足音に注意しながらドアに歩み寄り、ノブをゆるゆると回した。カチャッと微弱な音が響いた。ドアを開けるのには抵抗がある。もし部屋の真ん前に見知らぬ人間の顔があったら？

微動だにしないまま一分ばかり待った。物音は夢だったと信じられたらどれほど楽だろう。

だが、泥棒が侵入しているかもしれない以上、見すごすわけにはいかない。明日になってから金品が盗まれていることが分かったら、後悔するだろう。

意を決してドアを開けた。薄闇に包まれた廊下が延びている。

壁を探って手を添え、剣の柄を握り締めたまま進んだ。カルロスの寝室の前の絨毯を青白い線が切り裂いている。人工的な光ではなく、仄《ほの》かな月明かりだった。きっとカルロスがカーテンを開けたままにしたうえ、ドアをぴっちりと閉めなかったのだろう。

希望的な推測とは裏腹に、心臓の鼓動が駆け足になった。間違いなく部屋に誰かがいる。

深呼吸で気持ちを落ち着け、部屋に歩み寄った。剣の柄を握る手が汗ばんでいた。ドアを数センチだけ押し、室内を覗いた。薄闇の底でライティングデスクとソファがまどろんでいる。真横に人影がうずくまっていた。

心臓が喉元まで迫《せ》り上がってきた。

突如、人影が振り返った。

気づかれた！

剣を握る腕に力が入る。

だが、人影はライティングデスクの引き出しを閉め、窓枠に足をかけて飛び降りた。あっと言う間の出来事だった。

端に寄せられた薄茶色のカーテンだけが揺れている。

怜奈は呆然とした後、はっと我に返った。部屋に飛び込み、窓に駆け寄る。顔を突き出すと、薄暗い路地を駆けていく人影があった。

大変――！

怜奈は廊下の明かりをつけると、三階に駆け上がり、ホセとアナとマリアの部屋を順番にノックした。白いシャツを着たホセと鴇色《ときいろ》のパジャマ姿のアナ、ピンク色のパジャマ姿のマリアがドアを開けた。

「一体どうしたんだ?」ホセが訊いた。

化粧を落としているアナは、皺が目立つ目元をこすっていた。マリアは寝癖を気にしている。

「カルロスの部屋に侵入者がいたんです」

怜奈は三人の顔を見回し、事情を説明した。アナは黙って聞き終えると、「とりあえず部屋を見に行きましょう」と階段を下りた。四人でカルロスの部屋に入る。

開けられたままの窓から夜風が吹き込み、薄茶色のカーテンが音を立ててはためいている。室内を見回した。CDコンポもタンスもライティングデスクも本棚も荒らされた形跡はない。引き出しの中身の有無はカルロスにしか分からないだろう。

「別に何もないわね」アナは言った。「窓が開いているだけよ」

「侵入者がすぐに逃げたからです」

「……一階から侵入したのかしら」

アナは踵を返すと、部屋を出て階段を下り、玄関のドアを調べた。怜奈は「どうかしたんですか?」と訊いた。

「鍵はかかっているわ」

「侵入してから閉めたんじゃないでしょうか」

「普通、逃げるときのために鍵は開けておくものでしょう?」

「窓があったから大丈夫だと考えたんだと思います」

「そういう問題かしら?　何があるか分からないのに、わざわざ内側から鍵を閉める泥棒がいる?」

「……私が嘘をついてると思ってるんですか?」

「きっと――」アナは無表情のまま言い切った。「誰もいなかったのよ」

二の句を呑み込ませる完全な否定だった。

意味が分からなかった。普通、侵入者がいたと言われたら、見間違いだと切り捨てるより、心配が先立つはずだ。にもかかわらず、アナは気にしていない。

なぜ?


結局、何も分からないままカルロスの闘牛を迎えた。彼は耳を切る演技はできなかったものの、危なげなく技を披露した。一週間前のような興奮は感じられなかった。

ホテルに戻った不満足のカルロスが他人を拒絶したため、彼と話すには帰宅を待つしかなかった。先にタクシーで帰り、夕食の準備を手伝いながら時間を潰した。

エンリケとカルロスが帰宅すると、二人に祝福を述べた。抱擁とキスを交わしてから、昨夜の出来事を切り出した。カルロスの部屋に侵入者がいた事実を告げる。

「僕の部屋に……ねえ」

「本当なのよ。この目で見たんだから」

横目でアナを窺うと、彼女は迷惑そうに眉を寄せていた。

怜奈はカルロスの目を見据えた。

「心当たりはないの？」

「僕は農場を持つ大金持ちかい？」

「私が言いたいのは――」

「アパートなんて何人住んでるか分からないんだ。忍び込むにも相当なリスクがある。泥棒も躊躇するよ」

「でも、家族構成を知ってる者の犯行だったら？」

「鍵はちゃんと閉めてるんだから、泥棒なんて入りっこないよ。練習のしすぎで疲れてるんじゃないか」

「見間違いじゃないわ。私は本当に――」

「僕は牛と闘って疲れてるんだ。もう話はいいだろ」

カルロスが廊下に姿を消すと、エンリケは肩をすくめた。

「いたずらにみんなの不安を煽るものじゃないよ、レイナ」

アナと同じく完全な否定だった。エンリケたちは侵入の事実を無として扱いたがっている。なぜ？　彼らは何かを知っている。一体何だろう。家族ぐるみで隠しているものは？　もしカルロスが夜中にホテルを抜け出し、アパートに侵入したのだとしたら？　しかし、目的が分からない。自分の部屋に忍び込む理由があるだろうか。

謎は深まるばかりだ。一週間前に自室を荒らした人間の正体は？　昨晩カルロスの部屋に忍び込んだ人間と同一人物？　エンリケたちが侵入の事実を否定する理由は？

もう何が何だか分からない。

10

怜奈は朝食を終えて胃を休めると、黒のストレッチパンツにグレーのタンクトップを身につけ、腹部に二キロのウエイトを巻き、トレーナーを重ね着した。八月の熱気に、着替えた矢先から汗が噴き出てきた。しかし、前もって暑さと重さに慣れておかないと、光の衣装《トラヘ・デ・ルセス》——闘牛服——を着たときに苦労するらしい。

スポーツバッグにムレータとカポーテを一枚ずつしまうと、肩から下げてアパートを出た。二週間以上前から、ラ・スエルテ闘牛場までの五、六キロの距離を走って通っている。体力トレーニングになるし、タクシー代の節約にもなる。四年間のブランクは大きいものの、走るたびに体力が戻ってくるのを感じた。

物乞いの姿が目立つ旧市街の路地を出ると、石畳を加熱する陽光を浴びながら、目的地に向かって走った。尖塔が突き出た城を思わせるアルムデナ大聖堂の前を駆け、荘厳な白亜の宮殿の前を駆け、英国ふうに造られたオエステ公園の前を駆け、四十分ほどのジョギングを続けた。

体を動かしているあいだだけは、様々な疑問を忘れられた。

この二週間、侵入者の話題を出さなければ、エンリケやアナはとても親切だった。カルロスとの会話は相変わらずぎこちないものの、とりつくしまがないほどの拒絶はされていない。ホセは愛想がいいし、マリアはファッションに関する知識を色々と教えてくれる。

スペインへ来て得た第二の家族を失いたくなかったから、侵入者の話題はあの日以来一度も口にしていない。

ラ・スエルテ闘牛場に着くと、両膝に手を当てて息を喘がせた。汗だくの衣服が不快だったが、我慢した。

闘牛場に入ると、何人かが練習していた。ロマのラファエル《ヒターノ》もいた。先端に牛の角がついた手押し車を仲間が押している。彼は真紅の布を操り、手押し車の背に敷き詰められた藁《わら》の中央に剣を突き刺し、刺殺の練習をしていた。

壮年の男二人は同じタイプの手押し車を使い、背の藁に銛を突き立てる練習を繰り返していた。バンデリジェーロとしての技量を磨いているのだろう。他の数人は互いに技術を批評し合っている。

見回す先にベテラン闘牛士、ミゲルの姿はなかった。

心配だ。最近、彼は数日に一回しか練習に現れない。しかも、姿を見せたかと思えば、酒瓶とグラスを手にしている。仲間に『酔いどれ』とからかわれても、赤ら顔で皮肉に笑うだけだ。

ミゲルの口添えのおかげで練習に参加できたのに、肝心の彼は怠惰な生活を送っている。訓練しなければ腕が衰えるのは自明の理なのに――。

出番がないからといってサボっていたら、いざというときに演技ができなくなる。

そこまで考えたとき、自分のお節介精神を不思議に思った。日本にいたころは他人を拒絶し、自分に被害がないかぎり無関係を貫いていた。しかし、スペインに来てからは違う。人生に意味と目標が見つかると、心に余裕が持てるのかもしれない。

昔から兄が勧めてくれていたスペイン――。来てよかった。

兄が生きていたら最高だったのに。

怜奈はぐっと拳を握り締めた。

兄が人生を捧げた闘牛を知れば、兄が危険な技に挑んだ理由や、闘牛士を辞める覚悟をしていた理由が分かるかもしれない。

怜奈は周囲を見回し、金髪の男の元へ歩み寄った。彼は一番親切に教えてくれる。

「来たな。今日はそろそろムレータの練習をしようか」

怜奈はスポーツバッグを置くと、ムレータを取り出した。真紅のフランネルで、黄色い縫い取りがある。布の上部に棒を差し込み、両側で半円状に垂れ下がるようにした。

右手で持ち上げてみると、腕が下方に引っ張られた。四、五キロはあるだろう。維持しているだけで腕の筋肉がピクピクと痙攣《けいれん》している。女には無理だと言われた意味の一端が理解できた気がした。

顔を上げると、遠くにいるラファエルと目が合った。心なしか薄笑みを浮かべているように見えた。弱みを見せたくなかったから、無表情を装ったままムレータを持ち上げた。

「いいか」金髪の男は言った。「最終演技《ファエナ》で見せるムレータの技は一番重要だ。闘牛士が最も牛と接近し、命懸けで闘う場面で用いるわけだからな。さあ、やってみよう」

怜奈は基本的なパセを教わると、実践してみた。三週間の練習で慣れてきたカポーテとは別物だった。真紅の布は腕の動きに逆らって無様に垂れ下がり、思いどおりに動かなかった。両手で操るカポーテより重いのに、それを片手で操らなければいけないのがつらい。夕日が闘牛場を琥珀色に染めるまで練習したものの、ムレータは他人の腕同然だった。意思とは無関係にしか動かない。カポーテを学んだときとは違い、最低限の手応えすら摑めなかった。

疲労がピークに達していたため、帰りは走らず、歩いた。

旧市街の路地裏へ踏み入ったとき、サングラスをして白杖をついた老人が声を上げ、宝くじを売っていた。闘牛士になるには、一等を当てるのと同様、奇跡が必要かもしれない。

老人の横を抜けると、壁に落書きがされた建物の角を曲がった。物乞いの老婆がいた。スキンヘッドの側頭部に蜘蛛《くも》の入れ墨をした男がしゃがみ込んでおり、何やら話しかけている。

一瞬、スキンヘッドの男と目が合った。男はすぐ老婆に向き直り、段ボール箱に数ユーロ硬貨を落とした。

「コーヒーでも飲んでくれ」

人は見かけによらないらしい。凶悪そうな外見でも、中身は人の温かさを持っている。

怜奈は二人を横目に路地裏を進んだ。

アパートに帰ると、アナは靴底の汚れ落とし《フェルプード》をモップで水洗いし、外に干していた。エンリケやカルロス、マリアはもう帰宅していた。ホセは一階の煙草屋で接客している。

怜奈は入浴すると、服を着替え、五人と一緒に夕食を摂った。談笑もそこそこに部屋へ戻り、ムレータを操る練習をした。腕の筋肉が攣《つ》りそうだった。

寝る前になると、鞄から日本製の湿布を取り出した。十日前の一時帰国の際、ついでに購入したのだ。

日本に帰ったのは、外語大学を辞め、自分のアパートの部屋を引き払うためだった。後悔はなかった。外語大学に通っていたのは、兄の勧めがあったからだ。スペインで闘牛士になるという目標が見つかった今では、もう学校に意味はない。

怜奈は両腕と太ももに湿布を貼ると、ベッドに入った。

翌日からは練習のかたわら、市外に出掛け、日曜日以外にも催される闘牛を見物した。優れた技を目の当たりにしたら、いろいろと勉強になるだろう。

移動にはタクシーを利用した。スペインの列車は平然と十分以上遅れたり、十分以上早まったりするため、定刻どおりにはじまる闘牛見物には不便だった。五分早く出発した列車が次の駅に十分遅れて到着するときもある。

闘牛場では、素晴らしい演技の他にも様々な闘牛があった。

疲れさせるペースが早く、演技の中盤で牡牛が攻撃しなくなり、苦労した闘牛士もいた。体を正面に晒さず、臆病にも側面から剣を刺し、「殺し屋《アセシノ》!」と罵られた闘牛士もいた。

ピカドールが槍を押し込みすぎ、牡牛の戦意を喪失させ、闘牛士の演技をぶち壊してしまった闘牛もあった。観客はパンのかけらや座布団を投げ込んで抗議していた。

最も衝撃的だったのは、第三級《カポーテ》の闘牛場での出来事だった。闘牛士が牡牛に撥ね飛ばされたため、バンデリジェーロが桃色の布を振りながら助けに来た。しかし、闘牛士は「いいところなのに邪魔するな」と怒鳴った。バンデリジェーロに何事かを言い返されると、驚いたことに闘牛士は彼に殴りかかり、十数人が入り乱れる大乱闘となった。

怜奈は様々な闘牛を見ながら練習を積んだ。十日も経つころには、筋肉痛で眠れなくならない程度には慣れた。仲間が丁寧に指導してくれるから、ムレータの扱いも様になってきた気がする。

練習を休みにした日はマリアに引っ張られ、プラド美術館や国立ソフィア王妃芸術センターへ足を運び、ゴヤやエル・グレコ、ヴェラスケス、ピカソ、ダリなどの絵画を堪能した。彼女は芸術に造詣が深く、話を聞いているだけで知識が増えた。

高級ショッピングエリアであるセラーノ通りには何度も通った。半ば強引に連れられたのだ。マリアは女らしく見せる方法を実の姉のように教えてくれた。

「レイナは素材がいいんだから、もっと自分を磨かなきゃもったいないわ。Tシャツにジーンズは男っぽすぎるもの。でも、女性的なバッグや靴を合わせるだけで可愛らしい感じになると思う。色違いのスカーフを二枚使ってお洒落な雰囲気を出す手もあるわ」

マリアの押しに負け、安くて新しいバッグや靴を買った。練習三昧だから身につける機会はなかった。

その日も練習で一日が終わった。

入浴を終えて部屋着に着替え、自室に入ると、ベッドの縁に腰を下ろした。ふと新聞の存在を思い出した。スペインに着いた日、兄の活躍を報じる新聞を貰い、ベッドの下にしまったのだ。しかし、兄の死亡を伝える記事だけはまだ読んでいなかった。今なら読めるだろう。

怜奈は四つん這いになると、ベッドの下を覗き込んだ。段ボール箱に腕を伸ばしたとき、ベッドの裏側の天然木に茶封筒が貼りつけられているのが目に入った。

何だろう。

茶封筒を剝がし取り、掲げてみた。消しゴム程度の重さがあり、一センチほどの厚みがある。宛て先も何も書かれていない。

兄の持ち物だろうか。

兄が意図的に隠していたのなら、兄の死に関する謎が分かるかもしれない。

怜奈は息を吞むと、丁寧に封を開けた。茶封筒を傾け、中身を手のひらに落とした。粉薬サイズのビニールの小袋《パケ》が十数個、滑り出てきた。中身は真っ白い粉だった。調べて見るまでもなく、正体に見当がついた。

それはコカインだった。

11

怜奈は震える手でビニールの小袋《パケ》を見つめた。

ベッドの下に風邪薬を隠す人間はいない。真っ白い粉――。間違いなくコカインだ。

兄が麻薬を隠し持っていた？

信じられない。兄は真面目で犯罪とは無縁の人生を生きていた。中学時代も高校時代も模範的な生徒と言われていた。煙草は害毒だからと吸わず、酒も法律を守って二十歳まで一滴も飲まなかった。そんな兄がなぜ？

自分は本当に兄の全てを知っていたのだろうか。

人間誰にも秘密の一つや二つはある。現に兄がスペインで恋人を作っていたのも知らなかった。異国の地へ来た兄が悪い仲間にそそのかされ、麻薬に手を染めたとしても不思議はないのではないか。

勝手に妄想が一人歩きしていく。

兄がカルロスにした忠告――取り返しがつかなくなる前に、闘牛界から身を引く準備はしておいたほうがいい――は、麻薬に溺れた自分と同じ道をたどるな、という意味だったのではないだろうか。

では、まさかカルロスもコカインを買っていた？

麻薬に蝕《むしば》まれた体で演技するのは危険すぎる。だから、取り返しがつかない事故が起こる前に闘牛をやめろ、と忠告したとか。

以前、アナたちが侵入者の話を拒絶したのは、コカイン絡みだと気づいたから――。麻薬に溺れる者が身内にいる事実を公にしたくなかったから――。

しかし、兄がコカインに手を出した理由は？　闘牛士になる夢が叶って喜んでいたのに、麻薬を求めた理由は？　最悪の場合、闘牛ができない体になる危険もある。何より、逮捕されたら闘牛どころではないではないか。

ありえないと思いつつも、悪い想像ばかりしてしまう。

悩んでいると、夕食の時間を告げるアナの声が聞こえてきた。深呼吸で気持ちを落ち着け、コカインを隠してからダイニングに向かった。

テーブルには五人が揃っていた。

怜奈は椅子に座ると、ホセたちの顔を一瞥した。ストレートに問い詰めても教えてくれないだろう。しかし、会話の中でコカインの名前を口にしたら？　何らかの反応があるかもしれない。

怜奈はしばらく普通の話題に参加し、頃合いを見てからさりげなく切り出した。

「そういえば……スペインにも麻薬問題はあるんですか？」

五人の顔色を窺った。マリアとアナは顔を曇らせ、エンリケとカルロスは深刻な表情をしている。

「……唐突な話題だね、レイナ」ホセは言った。「そうだな、もちろん問題はある。麻薬吸飲者の低年齢化も報じられているよ。最近のニュースによると、麻薬に手を出す者の平均年齢は、信じがたいことに十四歳にまで下がっている。若者の一割がコカインを体験しているらしい。遊び感覚で使用するんだ」

自然と口にされた単語――コカイン。

ホセはコカインの話題を嫌っていないのだろうか。質問するときはあえて名前を出さず、〝麻薬〟と言った。しかし、ホセは躊躇なくコカインの名前を出した。彼らがコカインに関係しているという推測は考えすぎだった？

もう少し突っ込んで話を聞く必要がある。

「麻薬は簡単に入手できるんですか？」

答えてくれたのはエンリケだった。我が身の苦悩を嘆くような口調で言う。

「週末のクラブなんかに出回っているそうだ。許しがたい話だよ。噂では学生間でも個人的に取引されているらしいね。両親も教師も醜聞を広めたくないから口をつぐんでいる。マドリードで大麻の取引をしていた若者三千人が逮捕された。モロッコ人が多かったそうだがね」

「所持していたのが見つかったらどうなります？」

極刑に処せられるのだとしたら、貴重な証拠物とはいえ、処分しなければいけない。異国の地で刑務所暮らしはごめんだ。

「……どうにもならんよ。麻薬の所持を罰する法律はないからね。販売すれば逮捕されるが、個人で使用する分には捕まらん」

スペインでは所持が罪にならないのか——。

「でも、対策は講じられているのよ」アナは言った。「麻薬中毒者を救済するために電話運動があるわ。無料で相談に乗ってくれるの。最近は本人より母親からの電話が増えているそうよ。それにマドリードにはカトリック系の更生施設もあるわ。パソコン教室もあるし、職業訓練の設備も整ってる場所よ」

「詳しいんですね」

素直な感想を口にしたとたん、アナは視線を泳がせ、救いを求めるように料理を見た。

「ほらほら、難しい話は後にして冷めないうちに食べましょう」

12

「ねえ、ムレータの使い方を教えてほしいの」

リビングのソファに腰掛けるカルロスに声をかけた。彼はスポーツ雑誌から顔を上げると、すぐ視線を落とした。

「別に僕じゃなくてもいいだろ」

練習に熱中すればするほど、彼の心が離れていく気がする。関係を修復するきっかけが欲しい。

「カルロスは経験豊富な闘牛士でしょ。教えてよ」

「僕は……」

カルロスは伏し目がちに言いよどむと、黒髪に指先を突っ込んで掻き毟り、立ち上がった。

「教えてくれるの？」

「……バルに行くよ」

カルロスはリビングを出て行った。怜奈は彼の背中を見送ると、ソファに腰を沈めた。芝色の革に温もりが残っていた。しかし、カルロスの態度は冷えている。

怜奈は練習に行かず、部屋で時間を潰すと、昼にはアナとエンリケ、ホセ、マリアの四人と食事を摂った。闘牛前日の午後をバルですごすカルロスはいない。

朝の会話が頭に残っていたため、食事が味気なかった。一度、カルロスと本気で話し合う必要がある。

昼食を食べ終えると、カルロスが普段から利用するバルに行った。彼の姿はなかった。

「カルロスは来てない？」

数週間で顔馴染みになった主人に尋ねると、彼は船乗り然とした相貌に愛想のいい笑みを浮かべた。

「マヨール広場だろう。闘牛前日のカリートは大抵ここか向こうだからね」

主人はカルロスを愛称で呼んでいる。

「ムチャス・グラシアス」

礼を言ってバルを出た。路地を抜けてマヨール広場へ足を運んだ。

百メートル四方の広場を取り巻くように、砂岩造りの赤茶けた集合住宅が建っていた。青空を突くような二つの尖塔とフレスコ画の壁面が特徴だ。一階は太い石柱が並ぶアーチ回廊になり、二階から四階にはバルコニーが張り出している。

怜奈は広場に進み入った。大勢の人であふれていた。乳母車を押す笑顔の若夫婦や、ギターとハーモニカで哀愁を奏でる男や、杖を持った老人もいる。フェリペ三世の騎馬像を横目に進み、建物の前に来た。軒を連ねるカフェが店先にテーブルと椅子を出している。様々な人々が陽光の中でくつろいでいた。

昔は広場の地下が牢獄だったとは想像もできない。祭りの日に囚人を連れ出しては大衆に処刑を見物させた、という話も御伽噺《おとぎばなし》に思える。

赤白のチェック柄のクロスが鮮やかなテーブル群を見回し、カルロスを探した。彼は中央の席につき、コーヒーを飲んでいた。一人きりだった。

呼びかけると、カルロスは顔を上げ、意外そうな表情をした。怜奈は彼に駆け寄り、向かい合って白い椅子に腰を下ろした。

「一体どうしたんだい？」

「……話をしたいと思ったの」

「何だい？」

改まって構えられると、言葉が喉の奥につかえる。しかし、尻込みしていたら前進はできない。

「……単刀直入に聞く」怜奈は深呼吸した。「私、カルロスに嫌われてる？」

口にしたとたん、心臓が痛いほど高鳴りはじめた。

カルロスは眉根を寄せたまま答えた。

「僕はレイナを嫌ったりしてないよ」

「でも避けられてる」

「いや、僕は――」

カルロスは眉間の皺を深め、感情の逃れどころを探すように視線を落とした。

「何なの？」

カルロスは苦悩を吐き出すように息をつくと、顔を上げた。

「……僕はただ戸惑ってるだけなんだ。僕はずっと闘牛界は男の世界だと思って生きてきたからね」

「言いたいことは分かるけど――」

「誤解しないでほしい。僕はレイナを嫌ってなんかいない。接し方が分からないんだよ。

僕は一体どうしたらいいんだ？」

「私を認めてほしい。闘牛をしたい気持ちは本物よ。兄のためにも闘牛士になりたいって思ってる。こういう動機って間違ってる？」

「……いいや、間違ってないよ」カルロスは苦笑した。「僕自身、闘牛をはじめる動機は似たようなものだったからね」

「カルロスは何がきっかけだったの？」

彼は横を向くと、広場の中央で子供を抱きかかえている中年男に視線を投じた。間を置いてから向き直る。

「……レイナも知ってのとおり、僕の父さんは闘牛士だった。でも、正闘牛士《トレロ》じゃなかった。見習い闘牛士《ノビジェーロ》だったんだ。数千人に一人しか進級できないとまで言われてる世界だからね。見習いのまま終わる闘牛士は多い。でも僕は父さんを尊敬してた。ホセに連れられて何度か父さんの闘牛を見たよ。男の生きざまを感じた。ノビジェーロでもプロはプロだ。父さんは本当に格好よかった。でも僕が八歳のとき、悪夢が起こった。父さんが牛の角に刺されたんだ。鼠蹊部《そけいぶ》だった。太ももの内側でね、闘牛士が最も死にやすい箇所の一つだ。父さんは仲間たちに運ばれて退場した。僕は父さんの無事が分かるまで泣いてたよ」

カルロスは息を吐くと、コーヒーカップに口をつけた。瞳が悲しげに曇っている。

「怪我が完治すると、父さんは立派に復帰した。僕は嬉しかった。父さんが怪我にも牛にも負けなかったんだって思ったら、自分も勇気を貰った気がした。でも、復帰して最初の牛の前に立ったとき、父さんは逃げてしまったんだ。牛が突進してくると、背中を向けて防壁の中に駆け込んでしまった。当然、観客は怒り狂った。逃げることは闘牛士として最もやっちゃいけないことだ。自分自身のために——観客のために恐怖と闘い、勇気を見せる行為は称賛されても、臆病は絶対に許されない。水筒や酒瓶、座布団、パン——。ありとあらゆる物が投げ込まれた。僕はホセの腕に縋りつき、惨めさに大泣きしてたよ。非難の野次が自分に向けられてる気がしたんだ。もちろん父さんに対する尊敬の念が消えたわけじゃない。本当の父さんは凄いんだぞ、って心の中で叫び続けてた。でも結局、父さんはその日に髷を切ってしまった」

以前、脚を引きずるエンリケが言っていた台詞を思い出した。

この傷のせいで血と一緒に勇気が流れ出てしまった——。

「だから僕は闘牛士になる決心をしたんだよ。父さんが観客から臆病者と罵られた光景を目の当たりにしたから、父さんの血を継ぐ自分が闘牛士になって見事な演技をして、父さんは臆病じゃないって証明したいと思った。父さんの血は勇敢なんだって証明したいと思ったんだ」

怜奈はカルロスの顔を見つめた。彼は決然たる表情をしている。瞳に迷いのかけらもない。

「分かるだろ？　僕は子供のころから、闘牛は男の勇気の証明だと思ってきた。だから、女性が闘牛をするって言われると、価値観が根底から崩れる気がして戸惑うんだ」

怜奈は視線を黒いタイトスカートに落とした。

カルロスに好かれようと思えば、闘牛を諦めなければいけない。しかし、諦められない。兄の死に関する疑問を追うだけじゃなく、兄の見ていた世界を知りたい。

怜奈は顔を上げ、黒光りする彼の瞳を見つめた。

「……でも、私は闘牛がしたいの。兄の死の真相を知りたいってだけじゃなく、闘牛が好きなの」

カルロスはコーヒーカップを傾けて間を置くと、ふっ切ったような表情で口を開いた。

「本気なんだね？」

「もちろんよ」

「……闘牛は大勢の観客の前で命懸けの綱渡りをするのと似てる。しかも、少し体勢を崩しただけで一斉に罵声を浴びるんだ。演技者はますます体を硬くし、結果的に転落する。生き延びるためには勇気がいる。それが闘牛さ」

怜奈はきっぱりうなずいた。

「覚悟はしてるわ」

13

怜奈は寝る準備を整えると、下着姿でベッドに入った。

昼間の話し合いで多少は関係が修復できた気がする。気持ちを確認し合うことは大切だ。昔の自分は臆病だったから、相手の本心にまで踏み込まなかった。しかし、もう逃げない。

怜奈は明日の闘牛で彼が耳を切れるように祈り、明かりを消した。心地よい睡魔に身を委ねる。

胸のつかえが下りた安堵だろう。意識はすぐ闇に溶け込んだ。夢の中でカルロスは大成功し、満面の笑みを浮かべていた。最高の気分だった。

彼に祝福のキスをしようとした瞬間――。

カサカサという物音が耳に入ってきた。

白い霞の中を漂っている気分のまま、意識が現実に戻ってきた。背後で紙を漁《あさ》る音がしていた。意識が一瞬で覚醒した。

誰かがいる！

背筋が凍りつき、戦慄が駆け登ってきた。闇の中で目を開けた。背後で物音がする。

横向きの姿勢で寝ていたから真後ろの状況が分からない。だが、何者かの気配がするのは事実だった。

一体誰？

心臓は破《わ》れ鐘さながらに鳴っていた。心音が侵入者にも聞こえている気がした。全身に冷や汗が噴き出ている。

怜奈はぎゅっと両目を閉じ、布団の中で拳を握り締めた。震える体を丸めぎみにして恐怖を抑え込む。

どうするべきだろう。飛び起きて大声で助けを求める？　だが、叫ぶ間もなく殺されるのでは？　寝たふりを続けるほうが得策だろうか。もし侵入者に殺意がなかったとしたら、不用意に騒ぎ立てるのは逆効果になってしまう。

突然、首筋に鼻息がかかった。悪意に首根っこを鷲摑みにされた気がし、反射的に首を竦めた。

しまった！

起きていると気づかれた？

いや、大丈夫だ。暗闇の中で些細な動きなど見えるはずがない。

怜奈は息を呑み、寝たふりを続けた。静かな寝息を試みたものの、吐く息に震えが混じっていた。

もし相手が暗闇に目が慣れていたとしたら？　首を竦めた動きを見ていたとしたら？

いつまでも寝たふりを続ける女を内心で笑っているかもしれない。

ナイトテーブルの引き出しを漁る音が耳に入ってきた。緊張感が増していき、手のひらが汗ばんでくる。

寝たふりに気づかれた様子はない。侵入者は一体何をしているのだろう。コカインを探している？

時間が経つにつれ、気持ちが落ち着いてきた。

侵入者に対する怒りが湧いてきた。女のプライバシーを蹂躙する行為は許せないと思った。不意をついたら侵入者を捕らえられるかもしれない。兄の死に関する秘密を聞き出せるかも――。

隙を窺っていると、聞こえる息遣いに変化があった。侵入者が背中を見せているのだと分かる。

怜奈は音を殺しながら息を吐き出すと、闇の中で目を開け、掛けカバーの下で右腕を伸ばした。ベッドの足元には革製の剣箱がある。武器さえ手に入れば――。

指先が留め金に触れた。背後の気配を窺う。息遣いはまだ背を向けている。微弱な音にも注意しながら留め金に指をかけ、外した。カチャッと音が鳴った。心臓が跳びはねる。

微動だにせず、背後の気配に全神経を集中した。気づかれた様子はない。

音を立てずに箱を開け、手探りで真剣を選び取った。柄を握ると、心強さを感じた。タイミングをはかる。侵入者は相変わらず背中を見せているようだった。

一度だけ深呼吸すると、覚悟を決めた。掛けカバーを撥ねのけ、ベッドから転がり下りた。絨毯に足がついた瞬間、振り返って人影に十字剣を突きつける。

「動かないで！」

闇の中で人影が飛び上がるように振り返った。真っ黒に伸びる十字剣を目の当たりにし、戸惑っているように見える。

「妙な動きをしたら刺すから。これでも剣の使い方だけは慣れてるの」

もちろん嘘だった。ムレータの練習中もまだ剣は持っていない。もし相手が飛びかかってきたら、抵抗する間もなく押さえ込まれてしまうだろう。

闇に目が慣れてくると、窓から射し込む弱々しい月明かりのおかげで相手の顔が見えてきた。見知らぬ青年だった。ツバメの巣を思わせる天然パーマの黒髪、切れ長の目、細く削いだような鼻梁、鋭角的な顎――。神経質そうな印象だ。

「何の目的で私の部屋に忍び込んだの？」

怜奈は震えを抑えながら訊いた。青年は唇の端に冷笑を浮かべ、からかうように言った。

「そんな魅力的な体を見せつけられてりゃ、言葉も出てこねえよ」

言われて自分の体に視線を落とし、真っ白い下着姿で立っているのに気づいた。頬が熱くなった。もし部屋が暗くなければ、赤くなった顔を見られていただろう。

羞恥心を怒りで塗り隠し、冷静さを繕いながら言った。

「状況を理解してる？　私は剣で刺すこともできるし、大声で人を呼ぶこともできるのよ。私の部屋に忍び込んだ目的は？」

「……何だっていいだろ。それより、危ないから剣をしまえよ」

「冗談言わないで。不法侵入者の前で武器を捨てると思う？」

「俺に怪我させたら後で後悔するぜ」

「あなたのママがフライパンでも持って仕返しに来るわけ？」

「……気が強いな。まあ、似たようなもんだ。世話になってる家族を傷つけるはめになるぜ」

「みんなには手出しさせないから！」

「おいおい、大声出すなよ。傷つけるのは俺じゃなく、あんただ」

「どういう意味？」

「息子を殺されたら家族は傷つくだろ。俺は次男のマヌエルだ」

何の冗談かと思った。目の前の侵入者がエンリケとアナの息子？　信じられない。その場をしのぐための嘘に決まっている。

「みんなからは何も聞かされてない」

「まあ、恥知らずな息子だって思われてるからな。信用してくれないなら家族のフルネームでも答えようか？」

「泥棒が下調べできる情報じゃ駄目よ。ねえ、本当に息子なら私がみんなを呼んでも平気よね？」

「家族に会いたくないから忍び込んでるんだよ」

「……ずいぶん前に私の部屋を荒らし回ったのはあなた？」

マヌエルはつかの間の沈黙を作ると、諦めたように答えた。

「金が欲しかったんだ」

「カルロスの部屋に侵入してたのも？」

「金目当てだ」

「本当はコカインを取り返したかったんじゃないの？」

不意打ちで放った言葉は効果てきめんだった。マヌエルの切れ長の目が見開かれ、暗闇の中でも光る黒い瞳に動揺の色が窺えた。

「図星ね」

「何のことだか分からねえな。俺は金が欲しかっただけだぜ」マヌエルは剣先に視線を向けた。「コカインなんて知らねえよ。なあ、いい加減に危ねえものを下げてくれ。俺はもう行くから」

もし見逃したら、後で自分の愚かさを噛み締めるはめになるかもしれない。翌日アナたちに訊き、次男なんていないと言われたら、自分は泥棒に騙された間抜けになる。

　怜奈は彼の鼻先に剣を突きつけた。

「逃がさない」

「俺は自分の家の金をくすねようと忍び込んだだけだ」

「私は立ったまま、あなたは座った姿勢で話をする。分かった？」

「俺は家族に見つかりたくねえんだよ。うるさいからな」

「駄目よ」

　怜奈は横目で一人用のソファを見やった。背もたれに掛けられたバスローブの存在を確認する。

「……抵抗したら大怪我するから」

　マヌエルから視線を外さず、左腕を横に伸ばした。右手に持った剣を正面に構えたまま体を傾げる。

　指先がバスローブの袖に届く瞬間、彼が躍りかかってきた。体が横に伸びていて剣を振れなかった。悲鳴を上げる口を押さえられ、絨毯に組み敷かれた。剣で反撃を試みようとしたものの、腕を捻るようにして奪い取られた。喉元に剣先が添えられる。

　怜奈は薄闇の中でマヌエルの顔を見つめた。彼は勝ち誇った表情で馬乗りになっている。自らの迂闊《うかつ》さを呪っても手遅れだった。形勢は逆転してしまった。生殺与奪の権を握っているのは相手だ。

「……立場をわきまえて大声は出すなよ」

マヌエルが口を解放してくれると、怜奈は囁くように訊いた。

「私をどうする気？」

「強姦したり、殺したりするとでも思ってるのか？」

「麻薬に関わる人間が優しくキスしてくれるとは思ってないわ」

「……本当に気が強いな」

「冗談でしょ？　心臓はバクバク音を立ててる」

怜奈はブラジャーごしに釣り鐘形の胸を突き出した。

「その手に乗るかよ」マヌエルは鼻を鳴らした。「女が誘惑するときにゃ絶対裏があるんだ。油断させようってんだろ。俺は馬鹿じゃねえ」

「……利口な人間はコカインに手を出すわけ？」

「俺は金が欲しかっただけだって言ってるだろ」

「信じられない。あなたがアナの息子だって話も、私を混乱させるための嘘だったんでしょ？」

「本当に俺は次男だ」

「そんな話、信じられると思う？」

「……そうかよ。じゃあ、信じさせてやるよ」

マヌエルは剣を逆手に持ち替え、振り上げた。

刺される！

怜奈は目を閉じた。剣先が骨に突き立ったような音が耳の真横で弾けた。

恐る恐る目を開けると、顔の横に剣が立っていた。絨毯に先端がめり込んでいる。マヌエルが立ち上がり、柄を離すと、剣は横ざまに倒れた。

「分かるか？　殺そうと思えば殺せた。だが、しなかった。俺の家族が迎え入れた人間を傷つける気がなかったからだ。俺はコカインの売人みたいなクズじゃない。悪党ではあっても、他人の体をボロボロにする薬を売って金を儲ける連中とは違う」

マヌエルは後ずさり、後ろ手にドアを開けた。背中を見せた後、肩ごしに振り返る。彼は申しわけなさそうな表情をしていた。

「悪かった。金が欲しかっただけなんだ、金が……」

14

カルロスが相手にした牡牛は、突進の途中で何度も立ち止まり、きわめて非協力的だった。

怜奈は観客席からアレーナを見つめ、ため息をついた。今回はまともな演技ができないかもしれない。

しかし、彼はパセのたびに牡牛の悪癖を矯正した。近距離から攻撃を誘い、徐々に距離を離していき、最終的には遠距離からでも牡牛が突進するように仕向けた。経験に裏打ちされた技術を駆使し、牡牛に角を突き出して突進することを教え込んだのだ。

優れた闘牛士は駄目な牡牛を相手にしても、見事なケープ捌きで勇気づけ、荒々しい牡牛に見せかけられるのだと知った。

カルロスは二度目で刺殺すると、場内を一周した。二頭目も、耳は切れなかったものの、非の打ち所のない闘牛だった。

ホテルでシャワーを浴びて帰ってきたカルロスは、悔しさが滲んだ顔で夕食の葡萄酒を呷った。怜奈は彼を励ましながら、牡牛の勇気を引き出した技術を褒めた。

「それに、ギリギリのパセで牛を完全に支配してた」

「まあね」カルロスは整った顔に微笑を刻んだ。「死の象徴と闘い、生き延びることが重要なんだ」

「やっぱり闘牛は最高よ」

「生と死が抱き合う場所は、唯一、闘牛場の中だけだ。そんな世界を見て何も感じない人間がいるものか」

言い切るカルロスの顔に元気が戻ってきた。彼の明るい表情を見て嬉しくなる。

「さあさあ、食べましょう」アナは言った。「料理のほうにも口を動かしてちょうだいね」

「アナの料理はいつも最高よ」

怜奈は笑顔で言った。丁寧語は使わなかった。数日前、エンリケたちから、『丁寧語《ウステ》で話されていると、年寄りになった気がするから、カルロスに喋るように親称《トゥ》で話してくれ』と言われたのだ。いつまでもウステで喋られていると、心を開いてくれていないように思えるらしい。最初は抵抗があったものの、スペインでは公的な場でも親しく話す国だと割り切った。

全員で盛り上がりながら夕食を摂った。闘牛やその他の話題が一段落したのを見計らい、怜奈は思い切って切り出した。避けては通れない話だった。

「この前、カルロスの部屋に侵入していたの、マヌエルよね」

食事する全員の手が止まり、一斉に視線が集まった。怜奈は居心地の悪さを覚えた。

「どうしてなの？」アナは困惑した顔を見せた。「マノロのことをどうして知っているの？」

マノロはマヌエルの愛称だ。

「……昨日の夜中、アパートに忍び込んだ彼と偶然会ったの」

マヌエルに襲われた話はしなかった。家族の中で彼の立場が悪くなったら可哀想だと思った。去り際に見せた申しわけなさそうな表情が目に焼きついている。

「なぜ彼のことを隠していたの？」

「別に隠していたわけじゃ……」アナは視線を泳がせた。

「以前、私が侵入者の話をしたら、みんな揃って勘違いだろうって言った。マヌエルだって気づいたから、隠したんじゃないの？」

一瞬沈黙が漂ったものの、エンリケが吐き捨てるように言った。

「マヌエルは一家の恥だ。一人暮らしをして悪い連中と付き合っている。レイナに教える必要があるとは思えなかった」

「僕も同じ気持ちだよ」カルロスが言った。「あんな奴にレイナが関わる必要はない」

「でも、彼も家族でしょう？」

「あいつは闘牛士になるって言ってたくせに、闘牛士が怪我するのを見てから怖くなって諦めたんだ。マヌエルの友人たちは、『玉なし野郎』って馬鹿にしてたよ」

「闘牛士を目指してる私が言う台詞じゃないけど、闘牛士になるだけが人生じゃないでしょ？」

「問題はね、玉なし野郎と言われたまま逃げたことなんだよ。だから僕は許せない。あいつは父さんの血が臆病だって広めているようなものだからね」

カルロスの言い分は理解できる。しかし、家族間に壁ができ、関係が切れてしまうのはつらすぎる。

「エンリケはどう思ってるの？」

「私は……」エンリケは眉間に苦悩の皺を寄せた。「マヌエルが闘牛士を目指さなかったことに対しての怒りはない。子供は親の持ち物じゃないからね。神からの贈り物だ。だから、親のエゴで進むべき道を絞りたくなかった。自分自身が味わった挫折感や失望感による心の空洞は、自分自身で埋めねばならない。子供を代役に仕立て上げてはいけないんだ。私はカルロスにも闘牛士になれとは一言も言わなかった。私がマヌエルに怒っているのは、あいつが悪い連中と付き合い、人生の道を踏み外しているからだ」

「だったら彼と向き合うべきじゃない？」

「当然、話し合いはした。悪い連中とは手を切らせる必要がある。狼と行動する人間は吠え方を教えられるものだ。しかし、言い争った結果、あいつはこのアパートを出て行った。帰ってくるのは、私たちの留守中に金をくすねるときだけだ。この前のようにね」

エンリケの表情は哀切に歪んでいた。

15

角を構えて突進する仲間をムレータで誘導すると、怜奈は一点で体を回しながら二度、三度とパセを繰り返した。

ドミンゴ・オルテガが完成させた『円舞の闘牛術《トレオ》』だ。一点で体を回転させながら、牡牛の同じ側の角に対してパセを続ける。

「パセのたびに牛を遠ざけるな。危険はまだ去っていないと観客に感じさせろ。牛と人間が舞踊を踊っているように見せるんだ」

横で見ている仲間の一人が言った。怜奈は助言を実行しながら練習を続けた。二十分ばかり経つと、金髪の男が言った。

「いいぞ、レイナ。次は『垂直のトレオ』をやろう」

マノレーテが創出した闘牛術だ。牡牛の突進を不動のまま側面で受けて立ち、角が何度も目の前を通りすぎるようにする。

怜奈は徐々に慣れてきたムレータを操った。仲間の一人が教師口調で言った。

「闘牛の魅力は、死を招き寄せ、技をもって優雅に死に打ち勝つことにある。運動能力は牛に劣っていても、知恵と勇気に勝る人間が牛を支配するんだ」

怜奈は仲間をパセしながら応じた。

「牛に勝たなきゃいけないんですね」

「違う。そうじゃない。闘牛に勝ち負けはないんだ。牛は殺されたからといって負けたわけではないし、闘牛士を殺したからといって勝ったわけでもない。あえて言うなら勝ち負けではなく、成功か失敗かだ。闘牛は人間と牛のどちらが相手を殺すか、というような決闘ではなく、自分自身との闘いだ。逃げたくなる恐怖に負けてはいけない」

「はい」

重いムレータを振り続け、腕が上がらなくなると、休憩になった。怜奈は両腕を交互に揉みながら、深呼吸で息を整えた。重ね着したトレーナーまで汗まみれになっている。

アレーナの反対側では、ロマ《ヒターノ》のラファエルがムレータを振り、角を構えるベテラン闘牛士を操っていた。

怜奈は横目で彼らを見ながら、金髪の男に声をかけた。

「前から思っていたんですけど、闘牛士の人たちも人間や手押し車相手に練習してるんですね。牛に向き合ってる姿を一度も見ません。人間相手の練習ばかりで上達するんですか？」

金髪の男が小さくかぶりを振った。

「牛相手の練習は無理なんだよ。買うのに大金がいる」

「練習にお金がいるんですか？　闘牛に出る前の牛を借りるとか、そんなふうに練習できないんですか？」

「レイナは牛について知らないようだね。牛は知能があるから学ぶんだよ。何度か対峙したらもう人間とケープの違いを覚えてしまう。〝牛は三十分のあいだに人間が一生かかっても学び得ないような多くのことを学ぶ〟とことわざにあるほどだ。演技に制限時間があるのはそういう理由からだよ。三十分も四十分もパセしていたら、闘牛術の仕組みを知る牛に変貌してしまうからね。ケープの囮に騙されてくれなくなる。人間と対峙したことがある牛は闘牛に使えないんだ。だから牛の売買の際には綿密なチェックが行われるし、興行主には牛が無垢である証明書の提出が義務づけられている」

　本物の牛相手に練習するには、闘牛に使われない牛を数十万円の大金を払って購入するしかない。しかも、三十分練習しただけで人間とケープの違いを覚えるから、何度も使えない。三十分練習するためだけに数十万円――。闘牛士になるのにパトロンが必要な理由を理解した。

　カルロスが、将来は牧場を購入し、いつでも練習できるように闘牛用の牛を飼いたいと言っていた理由も分かる。

「お金がない人間は人間同士で練習するしかないですね」

「カペアで練習する手がある。カペアってのは小さな村で催される素人闘牛だ。文字どおり素人でも参加できる。ただし、カペアに使われる牛ってのは、村から村の闘牛を渡り歩いたような奴ばかりだ。カペアの牛は大抵殺されずに残る。だから大勢の人間が角にやられて怪我をする。人間とケープの違いを理解している老練な牛が相手だからね。俺に言わせりゃ、カペアで学んでも一流にはなれない。やはり無垢《むく》な牛を金で買うしかない。まあ、他にも金のかからない練習方法はあるが、それは時期が来たら教えよう」

怜奈は闇が落ちた通りを歩き、教えられた住所を探した。

酔いどれのベテラン闘牛士、ミゲルがいるはずのバルを見つけるのが目的だった。行きつけの店を仲間から教えてもらったのだ。

最近のミゲルは、ほとんど姿を見せなくなっている。以前、顔を合わせたときに話をすると、彼は『練習しても出番なんて貰えねえんだよ』とふて腐れていた。

お節介だと分かっているものの、放ってはおけない。

黄色い小花が穂状に垂れ下がるアカシアの並木道を歩いていくと、朽ち葉色のタイルで彩られたバルが目に入った。看板の横から丸型の外灯が張り出し、小暗い闇を真っ白く照らしている。

怜奈はドアを押し開けた。仄かに橙色の明かりが照らすだけの薄暗い店内だった。カウンター裏の壁からは、牡牛の剝製が顔を突き出している。隣には闘牛士が牡牛をパセしている実物大のポスターが貼られ、額縁入りの闘牛士の写真が何枚も掛けられている。

仲間の話によると、引退した闘牛士やバンデリジェーロ、ピカドール、現役の者、熱狂的なファン《アフィシオナード》たちが集まる闘牛酒場らしかった。

テーブル席には葉巻を咥《くわ》えた男が何人も座っていた。隣の席が霞むほど煙が立ち込め、オーデコロンや葡萄酒のにおいが充満している。マフィアの巣窟のような印象だった。

怜奈はテーブル群の横を抜け、ミゲルの姿を探した。男臭い酒場だと聞かされていたから露出の多い服装は避け、白いブラウスと濃紺のジーンズを着てきた。しかし男たちの真横を通るたび、露骨な視線が注がれているのが分かった。

突如、女の甲高い叫び声が聞こえた。

「あんた、いい加減にしてよ！」

視線を向けると、鎖骨と胸元があらわな漆黒のドレスを着た女が仁王立ちになっていた。烏の濡れ羽色をした髪が腰元まで流れ、赤みがかった唇が気の強さを象徴している。

女の前のテーブル席にはミゲルが座っていた。相変わらず撫でつけた黒髪とL字形の揉み上げが目立った。襟の大きなシャツに鉛色の背広、銀色のネックレスを身につけている。

彼はグラスを掲げ、中身同様に赤い顔で言った。

「俺はお前を愛してるんだぜ」

「愛ならお金で証明してみせてよ」

「これならどうだ？」ミゲルはグラスを置くと、腕時計を外して差し出した。「売れば結構な金になる」

女は拳を握った右腕を折り曲げ、その肘の内側を左手で押さえた。卑俗な侮辱の仕草だった。

「おいおい、大切な腕時計を差し出してるんだぜ」

「こんなものが何よ」

女は腕時計を取り上げると、グラスの中に落とした。葡萄《ぶどう》色の液体に沈む。

「定期的に稼いでくれなきゃ、生活がいっぱいいっぱいなのよ」

ミゲルはグラスに沈んだ腕時計と女を交互に見やり、苦悩の中で笑うような表情をした。

「これじゃあ、もう使えねえじゃねえか」

「同じね」女は蔑むように目を細めた。「沈んだまま浮き上がれないあんたと同じね」

女は背を向けると、入り口のほうへ歩き去った。怜奈は彼女を一瞥した後、ミゲルに視線を戻した。彼と目が合った。

「厳しい女だろう?」ミゲルは泣き笑いのような顔を見せた。「俺の女房なんだよ。最高の女だ。愛してるんだ」

怜奈は黙って歩み寄り、彼の対面の椅子に腰を下ろした。ウエイターが現れると、葡萄酒を注文した。

「喧嘩したんですか」

「俺はこんなにも愛してるのに心が離れていくんだ。金にならない闘牛士にしがみついているかぎり、心が離れていくんだ」

ミゲルは腕時計が沈んだグラスを口元に運んだ。一気に葡萄酒を飲み干すと、腕時計がカラッと音を立てる空のグラスを置いた。

「もし闘牛士を辞めちまったら、人生を失った気がするだろう。絶対に辞められない。だが、闘牛士じゃもう稼げないんだ」

ウエイターがやって来ると、怜奈はグラスを受け取った。口をつけずにミゲルを見つめる。

彼はグラスから腕時計を取り出すと、真横のボトルを取り上げた。空だった。別のボトルを手に取り、グラスに注ぎ入れた。彼は喧嘩っ早い船乗りが集まる酒場の床のように酒浸りだった。

「俺には五歳になるガキがいるんだ。生活費がいる。金を稼ぐためには闘牛士を辞めなきゃならない。だが、息子に俺の姿を見せてやりたいんだ。闘牛をまだ見たことがないんだぜ。俺が命懸けで闘っている姿を見せてやりたいんだよ」

怜奈はうなずくと、葡萄酒に口をつけた。言葉を挟まず、聞き役に徹する。

「分かるか？　男は勇敢でなくちゃいけない。俺は自分自身の勇気を証明するために闘牛士になったんだ」

「勇気の証明？」

「ああ、そうだ。俺がガキのころ、魔女が出ると噂されている廃屋があった。仲間たちが度胸試しに行こうと言った。俺が断ると、お前は臆病者だと笑われた。だから俺は『それなら牡牛の前に立ってやる』と言った。非現実的な魔女より、現実のほうがよっぽど怖いからな。俺は闘牛祭りで牡牛の前に立ち、俺の仲間は腰を抜かして逃げた。俺は勇敢だと証明して見せたんだ」

「それがきっかけだったんですね」

「ああ。以来、俺は闘牛士を目指すようになった。十三歳のころ、マドリードに闘牛学校が開設されると、迷わず通い、死に物狂いで闘牛士になった。毎回毎回、俺は勇気と力を証明し続けた。だが、三十歳をすぎたころから出番は減りはじめ、十年も経った今じゃ機会を貰えなくなった。俺は闘牛士でいたいんだ、闘牛士で……。何でこんな話してんだ？さあ、何でだろうな。俺にゃ分からねえ」

ミゲルは一息に葡萄酒を呷った。ボトルを取り落としそうになりながら二杯目を注ぎ、飲み干した。嘆くような眼差しで空のグラスを見つめる。

「俺は銛打ち士《バンデリジェーロ》にはなりたくねえんだよ。金が稼げりゃ何でもいいってわけじゃねえ。闘牛士でいたいんだよ」

「バンデリジェーロなら稼げるんですか？」

「銀行の出納係より給料は低い。だが、バンデリジェーロは闘牛士に雇われる身だ。出演すらままならない闘牛士に比べたら、ある程度定期的に給料が入る分、生活は安定する。個人で演技しなきゃならない闘牛士と違って、出番を貰った闘牛士の仲間になればいいだけだからな」

「ずいぶん違うんですね」

「闘牛士は自分の報酬の中から、雇ったバンデリジェーロたちに給料を払わねばならない。名もない闘牛士はほとんど無報酬だから出費だけが勝る。出演するたび、借金だけが膨らんでいくなんてのはざらだ。俺は名が通ってたんだぜ。結構な出演料も貰ってた。だが、出番が貰えなけりゃ、無名な連中となんら変わらねえ」

ミゲルはタールに濡れたような黒い瞳をしていた。絶望が渦巻く切なげな瞳だった。

「……バンデリジェーロは安定した収入と引き換えに、脇役に甘んじなければならない。闘牛士と同じホテルにも泊まれず、演技中には華麗な技も許されない。闘牛士を立てなきゃならねえんだ。俺は闘牛士の引き立て役で年をとるのは我慢できねえ。絶対に我慢できねえ。バンデリジェーロは闘牛士を補助する助手に甘んじた者——。成功を諦めた者だ。闘牛に関わっていたくても牛の前で立っている勇気がなかった連中さ。銛を突き立てては逃げる、銛を突き立てては逃げる。ムレータ片手に踏みとどまるより簡単だ」

考え方次第だと思った。ホセはバンデリジェーロを称賛していた。ケープを持たず、自らの体を囮に銛を打つ行為を勇気だと解釈していた。

しかし、ミゲルに反論するのはやめておいた。彼は二十年以上も闘牛士を続けているベテランだ。長年の経験の結果、彼がそう考えるに至ったのだから、練習生が意見することではない。価値観は人それぞれだ。

「昔のバンデリジェーロは、闘牛士になるための下積み期間だったらしいが、最近じゃあ逆で、闘牛士を諦めた者が降りていくようになった。俺は絶対にごめんだ。絶対バンデリジェーロにはならねえからな」

「……でも、生活が苦しいんですよね？」

「おいおい」ミゲルは呆れたように言った。「他人の世話を焼いている場合か？　まだ牛を相手にすらしていないんだろう？　角を前に逃げ出さずに演技できるかも証明していないんだぜ」

「私は逃げません」

「どうかな」

ミゲルはズボンの裾をまくり、ふくらはぎを見せた。日焼けした肌に蛇のようにくねる傷痕がある。

「体じゅうに傷がある。合わせて一メートルだ。女が綺麗な肌を傷だらけにしたら男にそっぽを向かれるぜ」

怜奈は拳を握り締め、ミゲルの顔を見つめた。

「私は名誉の負傷を恐れたりはしません」

「名誉だって？」ミゲルの目がスーッと細まった。「冗談じゃない。角傷を名誉だなんて考えてる奴は一人もいない。もし自慢する闘牛士がいたら、そいつは馬鹿だ。角傷は勇気の証や名誉なんかじゃなく、代償なんだよ。偉大な闘牛士になるためのな」

「……何にしても、私は逃げずに牛の前に立ちます」

「俺には信じられねえな。女に牛が倒せるとは思えねえよ。闘牛は命懸けの世界だ。闘牛士は長生きできない。アレーナで死なずにすんでも、角による負傷が原因で若いうちに引退を余儀なくされる。だが、男たちは高給のためでなく、名誉のために命を懸ける。栄光を求める血に従い、喝采を得るために命を懸けるんだ。女にそれほど強い覚悟があるか？」

怜奈はミゲルから視線を外さなかった。彼の猜疑《さいぎ》に満ちた目を見据えたまま答える。

「私は逃げずに闘います」

ミゲルは鼻を鳴らすと、三杯目、四杯目を飲み干し、酒臭い息を吐き出した。

「俺だって機会さえ貰えりゃ、見事な演技をしてやるんだ。機会さえ貰えりゃ……」

背後からしわがれた笑い声が聞こえた。

驚いて振り返ると、テーブル席に一人で座っている老人がいた。頭頂部は見事に禿げ上がり、ぼさぼさの白髪が両耳の上に残っているだけだ。皺と染みが目立つ年寄り特有の肌をしている。

「何ですか？」

玲奈は訊いた。老人は喉の奥に詰まったような笑い方をし、ざらついた声で言った。

「セニョリータ、あんたも闘牛士志願者かね。わしの知らぬうちに時代は変わったものよな」

「あなたは？」

名前を訊こうとすると、ミゲルが笑いながら言った。

「闘牛で人生を潰しちまったじいさんだよ」

「……かもしれんね、うむ、かもしれん」老人は言った。「しかし、闘牛がなけりゃ、わしには人生すらありゃせんかったよ」

「このじいさんはな、闘牛を観にいく金欲しさに身の回りのものを質に入れてるほど筋金入りだ。文なし生活さ。だから、一日一杯だけの酒を奢ってもらいにここへ来る。昔は見事な闘牛を観るたび、周囲の者に大盤振る舞いしていたから、主人も昔の名残で一杯だけ出してやる。じいさんはその一杯の酒をちびちび飲んでるのさ」

老人のテーブルにはグラスが置かれ、半分ほど酒が残っている。老人はクックックと笑いながら言った。

「闘牛はわしの人生で欠かすことのできんものだからね」

「私も本気で闘牛士を目指しているんです」玲奈は言った。「まだ練習生ですけど」

「うむ、時代は変わったな。市民戦争前は品行の基準を教会が全て決めておった。女は自転車に乗ったり、ズボンを穿いたりすることが禁止されておったほどだ。女が牛と闘うなどもってのほかだった。長らく闘牛界は男のものだったが、最近は変わってきたものよな」

「おじいさんも女の闘牛に反対ですか？」

「わしは反対せんよ。時代は変わらねばならん。罪のない市民が血を流し、死体になる時代も終わり、新しい時代が訪れた。スペインは徐々に変わってきておる。闘牛だけに女を締め出す必要が一体どこにある？　あんたも練習をやめてはならんぞ。努力は決して裏切らんからな」

怜奈は「はい」とうなずいた。

闘牛士を目指して以来、はっきり支持されたのは初めてだ。希望が湧いてくる。

「しかしな、セニョリータ。練習は大切だが、それが全てというわけではない。体を鍛えるより大切なこともある。街を歩き、バルで酒を飲み、周囲の人間たちと会話することだ。雰囲気から生まれてくるイメージが感動を呼ぶ。決して運動選手や役者になってはいかん。理論じゃない。閃きなのだ。計算に裏打ちされた演技では永遠に到達できない高み――」

「技術を追い求めても駄目なんですか？」

「技術は単に芸術を生むだけだ。芸術が見たけりゃ、美術館や劇場に行けばいい。人間と牛の決闘という側面が薄れ、美を重視した芸術に近づいているのは実に嘆かわしいものよ。

昔の闘牛は荒々しい牛に男が一人で立ち向かうものだったが、最近は闘牛士のスターを作るための競技と化している。セニョリータ、闘牛士を目指すなら、観客を総毛立たせる闘牛をするのだ。ずる賢い演技で観客を欺く闘牛をしちゃいかん」

「私には難しすぎる話です」

「うむ、そうさな、うむ。例えばケレンシア――牛が自分の縄張りと決めた場所のことだ。人間がそこに踏み込めば、牛は襲いかかってくる。ずる賢い闘牛士はその境界線上ギリギリを見極め、安全な場所で牛に背中を向けたり、ひざまずいたりする。襲われないのを知っているんだ。しかし、無知な観客は騙され、闘牛士の度胸と英雄性を称える。わしが闘牛士だったころは違ったのだがね」

「おじいさんも闘牛士だったんですか？」

「市民戦争前だがね、何十頭もの牡牛を仕留めたよ」

　一九三六年より前に闘牛士だった？

「信じるなよ、レイナ」ミゲルは笑った。「またじいさんの法螺《ほら》がはじまっただけだ」

「馬鹿を言うな。事実だ。市民戦争がはじまり、一度は闘牛士を辞めたが、また戻ったのだ。闘牛士という人種は午後の夢に駆り立てられてアレーナに戻る。わしも同じだった。闘牛を捨てることはできなかった」

　ミゲルは同調するように微笑し、葡萄酒を飲み干した。

「よいか、セニョリータ」老人は言った。「最近は言葉が不要になるほどの闘牛などめったにありゃせん。本物を目指すなら、卑劣な小細工を真似てはいかん」

「どういう意味ですか？」

「安全な演技をするため、裏で汚い細工が行われるのだ。例えば、背中に砂袋を落とされて痛めつけられた牛は弱る。下剤を与えられた牛は体調が悪くなる。目では分からんほどとはいえ、角を削られた牛は、角が痛むので使うのを避けるようになり、空間間隔が狂い、剣がいきなり短くなった剣士のように戸惑ってしまう。牛は闘牛の前日にアレーナの囲い場に運び込まれるのだが、卑劣な闘牛士は闘う前に件《くだん》のような細工を施し、安全に闘おうとする。もっとも、昔とは違い、最近じゃ侵入者が牛に細工しないように監視人が夜通し見張っているがね」

「細工で安全性を求めたら、死から逃げている気がします」

「うむ。昔の闘牛士は誰もが命懸けでアレーナに踏み出し、死者も多かった。しかしこの数十年、医療技術の向上やペニシリンの発見もあり、死者の数は減った。わずか数人だ。最近はラ・スエルテ闘牛場で去年と今年に一人ずつ死んだだけだ」

今年の死者――。それは兄だ。

去年にも死亡事故があったとは知らなかった。やはり闘牛には死が寄り添っている。

「死者の減少は単純には喜べん。危険度が減った証でもあるのだ」

「危険を引き寄せる必要があるんですね？」

「うむ、そうさな。打算で作り出したまやかしの危険でない本物の危険が観客全員を身震いさせるのだ」

ミゲルが耳を疑うように口を挟んだ。

「おいおいおい、じいさん。無茶を言ってくれるな。根底にある危険が興奮と感動を呼ぶのは間違いない。危険を伝えるのは大切だ。だがな、危険が中心になっちゃいけない。後先考えず、危険に飛び込めばいいわけじゃないんだ。迫る危険を優雅に回避することが大切なんだよ。運任せの演技は嫌われる。闘牛士は危険を制御しなければいけない。そのうえで感情を伝えることこそ重要なんだ。闘牛士は危険を冒すべきだが、怪我をするべきではない。角に刺されるってことは、牛に人間が支配されたも同然だ」

老人は酒を一口だけ飲むと、悲しげな眼差しをした。自分自身の記憶に苦悩するかのようだった。

「お前さんの言い分もたしかに分かる。闘牛士の死ほど胸を締めつけられるものはない。あれは二十年ほど前だったか。セビージャのクリストバル・コロン通りを四十万人以上の会葬者が埋めた。パキーリがアビスパードの角に殺されたのだ。知っておるかね、セニョリータ。パキーリは闘牛界で頂点まで登り詰めた男だった。三十五歳で再婚して間もなかった。悲惨だった。アビスパードを代わりに仕留めた若き闘牛士、エル・ジジョは翌年、闘牛場で命を落とした。ブルレーロと刺し違えたのだ。牛が最後の命を振り絞って角を突き上げた。二人の死は何度もテレビで放映されたよ。闘牛が死の危険を孕《はら》み、牡牛に挑む闘牛士が文字どおり命懸けだと国民じゅうが思い知らされた不幸だった」

怜奈はティラノに殺された兄を想った。気負いや油断が死に繋がる厳しい世界だ。

老人は皺だらけの顔に思いやりのある笑みを浮かべた。

「ある闘牛批評家は、『闘牛術とは、闘牛士の恐れと牛の恐れが出会い、闘牛士はそれを勇気に、牛はそれを勇猛さに変えなければならないもの』と言った。闘うなら勇気が必要だ。セニョリータ、わしの言葉を忘れるでないぞ」

怜奈は二人と夜遅くまで話し込んだ。

帰り際になると、二人を残して席を立ち、自分の代金を払ってから主人に十ユーロ紙幣（約千三百円）を握らせ、葡萄酒数杯分を老人に奢った。

16

物音で目を覚ました怜奈は、自室のドアを数センチほど引き開け、隙間から廊下を覗き見た。薄闇の中に人影がある。カルロスの部屋から出てきたのが分かった。

兄と父の不在を狙ってまたマヌエルが忍び込んだのだろう。いい加減にやめないと、家族の絆が断ち切れてしまう。

玲奈は桃色のブラウスを着ると、薄手のカーディガンを羽織り、白のタイトスカートを穿いた。窓から射し込む薄明かりに浮かび上がる鏡で寝癖を整えると、廊下に出た。一階で鍵を開け閉めする音がした。

物音を立てずに階段を下りると、数秒だけ待ってから鍵を開け、アパートを出た。合鍵で出入り口の鍵をかけ、暗闇が延びる路地を見つめた。人影は前方を歩いている。背格好はマヌエルに間違いなかった。

玲奈は尾行を開始した。夜中の二時には物乞いの老婆もいない。旧市街は闇に押さえ込まれていた。弱々しい銀色の月光を浴び、建物がおぼろげな輪郭を描き出している。風がすすり泣きのような音を立てて吹きすさび、ビニール袋が地面を走っていた。

マヌエルの住むアパートを突き止め、馬鹿なまねはやめるように説得しよう。

建物の隙間を縫う路地には、薄闇と静寂が漂っていた。夜空を背景に建物が黒いシルエットになっている。マヌエルの革靴が石畳を打つ音のみが響いていた。

狭い通りを曲がると、建物の前に三人の人影があった。シルエットから女だと分かる。マヌエルとすれ違い際、一人が声をかけた。

「ねえ、四十ユーロ（約五千三百円）でどう？」

マヌエルの影は振り向き、顔を上から下へ這わせた。

「高《たけ》えな。半分ならいいぜ」

「駄目よ。三十五ならどう？　これ以上は負からないわ。相場よ」

ロシア語訛《なま》りのあるスペイン語だった。

「うーん、そうだな……」マヌエルは思案げな沈黙の後、満足そうに言った。「まあ、いいぜ。だけど、金の使い道は決まってんだ。残ったらまた来るよ」

彼が背を向けて歩きだすと、娼婦は吐き捨てるように叫んだ。

「他の金持ちが先に来なきゃね！」

怜奈は小さくなるマヌエルの影を見つめながら、娼婦たちの前を通りすぎた。

マヌエルはマヨール広場へ進み入った。暗闇の中に、砂岩造りの赤茶けた集合住宅が幽霊屋敷めいて浮かび上がっていた。石柱が並ぶアーチ回廊の中には数多くの電灯が吊り下げられ、悪魔の白目にも見える仄白い明かりを発している。

怜奈はマヌエルの後を尾《つ》けた。

カフェが昼間に並べていたテーブルや椅子は片付けられ、墓地の真っ只中を思わせる静寂に包まれている。だだっ広い広場に人影はまばらだった。

マヌエルはマヨール広場を抜けると、路地へ進んだ。薄暗い舗道では数人の影が行き交っていた。街灯の明かりが届かない場所では深淵の闇がうずくまっている。

怜奈は高鳴る心臓を意識しながら歩き、建物の陰に身を潜めた。マヌエルが立ち止まったのだ。彼の見つめる先には、暗黒色で三階建ての建物があった。壁に黄色の文字で『DISCO　BAR』と書かれている。

彼は入り口の前に立つ人影に何やら囁き、店内に姿を消した。

自宅には帰る気がないと薄々気づいていたものの、真夜中のクラブにまで追いかけるのには躊躇してしまう。異国の地のクラブだ。どんな危険が待ち受けているか分からない。

しかし――。

勇気がない者は闘牛士になる資格がない。

怜奈は深呼吸すると、マヌエルが消えた建物に歩み寄った。入り口前の男は壁にもたれかかり、ガムをクチャクチャと噛んでいる。無言のまま品定めするように凝視された。

麻薬の売人か用心棒か――。いずれにしても、目を合わせたら面倒になりそうだった。

男から視線を外し、ステンドグラスで彩られたドアを引き開けた。哀愁と情熱が混じり合ったラテンの音楽が押し寄せてきた。

濃いスモッグに包まれた店内ではミラーボールが回り、赤や黄や青や緑の光がサーチライトめいて交錯し、十数人の男女が踊り狂っていた。開襟シャツを着たスキンヘッドの男、ウニのような髪形をしたサングラスの男、精悍な顔付きの青年、パイナップルみたいな髪をした女――。ゲラゲラと笑う声や下品な単語、煙草と汗のにおいが充満している。

怜奈はクラブ内を見回した。寒さを感じさせる路地とは違い、熱気に満ちている。男たちの何人かが口笛を吹きながら淫靡《いんび》な視線を送ってくる中、一人の青年が近づいてきた。金髪を船乗りカットにしてタンクトップを身につけている。

「見ない顔だね。スペイン語分かる？」

怜奈は表情に余裕を貼りつけ、店内を一瞥した。

「なんて暑いの。水《アグア》もお湯《アグア・カリエンテ》になりそうなほどね」

青年はニヤッと笑うと、煙草を取り出して火を点けた。左の二の腕に無数の注射の痕が残っている。

「みんなあんたを見て発情《カリエンテ》しているんだ」

「下品な称賛《ピロポ》の言葉は結構よ。それより、私はマヌエルを捜してるの。知ってる？」

「……奴は週に何回も顔を出すからな」

「案内してくれない？」

「おいおい、あんな奴より俺のほうがいいぜ」青年は自分の股間に手を当てた。「俺の棍棒《ポラ》で楽しませてやろうか？」

怜奈は拳代わりに軽蔑の視線を叩きつけた。

「ベテ・ア・ラ・ポラ（くそ食らえ）！」

先ほどの下品なジョークにお返しをした。二ヵ月もスペインに住んでいれば、俗語も頭に入ってくる。

青年はかぶりを振りながら肩をすくめた。

「気が強いね、あんた。ますます俺好みなんだけどな」

「目的を履き違えないでくれる？」

「分かったよ、分かった。マヌエルは奥にいるよ。ついてきな」

青年が背を向けて歩きはじめたため、怜奈は後を追った。薄暗い廊下では、スプレーの落書きで汚れた壁に女が背中を預け、男と唇の交換でもしているようなディープキスをしていた。煙草を咥えたガラの悪い連中もいる。

狼の住処《すみか》に踏み込んだ気がしてきた。もし青年の仲間たちに引き合わされ、集団で襲われたら逃げられないだろう。

心臓の鼓動は駆け足になっていたものの、表情だけは冷静に保った。獣というものは、獲物の弱気を見て取ったとたん飛びかかってくるものだ。

別室に入ると、同じく十数人の男女が踊り合い、キスし合い、音楽に身をゆだねていた。部屋の隅では、ヘッドホンをしたドレッドヘアのＤＪがレコードを回している。

「ほら、マヌエルはそこだ」

青年が顎で指した先に視線を向けると、群青のジャケットを着たマヌエルがいた。彼はツバメの巣を思わせる黒髪を掻き毟り、十ユーロ紙幣をストローのように丸めた。鼻に差し込み、手鏡の上に置かれた畦《うね》状の白い粉末に先端を近づける。

コカインの吸引だ！

怜奈は駆け寄り、彼の腕を払った。手鏡が床に落ちて跳ね、カラカラと鳴る。

「何すんだよ！」マヌエルは振り返って怒鳴った。「てめえ、ふざけやがって──。ん？あんた親父のアパートの……」

「レイナよ。レイナ・シンドウ！」

背後で鳴り立てる音楽がうるさかったため、喋るには大声を出さなければいけなかった。

「名前なんてどうでもいい。いきなり何しやがる」

「コカインなんて駄目よ」

「あんたには関係ねえだろ」

「私は家族がバラバラになるのを黙って見ていたくないのよ」

自分の家族がそうだった。公園の遊具での事故をきっかけにして、両親が絶えず喧嘩をするようになり、徐々に歯車が狂いはじめた。幼かった自分は何もできず、両親が仲良くしてくれるように毎日神様に祈るしかなかった。

第二の家族とも言うべきナバーロ一家の崩壊まで見たくない。

マヌエルは鼻水をすすり上げると、腕を掻きながら言った。

「やると幸せな気持ちになるし、自信に満ちあふれるんだ。雷すら自在に落とせそうだぜ」

「麻薬で得た感情なんて一時のものよ。更生施設に入れられたくなかったらやめなきゃ」

口にしながら思い当たった。夕食の席で麻薬の話を出したとき、アナは更生施設についてやけに詳しかった。マヌエルがコカインの常習者だと知っていたから、施設を下見したことがあったのではないだろうか。

「あなたの家族も心配してる。このまま続けたら取り返しがつかなくなる」

「心配すんなよ。悪者は石を投げて手を隠すのが上手いからな」マヌエルはスペインのことわざを口にすると、一人の女に視線を投じた。「おっ、イカしたボインちゃん《マシサ》を発見！」

彼は自分自身を悪者と称し、無理して下品な言葉を使っているように見えた。

「あなたは何が不満なの？　クスリに逃げても解決しないでしょ」

「俺が逃げてるだと？」マヌエルは険悪な顔で振り返った。「冗談はよせ。俺は逃げたりなんかしない。臆病者じゃねえんだ」

マヌエルは闘牛士の怪我を目にし、闘牛を諦めたらしい。心の奥底にコンプレックスが根づいているのかもしれない。プライドをうまく刺激できれば話が通じるかもしれない。

怜奈は意を決し、彼の目を見つめたまま言った。

「……私は闘牛士を目指して練習してるの」

「何だって？」マヌエルは顔を引き攣らせた。「闘牛士だと？　だから何だってんだ。自分が勇敢だとでも言いたいのか？　牛の前に立てたから何だ。そんなに偉いのかよ」

「違う。私はそんなことを言いたいんじゃないの。日本にいたころの私は臆病だった。臆病は私の専売特許だったの。兄のしている闘牛も嫌ってた。でも、実際に闘牛を観て変わったの。真の勇気とは何かを知ったのよ」

「だから俺にも闘牛を観て勇気を知れってか？　冗談じゃねえ。俺は闘牛士なんて大嫌いだ」

「でも、私は闘牛士になるつもりよ。本当の勇気を知りたいの」

「馬鹿馬鹿しい。闘牛士になるなんて簡単じゃねえんだよ。日本人の女なんかになれてたまるか」

「だったら……」怜奈は彼から目を逸らさず言った。「もし私が闘牛士になれたら観に来てくれる？」

「知るかよ。俺にはコカがある。強くなれるんだ。全世界の誰よりも勇敢な人間になれる。闘牛なんて全く必要ないね」

彼の台詞を聞いたとたん、恐ろしい仮説に思い当たり、戦慄が背筋を這い上ってきた。

ベッドの下にあったコカインの謎が解けた気がした。

いいいいいいいいいいいいいいいいいいいいい兄は牡牛の前に立つ勇気を得るためにコカインを吸っていたのかもしれない。

コカインを吸うと、勇気や意欲に満ちた人間になった気になるという。

万能感に支配されていたから、無謀な技に躊躇なく挑戦できた。だが、クスリに冒された体が思うように動かず、角の犠牲になった――。

兄の死因を追求したら、知りたくない兄の姿を知るはめになるかもしれない。

怜奈は下唇を噛み、拳を握り締めた。

「何だよ？」

マヌエルの声で我に返った。

怜奈は顔を上げ、深呼吸で気持ちを取り直した。今の問題はマヌエルのことだ。

「あなたは心配する家族の気持ちを考えたことがあるの？」

「いちいち他人のスプーンに口を挟むな」マヌエルは苛立《いらだ》たしげに舌打ちした。「余計なお節介だ。あんたの兄貴もそうだった」

「え？　私の兄？　私の兄が何？」

「一度、このクラブまで乗り込んできたんだよ。俺の吸うコカインを取り上げられた。最悪の気分だった」

兄がベッドの下に隠していたコカインは、マヌエルに吸わせまいとして取り上げたものだった？

「あなたはたくさん持ってたの？」

「いいや」マヌエルは首を振った。「小袋《パケ》二個だけだ」

――パケ二個。

希望は打ち砕かれてしまった。兄は数多くのパケを隠していた。

「ねえ、私の兄のことで他に何か知らない？」

怜奈は兄の死の謎を調べている話をした。

「……そうだな。あんたの兄貴の無茶苦茶ぶりなら知ってるぜ」

「何かあったの？」

「俺がここを去ろうとしたら、急に大騒ぎになったんだ。あんたの兄貴、売人を殴り飛ばしてコカインをもぎ取ってやがった。四千ユーロ分はあったんじゃねえか」

信じられない。麻薬の売人からコカインを強奪？　しかも、五十万円を超えるほどの量を？　恨みから報復されても不思議ではない。兄は昔から正義感にあふれた性格だった。しかし、売人にまで手を出すなんて無謀すぎる。

マヌエルが吸うコカインを取り上げた矢先、全ての根源である売人を見つけ、許せないと思ったのだろう。

兄は麻薬に溺れていたのではなく、憎んでいた？　しかし、疑問も残る。許せないと思って麻薬を取り上げたなら、なぜ自室に隠していたのだろう。

発覚したら自分の身が危なくなる。大量所持は販売目的と誤解されかねない。トイレに流さず隠し持っていた理由は？　自分で使う以外に目的がある？

スペインの嫌なことわざを思い出した。

十字架の後ろには悪魔が潜んでいるものだ——。

マヨール広場と同じだ。平和の象徴に見える観光名所も、昔は囚人を処刑して大衆に見物させる場所だった。人間にも必ず裏の顔があるものだ。

兄は表面上で麻薬を憎みながらも、実際はコカインに溺れていたのかもしれない。

「あんたも、早く帰ったほうがいいぜ」マヌエルは言った。「ここはあんたみたいな真面目ちゃんの来るところじゃねえんだ」

「危険は承知の上よ」

「危ねえのは麻薬だけじゃねえぜ。暴力沙汰も日常茶飯事だ。一年前には、売人が殺されて路地裏のポリバケツの中から発見される事件もあった」

「そんな危険が渦巻いてるなら、なおさらクスリをやめるべきよ。とりあえず、カルロスから盗んだお金を渡してくれる？」

「もうねえよ。全部使っちまった」

「コカインに消えたのね？」

「ああ、ここにゃ売人が何人か姿を見せるからな。買うには打ってつけなんだよ」

怜奈はクラブ内を見回した。踊り狂う男女たちの中では、禿頭の中年男に紙幣を渡している若い女がいた。先ほどの金髪の青年は、スキンヘッドの側頭部に蜘蛛の入れ墨をした男と密談していた。

あれ？

あのスキンヘッドの男、前にもどこかで見たような——。一体どこだっただろう。

記憶を探ってみるものの、思い出せなかった。

「確かに売人は多そうね」怜奈はマヌエルに向き直った。「ところでカルロスの部屋からはいくら盗んだの？」

「何でだよ？」

「いいから教えて」

マヌエルは鼻水をすすり上げると、また腕を掻き毟った。

「二百ユーロ（約二万六千円）だ」

呆れた金額だ。しかし、コカインの相場を考えたら妥当だろう。怜奈はため息をついてから言った。

「分かった。今回は私の財布から出しておく。だから、二度と自宅に盗みに入るのはやめて」

「おいおい、マジかよ。お節介にもほどがある。羊になったら狼たちに食われるぜ」

「狼の仲間になって羊を襲うよりましよ」

17

怜奈は地平線まで見えるような草原を見回した。遠方には岩石の津波を思わせるグレドス山脈がそびえていた。麓に緑を繁茂させた樹木が並び、根元に黒い粒のような牛が群れている。太陽が青空を灼くように照りつけ、吹き渡る風に草原がそよいでいる。

マドリード近郊にあるアルバロ・マルケス牧場だ。夏には草原が焼けただれて薄茶色になるらしいが、早くも緑が戻ってきている。

「どうだ？　大したもんだろ？」

横を見ると、ミゲルが立っていた。撫でつけた黒髪もL字形の揉み上げも相変わらずだが、酒瓶は持っていない。ワイシャツの上から黒いチョッキを身につけ、同色のズボンを穿いている。

「まさしく大自然ですね」

「闘牛を育てるには広い牧場が必要だからな」

怜奈はうなずくと、称賛を込めて言った。

「でも、ミゲルも凄いじゃないですか。試験の手伝いに声がかかるなんて」

今日は子牛の選定試験《ティエンタ》の補佐役で呼ばれたミゲルに連れられ、ここに来たのだ。牧場では二、三ヵ月に一回、牝牛や種牛をテストし、交配に向いているか確かめるらしい。

「……凄いもんか。優秀じゃないいから俺に声がかかったのさ」

「どういう意味ですか？」

「別に、まあ、構わねえよ。酒を飲んでるよりはな」ミゲルは投げやりに言いながら話題を変えた。「それより、金のない闘牛士志願者が本物の牛相手に練習する方法を知っているか？　真夜中に闘牛牧場に忍び込むんだ」

「まさか――。だから私にムレータを持参させたんですか？　牛に人間とケープの違いを教えたら大変なことになりますよ」

「牧場に忍び込む人間も、種牛や牝牛だけを相手にする分別はある。種牛や牝牛は闘牛に使われないからな。まあ、危険な違法行為には違いないがね。知っているか？　牛が攻撃するのは、恐怖に駆られた場合か防衛のためだけだ。だから牛が仲間と一緒にいるときは、ムレータの誘いに乗ってこない。パセするには一頭だけ群れと引き離してやる必要がある。だがな、群れから遠く離れたところで練習して怪我したら、見回りに来る監視人も見つけてくれない。野晒しになって死ぬ闘牛士志願者もいる」

「私にそんな方法を勧めてるんですか？」

ミゲルは楽しげに笑うと、牧場を見渡した。

「十年ほど前、アルバセーテのある闘牛牧場に忍び込んだ三人の若者が監視人に十数発の銃弾を撃ち込まれて死ぬ事件があった。監視人はもちろん罪に問われなかった。立派な牛をアレーナに送り出すためにはそこまでするのが闘牛界さ」

怜奈は身震いした。撃ち殺されても文句が言えない危険を冒してまで牛と練習したくない。

「おいおい、勘弁してくれよ」

背後から声がした。振り返ると、鍔広帽子を被り、焦げ茶のチョッキを着た男が立っていた。浅黒い顔に真っ黒の口髭と顎髭を生やし、ギョロリと剝いた目とタラコ唇をしている。

「馬鹿なまねされちゃあ、売買前のチェックで引っ掛かっちまう。人間を相手にしたことがある牛は誰も買ってくれん」

「本気にするな」ミゲルは笑った。「彼女の狼狽《ろうばい》ぶりが愉快だったから、からかっただけだ」

若干ムッとしたものの、黙って愛想笑いを浮かべておいた。ミゲルの悪意がないストレートな物言いには慣れている。

「まあ、あんたは馬鹿なまねをせんと信じているがね」口髭と顎髭の男は言った。「最近は空包で脅すことが多いが、実包を食らわせるはめにはなりたくないからな。じゃあ、頼むよ」

「今日は酒も飲んでない。ちゃんと役目は果たすさ」

ミゲルが去ると、怜奈は男の顔を見つめた。達磨大師を思わせる男にどこか見覚えがあった。三十秒ばかり記憶を探ると、印象的な映像が蘇ってきた。闘牛初観戦のとき、カルロスが相手にしていた牡牛を睨みつけていた男だ。勇敢な牡牛を憎む理由があるとは思えない、と気になったのを覚えている。

「レイナ・シンドウです」

自己紹介すると、男は顎髭を撫でながら素っ気なく言った。

「オルランド・メンドーサだ。この牧場の監視人をしている」

沈黙が漂った。怜奈は会話の取っ掛かりを探すため、草原の遠くで群れる牛たちを見つめながら言った。

「結構おとなしいですね。闘牛のときはあんなに荒々しいのに」

メンドーサは顰《しか》めっ面《つら》のまま言った。

「ふんっ、あんたら観光客はすぐ誤解する。反対派の連中みたいに誤った知識で文句を言う前に教えておいてやるが、飼い馴らされた牛をひどい扱いして怒らせ、闘牛士を襲わせるのではないからな。野生の牛《トロ・ブラボ》は注意深く飼育こそされ、飼い馴らされているわけではない」

「はい」怜奈はうなずいてから付け足した。「でも、私は観光客じゃありません。闘牛士志願者なんです」

「闘牛士……。ふんっ、闘牛士な。最近の連中は闘牛士しか見ん。牡牛はスペイン民族の聖なる動物――。強く、猛々しく、気高く、神秘的な動物だ。調和のとれた毛並みは鮮やかだし、遺伝子には勇猛さが組み込まれ、死ぬまで戦士でいる。本当に凄いのは牡牛だ。闘牛を愛しているなら、闘牛士じゃなく牡牛を見るんだな」

カルロスの闘牛を見物したとき、槍も恐れず馬に突進する牡牛を見て勇敢だと思った。立派さは知っているつもりだ。

「闘牛は勇敢な牛と勇気ある人間が揃って成り立つものですから」

「ふんっ、本気でそう思っているのか？　心の中じゃ闘牛士を引き立てる道具とでも思っているんだろう？　ちょっとばかり名のある闘牛士は闘いやすい牛を選ぶから、牧場まで現れてこいつは駄目だ、あいつは駄目だ、とケチをつけやがる。牛に対する敬意など、米粒ほども持ち合わせてない。仲買人も同様だ。欠点ばかりあげつらい、買い叩こうとしやがる。我々がどんなに苦労して牡牛を育てているか分かるか？」

「いえ、それは――」

「分からんだろう。だろうな。さっきも闘牛士志願者の若造二人が囁き合っていやがった。『普段闘牛で見る牛より迫力がない奴ばかりだな。肉付きも角も脆弱《ぜいじゃく》そうだ』だとよ。飼育の苦労も知らんガキ風情が生意気を言いやがって」

「志願者はきっとまだ知識がないから――」

「知識……。ふんっ、知識な。知識を得たら考えが変わるのか？　口だけで苦労は伝わらんよ」

「でも、理解の助けにはなると思います。私なら知りたいです。よければ教えてくださ い」

メンドーサはうなった後、嘆息を漏らした。

「……まあ、いいだろう。知りたけりゃ教えてやる。野性的な性格を種付けするのは困難極まる。丹念に交配させても、勇敢さや攻撃性はアレーナに飛び出すまで分からん。アレーナでの牡牛の闘い方を研究し、どの種牛とどの牝牛の子が勇敢だったか、臆病だったか、全て調べ上げては組み合わせを変え、最高の牡牛を作り上げるように努めねばならん。優れた牡牛に育てるには、朝夕に放牧地から追い立てて走らせるんだ。アンダルシア南部の牧場では、浅瀬を走らせて脚腰を鍛えている。我々も負けてはいられん。俺は家族代わりに二十数年間、牡牛を育ててきたんだ。他の牧場の駄目な臆病牛などに負けてたまるか！」

メンドーサは日ごろの不満を全て吐き出すように言い募ると、一息ついた。

「そうやって丹念に育てる人間がいるからこそ、五百キロを超える立派な牡牛がアレーナに登場するんですね」

メンドーサの表情が一変した。浅黒い髭面に憎悪が浮かぶ。

「俺も五百キロの牡牛を育てたい。だがな、我々のような小さな牧場で、評価も高くなければ、小さな闘牛場の若牛《ノビジャーダ》を相手にする闘牛に子牛を送り出せるだけだ。買い手がなければ使い道がなくなるから成長もさせられん。だから、うちの牧場には闘牛用の四歳牛はほとんどいない。分かるか？　ラ・スエルテの興行主と懇意にしているから、辛うじてマドリードの闘牛場に牡牛を送れているが、それも二歳牛だけだ。ラス・ベンタスのような最高の闘牛場には二歳牛すら送れん。大きな闘牛場で牡牛を使ってもらえたら箔《はく》がつくってのに、ノビジャーダにすら送れんのだ」

「でも、ノビジャーダも同じ闘牛じゃないですか」

メンドーサは牛糞でも見る目で足元を睨み、鉈《なた》を叩きつけるような口調で言った。

「冗談じゃない。同じだと？　同じなわけがない。全くの別物だ。正式な闘牛《コリーダ》用の牡牛は完璧な体格が求められる。長い胴や小さい頭、短い首の牛は駄目だ。堂々とした大きな体軀を有し、バランスが取れていることが肝要なんだ。左右不揃いの角や開きすぎている角、閉じすぎている角、真っすぐすぎる角、曲がりすぎた角は嫌われる。だがな、ノビジャーダでは多少の欠陥がある牡牛でも許容される。まったく別物なのだ、まったくな！」

彼の口調で真っ二つにされる気がし、怜奈は一歩後ずさった。メンドーサは激した声で続けた。

「俺は見回りの際には牛を名前で呼ぶ。全ての牛を見分けられるし、性質や来歴も知っている。だがな、牛はアレーナに出たら牧場の番号で一纏めに呼ばれる。プラカードには情報が開示されるが、観客は体重しか見ん。牛に興味を持つ者などいない。完璧な体格の勇猛な四歳牛でも、観客の心を摑むのは稀なんだ。にもかかわらず、完璧でない二歳牛が観客の心に残ると思うか？」

以前、メンドーサが勇猛な牡牛を相手にしていた。メンドーサが憎悪と嫉妬の目で見つめていた理由が分かった。カルロスはコリーダで四歳牛を相手にしていた。メンドーサは他の牧場の牡牛が勇猛さを示している姿を目にし、悔しさを嚙み締めていたのだろう。

メンドーサは噴火した火山さながらに喋り立てた。

「何より、ノビジャーダは牡牛の成長を見られない。心が痛む。立派になるまで育ててやりたくても、二歳のうちに殺されなくてはならない。交配で生まれた子はみなアレーナで死ぬ。二十分ばかり観客の前で生き、死ぬ。子孫を残すことすらない。称賛されるほどの牡牛も二度とアレーナに立てないのだ」

「……厳しいんですね」

「闘牛の飼育は一大牧畜事業だ」メンドーサは鼻を鳴らした。「しかし、五十頭の四歳牛を育てて一頭八千ユーロ（約百万円）で売っても四十万ユーロ。なのに、闘牛五十頭のためには二十種の種牛と四百頭の牝牛が必要になる。三歳牛でさえ、一日に一頭あたり五十キロを超える新鮮な草を与え、百リットルもの水を賄《まかな》わなければならんのだ。牧場の維持だけでなく、飼育にも大金がいる。にもかかわらず、二歳で安く売らなければならん。仲買人には足元を見られる。小さな牧場では、売値に口出しして売れなくなることが一番怖い。他にも牧場はあるんだからな。闘牛種飼育組合に属していない業者も数えれば、千近い飼育業者が存在している。牧場同士の競争は熾烈を極める。闘牛の飼育者は誰もが赤字なんだよ。誰もが牡牛を売るために必死だ。だがな、自ら牡牛を飼育し、アレーナへ送り出すことに無上の喜びがあるからこそ続けられる」

肩を上下させながら言い終えたとき、遠くからメンドーサを呼ぶ声がした。彼は振り返ると、何度か深呼吸し、最後に大きく息を吐いてから踵を返した。

怜奈は後を追い、牧場にある試験場に来た。赤茶けた防壁が砂場を囲んでいる。観客席のない小型の闘牛場だ。防壁の前には十数人の男が集まっていた。ノートを持って見守る牧場主や、ビデオを回している男、見学に来た闘牛士志願者の青年たち――。

彼らの真ん中にはガルシアもいた。ラ・スエルテ闘牛場の独裁興行主だ。相変わらずビール腹を皺のない服に包んでいる。

ミゲルはアレーナに立ち、防壁に背中を預けていた。怜奈は彼に歩み寄り、防壁の外から話しかけた。

「試験がはじまるんですね」

ミゲルは牛門を見つめたままうなずいた。

反対の場所では馬に乗った男が待ち構えていた。ピカドールと同じ金属の膝当てをしていても、服装は普通だった。馬はプロテクターと目隠しをしている。

一頭目の子牛が放されると、馬上の男は槍を振った。子牛は馬の姿を目に留め、突進した。角先からぶち当たる。馬上の男は切っ先の短い槍を子牛の背に突き刺した。

「ふむ、なかなかだな」ミゲルが言った。「馬に対する態度を調べているんだ。挑発しなくても突進するのは勇敢さの証明だ。種牛に向いている」

ミゲルは「頼む」と声をかけられると、桃色の布《カポーテ》を持って駆けつけ、子牛を馬から引き離しては四度、五度と突進させた。技らしい技は何も見せず、機械的なカポーテ捌きだった。牧場主はノートにペンを走らせている。

一通り終えると、ミゲルは息をつきながら戻ってきた。

「分かるか？　優秀な闘牛士は試験の補佐役に不適当なんだよ。ティエンタは牛の試験だからな。技術のある闘牛士が牛を操ると、悪い牛にも見事に対処する。種牛や牝牛に向かない駄目な牛でも優れた牛に見えるから、牛の性質を見誤りやすい。ティエンタじゃ闘牛士が見事な演技をしても意味ないのさ」

優秀じゃないから呼ばれた、というのは、そういう意味だったのか。

以前、カルロスが駄目な牛を荒々しい牛に修正したのを思い出した。優れた技術で牛を操ったら、たしかに全ての牛が勇敢に見えるだろう。

次の試験は銛打ちだった。牝牛の試験とは違い、種牛の場合は実際の闘牛にきわめて近い手順で行われるらしい。もっとも試験という性質上、殺されはしないが。

ミゲルは子牛と交錯するように走り、角の真ん前で二本の銛を優美に突き刺した。本職のバンデリジェーロ顔負けの見事な銛打ちだった。牛を操るカポーテやムレータの場とは違い、銛打ちの場では華麗な技を披露しても試験に影響がないのだろう。

彼は戻ってくると、次の指示を待って待機した。

「華麗な技でしたよ」

闘牛士の中には自ら銛打ちを務める者がいるが、彼もそうだったのかもしれない。

「やめてくれ」ミゲルは苦笑した。「俺はバンデリジェーロに成り下がるのはごめんだって言っただろ」

牧場主が指示すると、ミゲルは真紅の布《ムレータ》を取り上げた。

「ムレータに対する反応も見ておかなきゃ、悪癖が遺伝するかもしれないからな。ここに来て尻込みするようじゃ駄目な牛だ」

彼は牧場主に命じられるまま、機械的に子牛を前後に走らせた。長時間のテストだった。数多くの子牛が砂場に登場しては試された。一通りのテストを終えると、牧場主が見物人たちを見回した。

「では、練習を許可しよう」

突然の台詞の意味が分からなかった。練習を許可する？　何を言い出すのだろう。ミゲルがワイシャツの袖で額を拭いながら現れた。ドッキリを成功させた仕掛け人のような顔をしている。

「ティエンタが終了すると、ムレータ持参者には練習を許可しなくてはいけないんだ。あんたも持参しただろ？　牛の前に立てるんだ。初体験だな」

怜奈は唖然としたまま声が出せなかった。デートの途中で恋人にいきなり体を求められたような気分だった。

「あらかじめ説明したら、脅えてついてこないかと思ってな」

「……最初に教えてくれてってもちゃんと来ましたよ」

「腰が引けるのが関の山さ。俺は女が牛の前に立てるなんて信じてねえんだ。言っただろ」

怜奈は静かに息を吐いて気持ちを落ち着けると、ミゲルの黒い瞳を見つめた。

「じゃあ、今日からは信じられるようになりますね」

18

麦藁で作ったくじを引いた結果、四番目だった。

「早めの出番だな」ミゲルが言った。「まあ、志願者は十数人。人数としちゃあ少ないほうだから当然か」

「普段はもっと多いんですか？」

「まちまちだな。子牛の選定試験《ティエンタ》に来た者たちを追い返してはいけない伝統があるから、牧場主はギリギリまで日取りを隠しておくんだ。志願者たちが大勢やって来たら迷惑だろ」

怜奈はうなずくと、私設アレーナを見た。槍や銛による怪我の治療を終えた子牛が待ち構えている。一人目の青年は中途半端な立ち方でパセし、二度、三度と子牛に倒された。二人目は手慣れた動きで技を披露した。

三人目はラファエルだった。彼は鋭角的な顔立ち同様、鋭いパセを見せた。四日前にもラ・スエルテ闘牛場で演技したプロだけはあり、練習生とは別格の技術だった。

「気合、入ってますね」

「ああ」ミゲルはうなずいた。「プロとはいえ、出番が貰えなきゃ練習生と何ら変わらねえからな。機会さえありゃ技術を見せつけて評価されたいのさ。才能に見惚れた奴が代理人になってくれりゃ、最高だ。何より、今日は珍しくガルシアまで来てるからな。出番を増やすためにも、才能の片鱗を見せたいんだろう」

相槌を打ったとき、ラファエルの演技が終わった。ついに自分の出番が来た。牛の前に立つチャンスだ。心音が速まり、ムレータを握り締める手のひらに汗が滲んだ。

子牛とはいえ、自分の四倍以上の体重を持っている。

ミゲルは子牛を睨んだまま言った。

「ティエンタのとき、大抵の牧場は闘牛士の安全を考えて角の先端を切り落とすんだが、この牧場は違う。可能なかぎり完全な状態でテストする。だから角には殺傷能力がある。気をつけろ」

「はい」

「逃げずに演技できるか見ていてやる。本物の牛相手に数回パセするだけで、普段の練習の数十日分のことを学べるだろう」

怜奈は笑みを返し、私設アレーナに進み出た。剣と一緒に真紅の布を構える。

優れた闘牛士になるためには、角のあいだに立たなくてはいけない。斜め前から牛を呼んでムレータの先っぽで捌くのは、下手の証だ。

牛は顔の横側に目が付いているため、鼻が邪魔で正面数メートルの地点が死角になっている。そこに立つかぎり、牛からは姿が見えない。理屈では分かっているのに、体が牛の正面から逃げたがっていた。目の前に立つのは、もうテストされた牛だ。もしケープと人間の違いを理解していたら？

だが、数ヵ月に一度のチャンスを逃すわけにはいかない。

以前、テレビの企画で芸能人が子牛に挑む番組があった。その芸能人は三日間でケープの扱い方を学び、何度も逃げながらも――腰が引けながらも数度のパセに成功していた。二ヵ月も朝から晩まで練習している自分にできないはずがない。

必要なのは勇気だけだ。

パンプローナの牛追い祭りでは、大勢の人々が牡牛の前を走り回っているではないか。牡牛の前に立つだけなら難しくはない。後は足を止めてケープを振る勇気さえあれば、必ず成功する。

怜奈は震える息を吐き出した。

緊張や不安を胸に覚悟を決めると、子牛の死角に立ちながらムレータを視界に動かした。子牛は黒い弾丸となって突進してきた。

逃げたい。角に刺さったら大怪我してしまう。いや、駄目だ。逃げてはいけない。逃げてはいけない――。

衝動と恐怖に耐え、震える両足で砂場を踏み締める。ムレータを横に滑らせた。角が真紅の布に飲み込まれ、体の真横を駆け抜ける。

成功した！

人間相手の練習と同じく牛を操ることができた。体は興奮に打ち震え、芯棒を握る手は汗ばんでいた。二度、三度とパセした。自由自在に操ることができた。

目頭が熱くなった。

本物の牛を相手に成功したのだ！

名状しがたい興奮に駆られ、自分の番のあいだじゅう子牛を前後に走らせ、円を描くように操った。


「正直言って驚いた」

ミゲルは感嘆の表情をしていた。怜奈はハンカチで額の汗を拭き、満面の笑みを返した。

「女にも勇気があるんです」

「信じられねえ。二ヵ月前は何も知らない小娘同然だった。なのに、こんな短期間で牛の前に立てるようになるとは……。絶対に無理だと思っていた。本当に信じられねえ」

ミゲルは噛み締めた唇の両端の隙間から息を吐いた。沸騰寸前のヤカンを思わせる音がした。

「素人が成長してるってのに俺は何してんだ？　毎日毎日、酒を食らい、女房の尻を追っかけ、愚痴を言ってばかりいる。出番さえ貰えりゃ――なんて繰り返しても、結局何もしてねえ。クソッ、俺だって負けてられるか！」

ミゲルは踵を返すと、大地を踏み抜くように歩き、防壁前にいる興行主のガルシアに詰め寄った。大仰な身振り手振りを交え、何事かをまくし立てる。

怜奈は二人の近くまで駆けていった。ガルシアを見る。

彼はチューリップの球根に似た鼻を持ち、両端の尖った黒い口髭を蓄えていた。頬が垂れ、二重顎が揺れ、小綺麗なワイシャツもズボンも目いっぱい膨らみ、日ごろのストレスを全て脂肪に変えてしまっているように見える。

ガルシアはミゲルの顔を見据えながら言った。煙草を吸う者特有のダミ声だ。

「あんたの技量は過去のものだろう？」

「〝籠を一個作る者は百個でも作れる〟。機会を与えてくれれば、昔のような演技をしてみせるさ」

「あいにくだが、金にならん興行は組まん主義でね」

「観客数が何だってんだ。クソ食らえ。俺は闘牛士なんだ。牛と闘いたいんだよ！」

ガルシアは頬の肉を揺らしながら首を振った。黒い瞳には嘲弄の色が渦巻いている。

二人の睨み合いを見つめていると、横にラファエルが現れた。喧嘩腰の台詞を耳にし、様子でも見にきたのだろう。

ラファエルは二人に聞こえないように薄い唇を動かした。

「引退が似合う老いぼれに出番だって？　冗談だろ。牛を仕留めるのは、俺みたいな才能ある若い奴に譲っていればいいのさ」

怜奈は彼を睨みつけた。酒に酔ってばかりいたミゲルが行動を起こしたというのに、応援できない度量の狭さに腹が立った。経験豊富な年長者に対する尊敬の念がまるでない。

ラファエルは鬱陶しそうに顔を向けると、舌打ちした。

「何だよ？　何か言いたそうだな」

「……別に」

「あんたも出番が欲しけりゃ、興行主に股でも開いたらいい。男を押しやれるかもしれねえぜ。もっとも、男に劣る女が闘牛士になれるかすら怪しいけどな」

腹の奥底から憤激が噴き上げてきた。しかし、感情的になったら負けだと思った。

怜奈はラファエルを一睨みしてから二人に視線を戻した。

「頼むよ」ミゲルが言った。「俺に出番をくれ。出番が欲しいんだ。給料なんて最低額で構わない。腕を証明させてくれ。牛と闘えりゃ、俺が客を呼べる闘牛士だって分かる」

「……考えておくよ」

「いいや、駄目だ！　あんたは毎回そうだ。考えておくよ、考えておくよ――。一ヵ月してから顔を合わせても、考えておくよ、考えておくよ。冗談じゃない。俺は本気なんだ」

ガルシアは気取った仕草で口髭を撫でると、阿呆らしいとばかりにかぶりを振った。

ホセの台詞が蘇ってくる。

闘牛に興味がないから闘牛士の気持ちが分からない興行主――。

ガルシアの拒絶ぶりを見ていると、理不尽な怒りが湧いてきた。怜奈は二人の前へ突き進んだ。

「一度くらい出番をあげたらいいじゃないですか」

ミゲルは驚いたように振り返り、目を瞠《みは》った。一方のガルシアは不愉快そうに眉を顰めている。

「お前は一体何なんだ？」

「チャンスは誰にでも与えられるべきです」

「馬鹿を言うな。優秀な若い闘牛士たちが出番を待っているのだ。にもかかわらず、十年前に終わった闘牛士を出演させろだと？」

「終わったかどうかは試してみなきゃ判断できませんよ」

「与えられる枠はない。今月も来月も予定でもう埋まっている」

「興行の回数は増やせないんですか？　サッカーと違って闘牛の開催は興行主の判断次第なんでしょう？　増やそうと思えば増やせるはずです」

「馬鹿な！　なんて馬鹿馬鹿しい意見だ。大都市でも正式な闘牛《コリーダ》の費用の捻出が困難なのだ。若牛《ノビジャーダ》を相手にする闘牛とは比べ物にならん。増やせるわけがないだろ。平日に客は集まらん」

「なら、日曜日の昼と夜の二回開催はどうですか？　夜に闘牛を催している闘牛場もあると聞きました」

「何も知らん小娘が。夜の闘牛など駄目だ。客が集まらん。そんなものは許せんという意見ばかりなのだ」

「なぜですか？」

「熱狂的なファン《アフィシオナード》どもの言い分だ。『陽光の下、時の経過に従い延びる影、ケープをさらわない微風――。そんな自然の雰囲気《アンビエンテ》の中で演技するから感動が伝わる。だが、照明器具の明かりを頼りに闘牛をすれば、生と死の芸術が作り物めいた芝居同然に成り下がる。そんなものは闘牛じゃない』。こう言いやがる。『人工的に風を遮り、雨を防ぎ、光を作る――。そんな作り物の闘牛は許せない。完璧である保証があったとしたら感動はない。自然の様々な条件を乗り越え、闘牛士が見事な演技をするから感動するのだ』とな。だから夜に闘牛は開催できん。観客が集まらん闘牛を催しても、牛の購入費や闘牛士の契約金で損をするだけだ。ただでさえ、わしの闘牛場は一回の闘牛のたびに五千ユーロ（約六十万円）の赤字を生んでいるんだぞ。潰れないのが不思議なくらいだ」

「でも――」

「でもクソもない！」ガルシアは煙草のヤニで黄色くなった歯を剝き出し、声を張り上げた。「小娘に経営の何が分かる？」

「人間としての道なら分かります」

「ふざけるな！　無知な世間知らずめ。同情で経営は成り立たん。スペイン全土でのチケット高は八億ユーロ（一千億円）にも上り、シーズン中の八ヵ月で一万五千の闘牛祭りがある。四百にも及ぶ闘牛場が存在し、五千万人以上の観客が動員される。わしの闘牛場はそんな中にあるたった一つなのだ。優れた闘牛士と契約し、見事な演技で観客を集めねば、闘牛場を維持できない。経営として成り立つのは一握りなのだ」

　彼は肉厚の顔を紅潮させると、牡牛のように荒く息を吐いた。ワイシャツの皺を整え、太鼓腹を揺らしながら背を向けた。有無を言わせない頑固さだった。

「馬鹿だな」ラファエルは赤銅色の顔に皮肉を浮かべた。「壺と石をぶつけりゃ壺が割れるのは当然だろ。権力者に刃向かうのは得策じゃない。日本人は日本人らしく頭を下げてりゃいいのさ」

　怜奈は彼の言葉を無視し、ミゲルに顔を向けた。

「すみません。よけいな口出しで怒らせてしまって――」

「いや、俺は嬉しかった。あんたを信用すらしなかった俺のために刃向かってくれたんだからな」ミゲルはガルシアの背中に視線を投じると、声を張り上げた。「必ず興行を組ませてやる。どんな手を使ってでもな！」

ガルシアは振り返りもせず、立ち去りながら、小馬鹿にしたように手をヒラヒラと振っただけだった。

19

「レイナはもっと女を磨かなきゃ駄目よ。ただでさえ闘牛士なんてのは男っぽいんだから」

マリアに連れられ、サラマンカ地区のセラーノ通りに来ていた。マドリードを代表するビジネス街であり、ヨーロッパの一流ブランド店が並ぶ高級ショッピングエリアだ。シビラ、アントニオ・ミロ、カンペール、グッチ、ヴェルサーチ、ルイ・ヴィトン、シャネルなどの看板を掲げた店が目立つ。

大抵の店は日曜日と祝日が閉店だから、土曜日である今日は買い物の好機だった。

マリアは丸襟のシャツに黒いジャケット、ジーンズのミニスカート、白のロングブーツ姿だ。

怜奈は苦笑いした。

「高価なものは苦手なんだけど……」

「何言ってるのよ」マリアは笑った。「たとえ買わなくても、お洒落な物に接しているだけで女は磨かれるのよ」

通りに並ぶショーウインドーのディスプレーを眺めつつ、向かった先はアドルフォ・ドミンゲスのブティックだった。

自動ドアを抜けて店内に入り、「オラ」と店員に挨拶した。橙色の壁に紙色の天井が明るい雰囲気を作り出している。ハンガーに吊られたスーツの数々、棚に積まれたウェアの数々、赤レンガ色の台に飾られたネクタイの数々——。

「レイナ。レディースは上よ」

二人で階段を上り、二階で様々なファッションを眺めた。小一時間も人気の品物を堪能したとき、怜奈ははっと思い立った。

カルロスのためにネクタイでもプレゼントしたらどうだろう。最近はギクシャクした関係が解消されてきたから、親しさを取り戻すきっかけになるかもしれない。

怜奈はマリアに事情を話すと、二階に彼女を残して階段を下りた。一階に顔を出したとき、思わず声を上げかけた。アルマーニの服に身を包んだラファエルがいたのだ。店員を無視して店内を歩き回っている。

顔を合わせたくなかった。マリアと二人で来ているのが分かったら面倒になるかもしれない。ラファエルは彼女に突っぱねられて以来、二度ほどアパートを訪ねてきていた。しかし、キザな台詞で口説くたびに拒絶され、最近は姿を現さなくなった。

ラファエルが棚の前で立ち止まった。店員を一瞥してからネクタイを手に取る。

あれ？　ブティックで商品を見る時は店員に一声かけ、取ってもらうのが原則だ。

なぜラファエルは――。

疑問を覚えた瞬間、彼はネクタイをポケットに押し込んだ。

数秒、思考が停止した。信じられない行為を見てしまった。ベテランのスリ顔負けの早《はや》業《わざ》だ。店員は全く気づいていない。

ラファエルは何食わぬ顔で店内を歩き回り、店員の隙を窺って二本目のネクタイをポケットにたくし込んだ。

万引きをするなんて信じられない。

見てしまった以上、見なかったふりはできなかった。

怜奈は階段口から出ると、ラファエルに駆け寄った。とりあえず気軽に「オラ」と声をかける。

彼は振り返ると、一瞬だけ驚いた顔を見せたものの、すぐに怜悧《れいり》な表情に戻っていた。

「あんたか。一体こんな場所で何してる？」

「ネクタイを万引きしてるわけじゃないわ」

「……見てたのか？」

「見たくなかったけど」

「で、どうする？　店員にでもチクるか？」

「商品を戻して二度とこんなまねしないって誓うなら、大事にはしない」

ラファエルは舌打ちすると、店員をちら見してからネクタイを戻し、疲弊したように息を吐いた。

「今回は諦めるよ」

「次回も、よ。大体、何のためにこんなまねをしてるの？」

「身につけるため以外に理由があるか？」ラファエルは平然とした顔で答えた。「演技をしなきゃ闘牛士と思われないような奴は駄目なんだよ。普段から闘牛士でなきゃいけない」

「へえ、闘牛士は全員普段から万引きしてるっていうの？」

「皮肉はよせ。言われるのは大嫌いなんだ」

「じゃあ、分かるように話してくれる？」

「……闘牛士である以上、キチンとした身なりが大切なんだ。たとえ貧しくても、みすぼらしく見えちゃいけない。粋だと思われなきゃいけないのさ。だから俺は身を飾るものにこだわる」

「ブランドものが欲しかったら働けばいいじゃない。練習の合間に日雇いの仕事ができるはずよ」

「冗談じゃねえ。闘牛以外の仕事をするのは敗北の証だ。雇用契約を結ぶような奴は負け組さ。下らない地位より、価値ある希望が大切なんだ。社会に媚びて就職したら負けなんだよ」

「日雇いで働くより、万引きのほうが恥ずかしくないっていうの？」

「当然だろ。闘牛士は練習に全身全霊を捧げ、一日じゅう闘牛と関わる覚悟が必要なんだよ。のんきに仕事しながら成功できる世界じゃねえんだ。何より、働いてたら急に子牛の選定試験《ティエンタ》の情報が入っても行けねえだろ」

「でも――」

反論の言葉をぶつけようとした矢先、マリアが下りてきた。ラファエルは戸惑いを見せたものの、彼女を一瞥し、薄い唇の片端を吊り上げた。

「よお、マリアじゃねえか。奇遇だな」

「レイナ」マリアが訊いた。「なぜ彼がここにいるの？」

「偶然会ったのよ」

万引きの事実を口にするのは卑怯《ひきょう》だ。ラファエルが思いを寄せる相手に嫌われる様を見ても、嫌悪感を伴った自己満足を覚えるだけだろう。

「レイナは何か買うの？　ネクタイは？」

「また今度にする」

「じゃあ、帰る？」

「ええ。でも、私はラファエルに話があるの。悪いけど、先に帰ってくれない？」

マリアは怪訝そうに眉根を寄せた。ラファエルは自分の意見抜きで話が進む様子に不機嫌そうだった。

「……分かったわ」マリアはため息をついた。「じゃあ、また後で会いましょう」

彼女が先に店を出ると、ラファエルは険しい眼差しで言った。

「何のつもりだ？　せっかくの出会いを邪魔しやがって」

「話の途中よ。外で話しましょう」

二人で店を出ると、彼はついてきた。旧市街に向かって歩きながら訊く。

「いつもあんなことをしてるの？」

「万引きの話か？　まあ、週に一度か二度だな。大抵は土曜日を利用してる。選ぶ店は店内の様子次第で決める。あんたはいつもこの辺に来てるのか？」

「マリアに誘われて暇な土曜日だけよ。色んな店を回ってるの」

「クソ真面目な奴に見つかったのは運の尽きだったな。だが、俺は後悔も反省もしてねえぜ。俺の生き方に口出しするな」

ラファエルは街角に立つロマ《ヒターノ》の老婆に歩み寄り、硬貨を渡して煙草を一本だけ買った。

ライターで火を点け、吸い込み、紫煙を吐き出した。

「食べていくだけの金も稼げない闘牛士ばかりだからな。生活のためには何でもしなきゃならねえんだ」

旧市街の狭い路地に入ると、敷いた段ボール紙に寝転ぶ酔っ払いの男や物乞いする老婆がいた。ラファエルは街中のゴミを見る清掃員の目で彼らを睨み、通りすぎざまに舌打ちした。

「俺はな、こんな連中のように落ちぶれたくねえんだよ」

「万引きで生計を立てるより、物乞いしているほうがましよ。他人のものを盗むのは――」

「ふざけんな！」

両肩を摑まれ、卑猥な落書きだらけの壁に押しつけられた。背中に衝撃が走る。ラファエルの口から煙草が落ちた。

「い、痛いじゃない。何するのよ」

睨みつけると、ラファエルは憤怒の形相を浮かべた。

「お前なんかに俺の何が分かる？」

「万引きして平気な人間の気持ちなんて何も分からない」

「ふざけんな。ふざけんなよ。俺はな――俺の母親はな、貧困に苦しんでるんだ。グラナダのヒターノ一族を捨てたせいだ。復讐やら因習やら、年寄り連中が守るヒターノの掟《おきて》に嫌気がさしたんだ。だから親父を捨ててマドリード南部の貧民街へ逃げて来たんだ。母親は物乞いをして俺を育てたよ。赤ん坊だった俺を抱えて喜捨を乞う毎日だった。同情を誘うには赤ん坊が一番だ。俺が成長すると、友人の赤ん坊を胸に抱え、赤ん坊の借り賃を払いながら物乞いを続けた。俺はそんな母親を見ながら育ってるんだ。分かるか？　貧困は死に勝る恐怖なんだよ！　金持ち日本人には想像もつかねえだろうけどな」

顔を突きつけるラファエルの目を見据え、怜奈は言った。

「私だってお金持ちじゃない。両親の離婚の後、生活費のために必死で働いた母は過労で死んだ」

一瞬、ラファエルの瞳に同情の色が浮かんだものの、すぐに消えてしまった。

「あなたは自分に甘えてるだけよ」

「うるさい！」ラファエルは怒鳴った。「俺は絶対に成り上がってやるんだ。世間から認められないなら命を捨てても構わない。物笑いの種にされるくらいなら勇敢な死を選ぶ。見事な演技をしたら、教養がない貧民層の人間でも称賛されるんだ。中流階級ですらない俺みたいな人間にゃ、闘牛の他に出世の道はないからな」

彼は飢えきった野生動物じみた目をギラギラさせている。睨みつけられているだけで食い殺されそうだった。

「俺は闘い以外には何も知らねえ。興味もない。名誉のための闘いは生きるための闘いだ。成功を勝ち得ない人生は無残なものでしかねえ。俺は絶対に成功してやる。そして俺を見下した奴を見下し返してやるんだ。牛糞に点けた火で料理して、濁った水をすするような人生はまっぴらごめんなんだよ！」

彼は貧困に復讐しようとしているのかもしれない。だが、復讐が動機で成功するとは思えなかった。

「知ってるか？　教師の年収なんてせいぜい一万五千ユーロ（約二百万円）だ。だがな、有名闘牛士は一回の報酬で十万ユーロも受け取るんだ。年に百回も演技できたら莫大な収入になる」

「だからって万引きするのは間違ってる。立派な闘牛士になるには教養も大切なはずよ」

「読み書きができないエル・コルドベスも偉大な闘牛士になった。彼は『闘牛士になったのは金のため。成功のため』と明言した。彼は食べるために盗みを経験し、何ヵ月も牢獄《ろうごく》生活をした。だが、成功して最高の金を稼ぎ出した。彼が出演すると、三流の闘牛場でも一流の闘牛場を凌ぐほど賑わった。彼は大農場や別荘だけでなく、自家用飛行機すら所有していたんだ」

「エル・コルドベスとは時代が違うでしょ。私も名前くらいは知ってる。彼は一九六〇年代に活躍した闘牛士よ」

「時代なんて関係ねえ」ラファエルは吐き捨てると、声を激情にひび割れさせた。「闘牛ってのはいつの時代も同じだ。富を得るか死ぬかなんだよ。俺は絶対に死なねえ。何が何でも富を得てやる。今は興行主に頭を下げなきゃならねえ立場にいるけど、いつか逆に頭を下げさせてやる。興行主のほうから契約交渉に出向いて来させてやるんだ。俺はガルシアが乗り回すようなベンツを買い、母親に豪邸を買ってやる。絶対にだ！」

溶鉱炉に詰め寄られている気がした。鷲摑みにされた両肩は痛み、燃えるように熱い。

ラファエルは息を吐くと、断然と言った。

「貧困はアレーナに葬ってやる」

アパートに戻ると、怜奈はリビングのソファに腰を沈めた。反対側にはカルロスが座っている。今週の彼は闘牛に出演しないため、自宅にいるのだ。

怜奈はブティックでの一部始終を話して聞かせた。カルロスは他人事《ひとごと》のようにため息をついた。

「放っておけばいいよ」カルロスはスペインのことわざを口にした。「〝他人の衣服を着る者は街で裸にされる〟。虚栄心から見栄を張っても暴かれる日は来るさ」

「でも、万引きは犯罪よ」

「僕も万引きを肯定するわけじゃない。ただ、彼もこの一年は出番が増えてるけど、まだまだ苦しいからね。溺れる者は焼けた釘でも掴むものさ」

「言いわけにはならないわ」

「もちろんだよ。ただ、見習い闘牛士《ノビジェーロ》の数に比べ、若牛相手の闘牛《ノビジャーダ》の数が圧倒的に少ないんだ。無名の闘牛士は金で出番を買うか、無報酬で演技するしかない。マドリードのような大都市でさえ、いい牛を回してもらうには、興行主に袖の下を掴ませる必要がある。闘牛士に魅力がなければ、駄目な牛しか与えられないからね。ラファエル程度の出番じゃ、生活費を稼ぐのすら困難だろう。闘牛士として見栄を張りたい気持ちは分かる。万引きは許されないにしても、ね」

「でも私は——」

「レイナは闘牛界を美化しすぎてないかい？　闘牛士を目指す人間には何かに飢えてる奴らが大勢いる。金、名誉、成功、喝采——。欲しいもののために誰もが死に物狂いになってるんだ」

闘牛士たちが様々な動機を持っているのは知っている。父親の血が勇敢だと証明するために闘うカルロス。息子に一度でもいいから自分の闘牛を見せたいと何年も出番を待っているミゲル。貧困から脱出して母親に豪邸を買うために成り上がろうとするラファエル——。

自分自身は、亡き兄から勇気を受け取ったと証明するため、その死の真相を知るため、闘牛士を目指している。

「闘牛士ってのは野心家なんだよ。目の前で他人に自分より優れた演技をされるなんて我慢ならないし、自分の出番を奪いかねないライバルは邪魔にしか思わない。僕だって多かれ少なかれ、嫉妬心やライバル心は持ってるよ。闘牛界に幻滅したかい？」

「平気よ。世の中が綺麗事だけで回っていないのは知ってるもの。もし世の中が理想どおりなら、私は優しい家族と毎日幸せに暮らしてるはず。ただ、ラファエルの考え方に同意できないだけ」

「……レイナはエスポンタネオを知ってるかい？」

「いいえ。何なの？」

「闘牛士の演技中にアレーナへ飛び込み、持参のムレータを使って演技する乱入者のことだ。最近も稀に見かけるよ。名前を売りたい一心なのさ。制止しようとする警官や助手に追われてまともな演技なんてできやしないのに、才能が認められて力のある代理人やマネージャーの目に留まる米粒ほどの希望に縋ってるんだ」

「乱入者なんかが現れたら闘牛が滅茶苦茶になる」

「ああ、もちろんだよ。警官に取り押さえられるまで混乱は続く。巻き添えを食らった闘牛士は迷惑きわまりない。でも、血豆を潰し、角にやられた傷口を縫いながら練習を積んでも機会が貰えない闘牛士志願者は、なりふり構っていられないんだ」

「カルロスは何が言いたいの？」

「万引きを憎む気持ちは分かる。でも、その程度のことにいちいち目くじらを立てていたら——」カルロスは自分のまなじりを人差し指で吊り上げた。「毎日毎日、顔をこんなにしてなきゃいけなくなる」

反論する気概もなくなるおどけた仕草だった。怜奈は噴き出し、口元を押さえて笑った。

確かにカルロスの言うとおりかもしれない。日本人的価値観を他人に押しつけるのはよくない。

闘牛界の光と影に慣れなくてはいけない。

20

ミゲルの闘牛が決まった。彼は出番が貰えたことを口にすると、戦地へ赴く直前の兵士を思わせる表情で言った。

「明日のために一週間前から酒も断ってるんだ。今回を逃したら二度とチャンスは巡ってこないだろう。土手っ腹に穴が開いて空気が通り抜けていたとしても、最後まで演技してやる」

嘘ではないのは一目瞭然だった。会うたびに体から漂っていたアルコール臭がもうしない。決意は充分伝わってくる。

　当日になると、エンリケとカルロス、ホセと連れ立ち、ラ・スエルテ闘牛場に行った。途中、ホセがバルの壁に貼られたポスターに目を留めた。出演者と牡牛の情報が記載されている。

「ミウラか……」

「ミウラ？」怜奈は首を傾げた。

「牧場の名前だよ」ホセの顔には緊張が滲み出ていた。「ミウラの牛は死の牛と恐れられている。一九四七年、勇気の象徴でもあり、国民のアイドルだったマノレーテは、ミウラ牛のイスレーロの角に突かれた。救護室での応急の輸血失敗が原因で命を落としたよ。闘牛に関わる者なら誰もが知っている惨事だ。他にも多くの闘牛士がミウラの牛に殺されている」

「つまり、ミゲルは危険なのね？」

「うむ。しかも、彼は二頭ともミウラのようだ。他の二人の闘牛士は別の牧場の牛だ。普通は同じ牧場の六頭が使われるんだが――。混成は珍しいな」

「ただ事じゃないね」カルロスが口を挟んだ。

「どういう意味？」怜奈は訊いた。「まだ何かあるの？」

「ミウラは祭りの最後を飾るという不文律があるんだ」ホセが答えた。「しかも、第一級闘牛場で最高の闘牛士に当てられることが多い。年間五十頭程度しか飼育されないから、落ち目のミゲルに用意されるなんて普通じゃないんだよ。ミウラの牛は他の牧場の牛の二倍はするからね。経営至上主義のガルシアがどういうわけだ？」

ミゲルに対する当てつけかもしれない。だが、あのガルシアがそれだけのために大金を投じるだろうか。出番を与えないほうが嫌がらせになるだろう。

人込みを縫って闘牛場に入り、最前列に腰を下ろした。秋は午後六時にはじまる。コロシアムふうの円形闘牛場に太陽がのしかかり、観客たちの熱気と相まって周囲の温度は異常なほどだった。怜奈はハンカチで汗を拭いながら、緊張を胸に開始を待った。闘牛の順番は経験に関係なく、最も早く正闘牛士になった者から演じられる。四十歳のミゲルは一番目だった。

恒例の行進があった後、赤茶けた門が開けられた。牡牛が飛び出してきた。肩の筋肉が盛り上がり、黒光りする岩石さながらだった。体重が五百六十キロもある怪物だ。人間や馬のはらわたを容赦なく抉《えぐ》れそうな二本の角を持っている。五十センチはあるだろう。防壁の中のミゲルが唾を飲んだのが見て取れた。過去を追想する表情をしている。期待と恐怖と緊張が渾然一体となった瞳だ。

銛打ち士《バンデリジェーロ》は牡牛を挑発し、退避所に飛び込んだ。巨軀が角を振り立てて防壁にぶち当たる。赤黒い羽目板が弾け飛んだ。木片が舞った。バンデリジェーロの顔は蒼白になっている。

助手が牡牛を猛スピードで走り回らせた後、ミゲルがカポーテを手に登場した。桃色の布はマントのように大きいため、最終演技の場より安全だ。

ミゲルはカポーテを両手で持ち、裾で砂を擦りながら次々と技を決めた。問題のない演技だった。

褐色の馬に乗った槍方《ピカドール》が現れた。鍔広帽子を目深に被り、防具を付けた両脚を箱型の鐙に乗せていた。槍の真ん中を握って脇に構えている。

ピカドールは大きく槍を振った。牡牛は頭を下げて二本の角を剝き出した。防護マットを身につけた馬の側面に体当たりする。真下から突き上げる。槍が背に突き刺さったとたん、馬を持ち上げた。馬は前脚で宙を掻き、薙ぎ倒された。ピカドールが弾き落とされた。

「ブラボー、牡牛《トロ》！」観客が大喚声を上げた。

倒れたピカドールに牡牛が襲いかかった。彼は足の裏で牡牛の鼻面を蹴り、手のひらを差し出している。実際に内臓を引き裂かれでもしているような汗まみれの形相だ。牡牛に押されながらも、角の一撃だけは避けている。

ミゲルと数人のバンデリジェーロが駆けつけ、牡牛を引き離した。その隙に馬が立て直され、ピカドールが再び跨がった。牡牛が二度目の突進をすると、ピカドールは黒い背に槍を刺した。槍に体重を預けるようにのしかかる。牡牛は猛り狂った。首の筋肉だけで数百キロの馬を砂袋のように投げ飛ばした。ピカドールは転がり、立ち上がり、角に刺される前に防壁へ逃げ込んだ。牡牛は倒れた馬の腹に角を刺し、防壁に押し込んでいる。

怜奈は拳を握り締めた。カルロスが闘った牡牛とは比べ物にならないほど力強く、猛々しい。もし馬を持ち上げるパワーで角が人間に突き刺さったら――。

銛打ちの場面がはじまった。最初のバンデリジェーロは二本の派手な銛を構え、離れた場所から弧を描いて走りだした。牡牛がロケットのごとく突進する。距離が詰まる。瞬間、急加速した。バンデリジェーロはタイミングを誤った。足がもつれた。両手で地面を掻くように倒れ込んだ。背中に角が迫る。

刺される！

怜奈は両目を瞠《みは》った。

刹那、ミゲルが駆けてきてカポーテを振った。牡牛が方向転換し、桃色の布に吸い込まれる。危機一髪だった。経験豊富なミゲルの危険察知能力がなかったら、助けが間に合わず死人が出ていただろう。現に他のバンデリジェーロはずいぶん遅れた場所にいた。

銛打ちがやり直された。先ほど失敗したバンデリジェーロは、角から距離があるうちにきわめて小さな動作で銛を打った。牡牛は怒り狂い、彼を猛然と追いはじめた。バンデリジェーロは全力疾走して防壁を両手で摑み、飛び越えた。牡牛が追突する。炸裂弾の爆発さながらの破壊音が響いた。

二人目の銛打ちがはじまると思ったら、ミゲルとバンデリジェーロが何やら言い争っていた。ミゲルは呆れ顔で首を振り、自ら銛を手に現れた。二人目のバンデリジェーロは脅えて銛打ちを拒否したらしい。

ミゲルはアレーナの中央に立ち、体を揺すってから走りだした。牡牛が向かってくると、半円を描きながら背走に切り替えた。ビデオの逆再生を見ているようだった。

危険すぎる。もし足がもつれたら角にやられてしまう――。

彼は角が胸に迫った刹那、両脚を止め、体を剣のように伸ばし、銛を打ち込んだ。牡牛は勢いのまま突進する。ミゲルは背走を再開した。手のひらを黒い鼻面に押し当てたまま、牡牛を制御するように走り続けた。牡牛が追うのをやめると、彼も立ち止まった。観客は太鼓の乱打にも似た拍手の嵐で応えた。

肝を潰す見事な一撃だった。子牛の試験中に見せた技同様、彼は銛打ちに相当な技術を持っている。

最後の銛打ちもミゲルが担当し、角の寸前で突き刺した。観客は喝采を送った。

そして――最も危険な最終演技の場が訪れた。

ミゲルは会長に形式的な挨拶をすると、闘牛帽を持って西の防壁に近づいた。観客席の最前列に見覚えのある顔があった。彼の妻だ。腰まで伸びる烏の濡れ羽色の髪をし、唇を朱色に塗り、墨色のドレスを着ている。隣には五歳の息子が座っていた。

彼は二人に何事かを言い、闘牛帽を息子に投げ渡した。牡牛の〝献呈〟だった。

ミゲルはアレーナに戻った。左手には真紅のムレータ、右手には銀色の剣を握っていた。黒曜石の塊にも似た牡牛が待ち構えている。

彼は背筋を伸ばし、ムレータを揺すった。牡牛が突っ込む。角を剝き出している。ミゲルは真紅の布を操り、両脚を揃えたままパセした。牡牛が向き直る。突進する。ムレータが体に近かった。通り抜けざまに巨体が太ももを弾いた。体勢が崩れた。牡牛が反転する。体を狙う。

「危ないっ！」怜奈は叫んだ。

ミゲルはムレータを振った。遅すぎた。牡牛が彼の股ぐらに鼻面を突っ込む。角で太ももを撥ね上げる。彼は宙で一回転し、砂場に倒れ込んだ。牡牛が反転して襲いかかる。彼は体を起こした。鼻面が胸を突き上げる。彼はゴム毬《まり》が弾むようにバウンドし、砂場に叩きつけられた。

ようやくバンデリジェーロたちが駆けてきた。カポーテで牡牛を誘導する。

ミゲルは自力で立ち上がった。

「下がれ。俺は大丈夫だ！」

ミゲルは手振りで仲間を追い払った。ズボンの太もも部分は裂け、血に濡れた肌が覗いている。

彼は真紅の布を広げると、再び挑発した。牡牛が突進する。ムレータに頭が触れたとたん角を振り上げる。駆け抜けては反転する。角を突き出して襲う。五度目のパセの瞬間、ムレータの中で牡牛が頭を振り立てた。ミゲルは放り上げられ、鈍い音を立てながら砂場に落下した。牡牛がのしかかる。ミゲルは頭を抱えて体を丸めた。小突かれながら転げ回った。

怜奈は立ち上がり、「ミゲル！」と叫んだ。

バンデリジェーロが一斉に駆けつけ、牡牛を引き離した。ミゲルが立てないでいると、周囲の観客たちは野次を飛ばした。彼は仲間の肩を借りて腰を上げ、落ちた剣を受け取ってバンデリジェーロを追い払った。

「俺は最後まで闘う。大丈夫だ」

ミゲルは胸を上下させながら構え、牡牛を通過させた。巨体が切り返した。信じがたい速度での急転換だった。彼はムレータを操りながら振り返った。二回、三回、四回――。回を重ねるたび、ミゲルの反転のほうが遅れてきていた。危ないと思った矢先、彼はあっと言う間に撥ね上げられ、砂場に落ちた。即座に体を起こして真紅の布を振った。間一髪で角が体の真横を抜けた。

牡牛が立ち止まると、ミゲルは肩で息をした。顔は黒く汚れ、砂まみれになった金色のチョッキは破れ、黄緑色のズボンは赤く濡れ、ムレータには鉤裂《かぎざ》きができている。

るかもしれない。

怜奈は立ったまま、祈る思いでアレーナを見つめた。次に撥ね上げられたら角が腹を抉

ミゲルは逃げ出さず再三再四、牡牛を呼び込んだ。角が体の数センチ横を駆け抜けるパセを続け、二度も放り投げられた。黄緑色のズボンの右足側は赤色に染まっている。

彼は血と砂にまみれながら立ち上がり、演技を続けた。真っ黒い鼻面に投げ飛ばされた。角が衣装のウエスト部分を引き裂いた。しかし何度も立ち上がり、駆けつけた助手を追い払った。

ついに盛大な拍手が上がった。先ほどまで野次を飛ばしていた観客も「いいぞ!」と叫んでいる。

ミゲルは闘牛服をボロボロにしながらも最後まで闘い、『真実の瞬間』まで耐え切った。ふらつきながら防壁に歩み寄り、剣係の男から真剣を受け取る。アレーナに戻ってくる途中、足をもつれさせて砂場に倒れ込んだ。笑い声や野次を飛ばす者は一人もいなかった。

観客全員が息を呑んでいるのが分かる。

ミゲルは牡牛と向かい合った。剣を水平に構え、両脚を揃え、ムレータを下方に垂らしている。怪我した脚で仕留められるか——。永遠とも思える間があり、ミゲルは飛び込んだ。金色の衣装が黒い巨軀と重なった刹那、彼は剣を柄の部分まで沈め、飛びのいていた。

経験の賜物《たまもの》だと思った。一撃だ。

牡牛が歩き回り、真横に倒れると、観客たちは大喝采を送った。怜奈は息を吐き出して腰を下ろした。無事に終わったらしい。

斜め前方の観客席では、ミゲルの息子が涙で顔を濡らしていた。幼心にも父親と牡牛の勇敢な姿が理解できたに違いない。命懸けで闘った父親の気持ちはきっと伝わっただろう。

観客が願い出て会長が青いハンカチを振ると、牡牛はラバ隊に引きずられて場内一周をはじめた。勇猛かつ高貴な牡牛だと判断されたからだ。観客は総立ちで拍手している。飼育家がアレーナに進み出て喝采に応えていた。

「見事な牡牛だった」ホセは興奮した口調で言った。「いい牡牛に当たる可能性は一割もないんだ」

他の闘牛士は一度も角に引っかけられず、刺殺もミスがなかった。だが、ミゲルの闘牛ほど観客の心を揺さぶらなかった。

ミゲルの二頭目がはじまった。二度撥ね上げられ、刺殺を三度失敗し、一部の観客から野次が飛んだ。しかし、彼は猛々しいミウラ牛相手に最後まで闘い抜いた。

他の二人の闘牛士も演技を終えたとき、ミゲルがアレーナに進み出てきた。苦悩に削られたような表情だった。彼が会長に一言二言語りかけた後、ハサミを持った剣係の男が現れ、背後に立った。

ミゲルは背筋を伸ばして立つと、観衆の見ている中、髷を切った。

信じられない瞬間だった。

ミゲルが――ミゲルが引退した？

ミゲルは髷を切った剣係と抱き合うと、受け取った帽子を掲げ、背筋を伸ばした姿勢で観客に挨拶した。闘牛場が拍手に包まれた。彼は背広姿の男に肩車され、仲間たちを従えながら場内一周し、メインゲートから退場した。

「引退とはね」カルロスは感慨深げに言った。「驚いたよ」

「……私もよ。何も聞いてなかったから」

二時間の闘牛が幕を下ろすと、怜奈はホテルに駆けつけた。ミゲルの部屋に入る。彼は襟の広いシャツを身につけ、ベッドの縁に腰を落ち着けていた。

「一体どういうことなんですか？」

ミゲルは黒髪を撫でつけると、人生を最後まで生き抜いた男を彷彿とさせる表情を見せた。

「葡萄酒は熟成するほど味があるって思っていたもんだが、どうやら空気が抜けちまっていたらしい」

「でも、相手はミウラの牛じゃないですか」

「引退は自分で決めたことだ。ミウラだろうと何だろうとな」

「……ガルシアが嫌がらせにあてがったんですね？」

「ミウラの話か？　いいや、違う。俺が最高の場を要求したんだ。金で出番を買った」

「え？　お金で？　どこからそんなお金が？」

「生活費を注ぎ込んだんだ。女房を説き伏せてな。だから、今回のチャンスを生かせなかったら——今回の演技で評価され、返り咲けなかったら、次がないのは知っていた。失敗したら髷を切る覚悟はしていたよ」

声には決然たる響きがあった。怜奈は何も言葉を返せなかった。部屋の空気が重くなる。

「だがな、息子に俺の闘う姿を見せてやれた。牡牛から逃げず、最後まで闘った姿を見せてやれた。俺は後悔していない」

怜奈はうなずいた。

涙を流していたミゲルの息子の姿を思い出した。

もしかしたら数年後、彼の息子は今日の光景を忘れているかもしれない。だが、闘牛の感動や興奮や衝撃だけは永遠に消えないだろう。

21

帰国する日が明日に迫っていた。

怜奈は必要最低限の荷物を纏めると、リビングに入った。ホセと向かい合ってソファに座る。ガラスのローテーブルには、葡萄酒の注がれたグラスが置かれていた。

「当然、帰ってくるよな？」

「もちろんよ」怜奈は笑顔でうなずいた。「私は闘牛士になるために帰国するんだから」

「何ヵ月も会えないと思うと寂しいものだな」

「私もよ。ホセやマリア、エンリケやアナやカルロス、ミゲル、私に闘牛術を教えてくれたみんな――。家族や仲間に恵まれたから、別れるのは寂しい」

しかし法律上、仕方がなかった。

一九九一年にシェンゲン協定に加盟したスペインでは、累積滞在日数が九十日を超えた場合、最初の入国日から六ヵ月経たないと再入国できない。スペインに来てからもう三ヵ月。不法滞在者の烙印を押されないためには、シェンゲン協定加盟国以外の国で九十日以上過ごしてから再入国するしかない。

「しかし、簡単に帰ってこられるとも限らないんだろう？」

「……労働ビザ次第ね」

闘牛士になるには内務省の発行する免許が必要だ。だが、社会保険などの関係もあり、労働移住許可証がなければ認められない。

何より、三ヵ月経ったからといって労働ビザなく再入国したら、また九十日後に帰国し、日本で九十日過ごさなくてはいけない。闘牛士になるためにスペインで暮らすには、労働ビザを取得してから再入国するのが最も効率的だ。だが、何年も労働ビザを待っている日本人がいるほど取得には時間がかかる。

「でも、たぶん大丈夫よ」

ホセは葡萄酒を呷ると、二杯目を注いでから「なぜ？」と訊いた。

「労働ビザが簡単に貰えないのは、スペインで日本人が働く必要性を認めさせるのが難しいからなの。つまり、なぜ日本人じゃないと駄目なのか。でも、私を雇いたいって言ってくれたのは、兄が働いていた日本料理店なのよ。日本料理店だから日本人が働くのは当然でしょう？　何より、私には以前働いていた従業員の妹っていう強みもある。明らかな強みにはならないかもしれないけど、それらしい理由を説明したら有利に働くかもしれない。だから、兄が申請と却下を繰り返したような事態にはならないと思う」

「私たちはレイナの帰りを待っているよ」

「すぐ帰ってくる。私も第二の家族とまた暮らしたいもの。エンリケの家族も、ホセの家族も、私にとっては本物の家族同然よ」

家族を全員失って絶望している中、スペインで二つも新たな家族ができたのは希望になった。ホセとエンリケは父親代わりだったし、アナは母親代わりだったし、カルロスとマリアは兄と姉同然だった。

「家族、か……。レイナがそう思っていてくれて嬉しいよ」

ホセはグラスに口をつけると、重々しげに息を吐いた。黒い瞳に哀愁の色が渦巻いている。彼は目を伏せると、気持ちを整理するように間をとり、目を開けた。

「……長話になるが、帰国前に私の話を聞いてくれないか？」

人生の最後が数時間後に訪れると知った者の表情に似ていた。怜奈は気圧《けお》されながらもうなずいた。

「私が十歳にも満たないころ――一九五〇年代の終わりごろ、独裁者フランコが支配するスペインは破産寸前だった。国は孤立の中で生きていたよ。しかし、私の家庭は貧乏ながらも幸せだった。そのころは闘牛に大して興味を持っていなかった。父がテレビで観る闘牛をたまに観る程度だった。そんな私が闘牛に魅せられたのは十四歳のころだ。忘れもしない一九六四年五月。満二十八歳のエル・コルドベスがマドリードに登場し、ラス・ベンタスで闘牛をした。闘牛の前にはバルの壁や天井一面に彼のポスターが貼られたほどだった。父は母の宝石を質に入れてまでチケットを買ったよ。日陰の良い席は、一般人の年収を超える値段でダフ屋と取引されるほどだったからね。当日は、市内から人っ子一人いなくなってしまった。映画館もパン屋も店を閉め、誰もが闘牛場に行き、誰もが自宅のテレビに釘付けになっていた。テレビを買えない者たちはバルに集まり、大勢でテレビを囲んでいた。一時的に交通も商業も途絶えていた。一人の闘牛士のために街全体が死んだようだったよ」

以前、ラファエルが言っていた。エル・コルドベスは盗みを経験しながらも、闘牛で貧乏から成り上がった、と。

「エル・コルドベスは私の夢そのものだった。体一つあれば、男は頂点に上り詰められるのだと知った。男という者は頂点を目指して闘わねばならない。たとえどんな世界でも。私は家を出たよ。夜な夜な食肉処理場に忍び込んでは牛の相手をし、技術を磨いた。自分に自信がつくと、代理人を探して闘牛関係者が集まるバルからバルを渡り歩いた。幸運にも代理人を名乗り出てくれる者が見つかった。私は闘牛士になることができた。しかし、練習と本番では違うものだ。満足のできる演技ができず、代理人は去ってしまった。私は薄汚れたジーンズを穿き、荷物を肩にかけ、擦り切れた靴で歩きながら機会を求めてさ迷った。トラックに積まれた干し草の上に乗り、村から村へ旅をした。途中、同じく闘牛士志願者のエンリケと出会い、一緒に闘牛士を目指すうちに親友になった」

ホセは過去を懐かしむように葡萄酒を飲み干した。怜奈は彼のグラスに三杯目を注ぎ入れた。

「私は小さな村の小さな闘牛場で機会を求めた。そこでは数百枚のチケットを興行主から買わないと、出番が貰えなかった。払う金がないから自分で売らなきゃならない。うまい方法だよ。黒字にするには一定数の集客が必須だが、待っていてもチケットは売れない。

だから闘牛士志願者に大量のチケットを買わせる。出番のために金を払う者は大勢いるからね。確実にチケットが売れ、黒字になる。闘牛士志願者にとってはたまらんよ。買ったチケットを売らなけりゃ手痛い出費になるし、客がいない闘牛場で演技するはめになる。名が広まらない。チケットが全く売れなかった私は、やむなく額面の半額以下で売り捌き、多少でもマイナスを取り戻そうとしたよ。苦難の日々だった。しかし、そうやって技術を身につけた私は、次第に結構な観客が入る闘牛場での出演機会を手に入れた。見習い闘牛士《ノビジェーロ》とはいえ、闘牛士としてのプライドも高くなってきた」

怜奈は言葉を挟まず、相槌だけ打って話に耳を傾けた。

「妻と出会ったのはそんなときだった。話をするうちに惹かれ合い、結婚したのだ。しかし、私は依然としてノビジェーロから進級できなかった。私は成功できないのを結婚のせいにした。妻帯者は、闘牛士としての義務や責任より妻を大切にするから見事な演技はできない――とね。当時の私はいろいろと勘違いしていたんだ。世間一般の思い込み同様、闘牛士は放蕩者《ほうとうもの》であるべき、性豪であるべき、と考えていた。だから当時の私は女遊びを繰り返した。妻を大事に思うあまり腰が引けるなら、他の大勢の女と関係すれば、勇気が戻ってくるかもしれないと考えた。もちろん心の中では妻を愛していた。しかし私は男を――勇気を取り戻そうと必死だったんだ。アレーナ以外の場で男らしくなろうとすれば、逆にアレーナで男らしさを失うことに気がつかなかった。もしかすると、妻は離婚したい気持ちだったかもしれない。しかし、その時代はまだ離婚が認められていなかった。妻を病気で亡くした今は後悔する気持ちもあるが、当時は互いに不満を持ちながらも結婚生活を続けていた。私はますます浮気を繰り返した。そんなとき、私は――」

突然、リビングにマリアが入ってきた。袋に入ったヒマワリの種を菓子代わりにつまんでいる。

「お父さんもレイナも、二人して何を話してるの？」

「い、いや」ホセは戸惑いがちに言った。「二十年前とはスペインもずいぶん変わったという話をね」

「何が変わったの？」

「……うむ、そうだな。警察の権力が衰え、落書きが増え、不審者や物乞いや強盗や麻薬常習者が激増した。ポルノが解禁になり、ビンゴが合法化され、昼に帰宅する人が減り、街じゅうにゴミが増えた」

ホセは嘆息を漏らすと、疲れたようにかぶりを振った。

22

帰国すると、真っ先にスペイン大使館を訪ね、労働ビザの申請をした。

安アパートを借り、時間の許すかぎりバイトした。昼間はファミリーレストランで働き、夜は居酒屋で働いた。闘牛士になるには大金がいる。稼げる時に稼がなくてはいけない。

光の衣装《トラヘ・デ・ルセス》——闘牛服——が約三十五万円、タイツ二着三万五千円、闘牛帽四万円、靴が二万五千円だ。もし兄の使い古しが残っていなければ、カポーテやムレータ、真剣、行進用のケープまで買う必要があり、百万円は必要だっただろう。

闘牛をするのにも大金がいる。闘牛士が雇わねばならないバンデリジェーロ三人に払う給料だけで十万円は必要だし、牡牛の殺し代を興行主に十万円払えば、一回の闘牛で二十万円は必要だ。『槍なし闘牛《シン・ピカドーレス》』のカテゴリーを通過するため、規定回数の闘牛をこなそうと思えば二百万円はかかる。エンリケの話だと、『槍あり闘牛《コン・ピカドーレス》』に昇格した場合、一回の闘牛で数十万円の出費があるらしい。槍方《ピカドール》を雇わねばならない分、助手に払う額が増えるのだ。

正闘牛士《トレロ》になるまでには数千万円も必要だ。見習いの身にギャラはないに等しいから、出費だけかさむ。

気の遠くなる世界だ。後ろ盾がある闘牛士ほど早く上達し、一流になれると言われる理由がよく分かる。

怜奈はバイトに精を出すかたわら、空き時間を有効活用して特訓を続けた。技術を学ぶために偉大な闘牛士のビデオを何度も観た。イメージトレーニングをし、両手のひらにまめができて潰れるまで練習した。腹筋運動と十キロのジョギングは一日も欠かさない。

スペインとは何度も電話でやり取りした。十月十日にマリアが二十五歳になり、十一月七日にカルロスが二十六歳になった。それぞれ誕生祝いを書いた手紙とささやかな日本の品を送った。

厳しいバイトと練習で体をいじめすぎ、季節の変わり目の寒さもあいまって風邪を引いたときには、マリアから国際電話があった。彼女は気遣いの言葉を口にした後、呆れたように言った。

「日本人は働きすぎなのよ」

怜奈は体温計を脇に挟みながら、冗談めかして返した。

「スペイン人が働かなすぎなのよ」

「仕方ないわよ。仕事なんてのは、生活のためにやむなくするものだもの。旧約聖書には、〝人間は自らの罪ゆえ、女性は出産の苦しみを、男性は労働の苦しみを与えられた〟とあるわ。だから償いの行為である労働は嫌われてるの」

スペイン人は陽気だから仕事嫌いなのだと思っていたから、マリアの説明に少なからず驚いた。

「ねえ、レイナ。〝怠惰は諸悪の母〟って言うけど、無理は禁物よ」

感謝しながら言葉を交わし、電話を切った。

街路樹が裸になり、茶色く色づいた落ち葉が道路から消え、雪が舞い散る季節が訪れた。都会がイルミネーションに彩られ、コート姿の恋人同士が街を歩き回るクリスマス・イブになると、エンリケたちから手紙が届いた。一緒に過ごせなくて残念だという気持ちが綴られていた。スペインのクリスマス・イブは日本と違い、家族が集まって一緒に過ごす大切な日だから、なおさら寂しがってくれているのだ。

年が明けて一月六日になると、ホセからトマト色のイブニングドレス、アナとエンリケからネックレスが届いた。クリスマスが続いているスペインでは、三賢者が子供にプレゼントを配る日なのだ。家族の一員として扱ってくれている彼らに涙が出そうだった。

二月二十日、奇跡的にも労働ビザを一発で取得できた。

23

スペインに再入国したのは、労働ビザ取得から一週間後だった。

手紙や電話で何度も話をしていたとはいえ、約五ヵ月ぶりに見るエンリケたちの顔は懐かしかった。彼らは盛大な歓迎パーティーを開いてくれた。

三月になると、日本料理店で働きはじめた。雇用主が社会保険の加入手続きを取ってくれたため、移住許可証の発行前でも法的に仕事ができた。

練習は仕事の空き時間を使った。衣服を重ね着してラ・スエルテ闘牛場までジョギングする。肌を切るような寒風が吹きすさび、寒気が骨の髄まで染みとおった。人々はコートやセーターを着て背を丸め、心持ち速足で歩いている。体を動かしていなければ、体温が瞬く間に奪われそうだ。吐く息が真っ白に染まる。

闘牛場では仲間たちの中に知らない顔が交じり、知っている顔が減っていた。五ヵ月の歳月を感じさせられる。

仲間の一人に訊くと、闘牛士を諦めた者が二人、素人闘牛《カペア》で怪我して入院中の者が一人だった。引退したミゲルの消息は不明らしい。

三月十二日に闘牛シーズンがはじまっていたから、闘牛場の仲間たちは活気づいていた。一人で練習していた日本とは違い、闘牛に意欲を燃やす者たちの中にいると、気合が満ちてくる。

怜奈は毎日毎日練習を続け、闘牛がある日には様々な闘牛場へ足を運んだ。

四月二十三日になって聖週間に入ると、家庭から肉が消えた。敬虔なカトリック教徒は肉を断つのだ。『あなたは別に守らなくてもいいのよ』とアナに言われたものの、家族の一員として認められたかったから同じく肉を断った。

四月二十五日の二十二歳の誕生日には、高級レストランの豪華な魚料理で家族全員が祝ってくれた。

聖週間が終わると、アナの手料理に肉のバリエーションが戻ってきた。エンリケやカルロスやホセは嬉しそうだった。

四月のカルロスは二度の闘牛を闘い、耳を切れなかった。演技自体はミスのないものだった。

五月の下旬、マリアと新市街に繰り出した。ホセが五十三歳になる誕生日が六月三日に訪れるため、プレゼントを買いに来たのだ。

街中を歩いていると、純白の洋服に身を包んだ少女たちの姿が目立った。教会で聖体拝領を受けた少女たちだと分かる。

「マリアも昔は聖体を受けたんでしょ?」

「もちろんよ。カトリック教徒だもの」

初聖体拝領式は、イエス・キリストの真の心を受け入れる権利を与えられる儀式だ。この儀式により、教会が子供を大人と見なし、大人と同じテーブルにつくことを公式に認める。

「確か子供のころに教義を暗記するのよね?」

「ええ。子供たちは二年間で公教要理を学んで聖体拝領を行うの。でもね——」マリアは苦笑混じりに言った。「最近じゃ、ちょっとしたウェディング状態になっているわ。シンプルな白い衣装が望まれているのに、着飾る子供たちが増えているの。フリルやピンタックの多い服が目立つわね。大切な儀式がただのイベントになってしまうのは好ましいとは言えないわ」

怜奈はうなずいた。

文化や習慣や儀式は時代と共に変化するが、闘牛は残っている。

スペインに来た当初は、闘牛の文化に反発を抱いていたが、今では闘牛文化を薄れさせてはいけないと思っている。

医療用のメスにも似た寒風が吹きつけ、怜奈はコートの前を閉じ合わせた。

「……もうすぐ六月なのに寒い」

「昔、ダイスケも同じことを言ったわ」マリアが答えた。「スペインの六月はまだまだ寒いわよ。でも、夏になると耐えがたくなるほど暑くなるの。春と秋が極端に短いから、〝九ヵ月の冬《インビエルノ》と三ヵ月の地獄《フェルノ》〟なんてことわざがあるくらいなんだから」

マリアは言葉の響きを楽しむように笑った。

二人でプレゼントを買って帰り、ホセの誕生日当日になると、祝福パーティーの場で渡した。マリアは父親にネクタイを贈り、怜奈は懐中時計を贈った。

ホセは闘士然とした表情を緩め、しばらくネクタイと懐中時計を交互に眺め続けていた。

ホセの家族とエンリケの家族に囲まれ、幸せな日々が続いた。

警察から連絡があったのは、夏も終わりを迎えたころだった。

「大変よ」アナは青ざめた顔で声を絞り出した。「マノロが警察に連れて行かれたらしいの」

「何だと？」エンリケは眉を寄せた。「あの馬鹿が何をした？」

「……殺人事件に関係している疑いがあるって」

怜奈は思わずソファから立ち上がった。

マヌエルが殺人容疑？

一体何をしたのだろう。以前、クラブで会ってからは顔を合わせていない。

「ほら、あなた。二年近く前の事件よ」アナは言った。「路地裏で見つかった変死体、あったでしょう。麻薬の密売人で、捜査して数人の客を捜し出したら、その中にマノロがいたらしいの。麻薬を買った疑いがあるって」

以前、クラブでマヌエルから聞いたことがある。売人が路地裏のポリバケツの中から見つかったらしい。当時の警察は売人だとは突き止めていなかったらしいが、最近になってから地道な捜査が実を結んだのだろう。

「……私は知らんぞ」エンリケは辛辣に言った。「あんな馬鹿な奴、私には関係ない。面倒に巻き込まれたのはあいつの責任だ。麻薬に手を出したのはあいつなんだからな」

アナはオロオロし、カルロスは眉間に皺を刻んでいた。

だが――。

エンリケは家を出た次男に関わるのを嫌がっていたものの、警察が事情聴取に訪ねてきたため、関わらざるを得なかった。

幸いにもマヌエルは証拠不充分で解放された。麻薬を購入した証拠も、殺人の証拠もなかった。マヌエルは自由の身になったが、このアパートには帰ってこなかった。

怜奈は一度、例のクラブに行ってみた。潰れていた。売人や客たちは危険を察知し、別の場所に移動したのかもしれない。近隣の怪しいクラブを回ってみたものの、マヌエルは見つけられなかった。麻薬売買をする連中はときどき見かけたのだが――。

怜奈はマヌエルを捜すのを諦め、闘牛の練習に集中した。

その年はあっと言う間に終わり、新しい年の闘牛シーズンがはじまった。

カルロスは何度か牡牛と戦ったが、日を追うごとに表情に疲労が混じった。声をかけると、カルロスはソファに座ったまま、イライラと髪に指を走らせた。

「耳を切れないんだよ。僕は完璧な演技をしてるのに、観客の心が摑めない。もう何をすればいいのか分からないんだ。牛の角にキスでもしろと？　僕の演技は完璧なはずなのに――」

自己憐憫《れんびん》と悔しさの入り混じった口ぶりだった。

「何かが違う、としか言えない。私や兄のために演技してくれたあのときの闘牛は本当に感動したもの。でも、最近はあのときほどの感情が伝わってこないの」

「僕の闘牛が駄目だってのかい？」

「そうは言わない。私だって――。ごめんなさい。闘牛士にもなっていない私が偉そうに言うべきじゃなかった」

「いや、いいんだ」カルロスは自嘲ぎみに笑った。「僕の闘牛が耳を切るに値しないものなのは事実だからね。まあ、頑張るさ。それより、レイナももうすぐプロになれそうなんだろ？」

「私に技を教えてくれている闘牛士の一人が推薦してくれそうなの。移住許可証はとっくに取得してあるし、最近は子牛の選定試験《ティエンタ》でも牛相手に上達ぶりを証明した。もう準備は万全よ」

見習い闘牛士《ノビジェーロ》になることができたのは、闘牛士を目指してから二年後の夏だった。

24

興行主であるガルシアの事務所は、ラ・スエルテ闘牛場の近くにあった。日焼けした三階建ての建物だ。一階はチケット売り場になっている。

胸は希望に躍っていた。

ようやく兄と同じ闘牛士になれたのだ。アレーナで牡牛と対峙したら、兄が無謀な技に挑んだ理由も分かるだろうか。二年間、思い悩み続けた謎が明らかになるだろうか。

怜奈は受付の金髪女性に名前を告げ、階段を上った。代理人やマネージャーがいない身では、自分で出番を貰うしかない。

オリーブ材のドアを開けると、室内に入った。東洋ふうの絨毯が敷かれ、正面に両袖の大きな寄せ木細工のデスクが鎮座している。ガルシアはそのデスクを前にし、革張りの肘掛け椅子に座っていた。

怜奈は彼の前に歩み寄った。ガルシアは恰幅のいい体軀を鉛色の背広に包んでいる。

「確かレイナとか言ったか。話は聞いている」

顔を合わせても表情は変わらなかった。一年数ヵ月前、ティエンタの場でミゲルに味方して噛みついたことは忘れているらしい。

「デビューの枠が欲しいらしいな」

太い首と二重顎の奥に籠もるような低い声だった。

怜奈はデスクを挟んで向かい合ったままうなずいた。彼が椅子を勧めてくれないのは、早々に話を切り上げるつもりだからだろう。だが、出番を貰うまでは引き下がれない。

「もう出場枠が埋まっているとは考えなかったのか？」

「他の闘牛場とは違う採用方式だと聞いています」

カルロスから教えてもらっている。

大半の闘牛場はシーズン前に大方の興行を組んでしまう。だが、ガルシアは闘牛士と連続して契約しない。活躍したら次の契約を結ぶ形式を取っている。あらかじめ複数回の契約が決まっていると、闘牛士に緊張感がなくなってしまうからだ。一度や二度失敗しても、次に挽回できると思い込んでしまう。もっとも、大物の闘牛士を雇う場合は、ガルシアもシーズン前に複数回の契約を済ませているらしいが。

「確かに来月の興行はまだ決まっていない」ガルシアは煙草を取り出して一服し、紫煙を吐き出した。「しかし、出番を切望する者は大勢いる。実力も分からん東洋人女のデビューに客が入るものか」

「出番さえ貰えたら最高の演技をしてみせます」

「毎年大勢の闘牛士志願者がそう言って押しかけてくる。機会を与えてくれと自宅にまで頼みに来るのだ。そんな連中全員と契約していたら経営が成り立たん」

「私はいずれ、ラ・スエルテ闘牛場の女王《ラ・レイナ》になってみせます。ダフ屋が値を吊り上げても全部売れるほどの」

「偉そうな口は偉くなってから叩くんだな。牛に背を見せるかもしれん女に出番はやれん」

「棺桶に片脚を突っ込んででも演じてみせます」

気弱な台詞を口にしていたら、永遠に出番は貰えない。相手に認めさせるには、大袈裟でも強気に出るのが一番だ。数秒間、視線が絡まり合った。

ガルシアの指に挟まれた煙草の先端から灰が落ちた。

怜奈はデスクに視線を下げた。書類や葉巻箱、大理石製の小箱の周辺に煙草の灰が散っている。だが、写真立ての周りだけは綺麗だった。写真にはガルシアと中年女性、四人の若い女が写っている。

彼はブルドッグのように鼻を鳴らすと、ひしゃげた吸い殻が溜まる灰皿に煙草を押しつけた。額に苛立ちの皺を寄せる。

「戯言《ざれごと》を信じて経営を台なしにはできん」

「お金が全てではないでしょう？」

「〝金のためには犬も踊る〟」ガルシアはスペインのことわざを用いた。「わしが闘牛場を潰してしまったら、妻と四人の娘が路頭に迷う。ただでさえ経営はいっぱいいっぱいなのだ。マドリードには国内最高のラス・ベンタス闘牛場があり、ワールドカップの影響でサッカー熱が広がっている。わしの闘牛場の観客動員数は減る一方だ。狂牛病のせいで牛の肉も売れん。そんな危機的状況下でリスクを冒して新人と契約できるか。デビューしたけりゃ、村の小さな闘牛場でも探すんだな」

怜奈は嘆息を漏らした。

予期していたとはいえ、南極海に放り込まれた氷ほども相手にされない。彼の冷たく厳然とした表情は、長年保ち続けてきた結果、顔の肉に刻まれてしまったかのようだった。

だが、切り札がないわけではない。使いたくなかったが、デビューのためには仕方ない。兄も許してくれるだろう。

「私のフルネームを知ってますか？」怜奈は言った。「レイナ・シンドウ。二年前にアレーナで死んだダイスケ・シンドウの妹です」

ガルシアの表情が一変した。彼は興味深げに両手を組み合わせ、巨体を乗り出した。

「事実なのか？」

「私は兄の無念を晴らすために闘牛士になったんです。二年前に牛の角に殺された日本人の妹――。話題作りになりませんか？」

ガルシアは小さな目を輝かせ、言った。

「詳しく聞かせてくれ」

25

怜奈はリビングのソファに腰を下ろすと、カルロスに言った。

「一緒に組む二人の闘牛士はまだ未定だけど、出番を貰ったの。八月八日の日曜日よ。三週間後」

「よかったじゃないか、レイナ！」

「心から喜んでくれる？」

「もちろんさ。〝幸運が訪ねてきたら家に上げろ〞って言うだろ。今回のチャンスを逃しちゃいけない」

　怜奈はうなずくと、残りの二人が決まるのを待った。正式に決定したらガルシアが電話してくる。

　翌日になると、一ヵ月半前に仕立て屋で注文しておいた闘牛服が完成した。ピンクを下地にした金糸刺繡が鮮やかなチョッキ、外もも部分が金色で内もも部分がピンクのズボン、ピンクのレオタード、黒い船形の闘牛帽――。

　夜になると、ズボンに脚を通してみた。闘牛服は嫌がらせのように一回り小さく、着られなかった。

　怜奈は階段を下りると、リビングにいたエンリケを問い詰めた。彼は動じずに笑った。

「闘牛士の服はね、醜い皺を防ぐために体のサイズより一回り小さく作るんだ。仕立て屋のミスじゃないよ」

「そうだったんですね」

怜奈は安心すると、最後の気掛かり――。電話を待った。

だが、一週間が経っても電話はなかった。

次第に焦りが募ってきた。日本料理店や練習から帰るたび、アナに「電話はない？」と訊いた。答えは同じだった。二週間目になると、帰宅後は電話の前を行き来して過ごした。

闘牛の興行は三人で行われるため、他の二人が見つからないと話にならない。

電話が鳴るたびに心臓が高鳴り、飛びつくように受話器を取り上げるものの、アナやエンリケやホセの知人ばかりだった。

以前、カルロスから聞いた話が思い出される。女性闘牛士クリスティーナ・サンチェスは組んでくれる闘牛士が見つからず、男の世界に苦しんでいたらしい。

もし残り二人が見つからなかったら？　ガルシアは女の出番を取り消し、男三人の闘牛を組むだろう。ほほ笑んだはずの幸運の女神に平手打ちされた気分だ。

「厳しいね」カルロスは言った。「女闘牛士が現れると、ぴっちりしたズボンなんかに性的興奮を覚えるから恥ずかしくなる、なんて言う保守的な連中もいまだにいるよ。闘牛に集中できない、とね」

スペインでは、女性のズボン姿に否定的な価値観が根強く残っている。日本と違って、体のラインが分かるズボンのほうが性的に見えるという。

「日本にもそんな価値観の古いおじさんおばさんがいる。胸を強調した服を着たり、脚を露出したミニスカートを穿いている女性に、『男に媚《こ》びるためにそんな格好をしてるんだろ』とか、『はしたない、性的だ』とか、難癖つけてきたり――」

「男でも女でも、自分を表現する服装なんて自由でいいはずだよ。肌を隠した服装が好きでも、肌を見せた服装が好きでも、個人の自由だ。ミニスカートを穿く理由が自己表現でも、男の注目を集めたいって理由でも、モテるからって理由でも、ね。赤の他人が批判して改めさせようなんてのは、おかしな話さ」

「私もそう思う。女性の服装を勝手に性的に見ておきながら、その責任や罪を女性自身に押しつけようなんて。ねえ、組んでくれる相手は見つかると思う？」

「大変かもしれないけど、きっと大丈夫さ。クリスティーナ・サンチェスと違ってレイナは正闘牛士じゃない。現実的な話をすれば、なりふり構わず出番を欲しがる無名の闘牛士は多いから、相手が女でも誰でも組むっていう男がいるよ」

「本当にそう思う？」

「ガルシアは経営至上主義だからね。レイナの経歴が金になると判断したなら、必ず残り二人を探し出すはずだ」

怜奈はうなずくと、翌日も翌々日も電話を待ち続けた。

残りの二人が決まったと電話があったのは、闘牛の三日前だった。受話器を握り締め、ガルシアに感謝の言葉を告げた。

「礼には及ばんよ。経営を軌道に乗せるためなら何でもする。ダイスケ・シンドウが死んだとき、日本からも取材が来たからな。妹が兄を追って闘牛士になった話は美談として盛り上がるだろうし、日本で報じられれば観光の目玉にもなる。ポスターの文句も決まっている。〝東洋の美しき女闘牛士、現れる〟だ」

商品扱いは少し不愉快だったものの、出番を貰うために自分の経歴を自ら利用したのだから仕方がないと割り切った。

「だが、わしも牛を前に逃げ出す闘牛士の面倒は見られん。最高の演技とは言わん。観客が納得できる演技をしてくれ」

「分かっています」

「では健闘を祈る」ガルシアはふと思いついたように付け加えた。「あっ、そうそう。くれぐれも〝新聞への備え《プレパラール・ラ・プレンサ》〟だけは忘れるな」

「新聞への備え？」

「知らんのか？　担当の記者やカメラマンに金を握らせるんだ。演技がまずくても何かしら褒めてもらえる。新聞の評は今後の人気に響くからな」

「……賄賂《わいろ》なんて私はいやです。正当に評価されないと――」

「馬鹿を言うな」ガルシアは声を荒らげた。「昔から行われてきた当然の準備だ。新聞に備えなかったら最高の演技でもけなされる。些細なミスを全体の失敗のように書かれてしまう。いいか、決して準備を怠るな。贈り物は岩をも砕くんだ」

闘牛の二日前になると、動物に死を与えるための許可を行政官庁から貰い、子牛一頭を三千ユーロ（約四十万円）で購入した。本番の前に一度は牛を仕留めておかないと、『真実の瞬間』で剣を刺し損ねる危険がある。ぶっつけ本番は無謀だ。

場所はアルバロ・マルケス牧場の私設アレーナだった。防壁の外にはエンリケとカルロス、ホセが立っている。

スポーツウェア姿の怜奈は子牛の前に立ち、身につけた技術を駆使して十五分ほどパセをした。疲れさせて頭を下げさせないと、角ごしに剣を刺せない。牛が前脚を揃えて不動の姿勢をとると、肩甲骨が開いて肩にくぼみができ、剣を刺し込めるようになる。

準備が整うと、子牛の二メートル前に立った。左手に持ったムレータを垂らし、右手の剣を水平に構える。

牛を一撃で仕留めるには、剣を第五肋骨と第六肋骨のあいだに滑り込ませ、心臓近くにある大動脈を突かなくてはいけない。〝最高の死〟は牛が一瞬にして倒れ、両脚が天を向くのがよいとされている。逆に牛が口から血を吐くと、闘牛士の成功を曇らせるとして忌み嫌われているのだ。

怜奈は子牛の背を見つめた。角が目に入り、心臓が高鳴った。子牛とはいえ、体重二百キロを超える筋肉の塊だ。自分の四倍以上の重さがある牛に突かれたら大怪我は免れない。剣が腕もろとも短くなった気がした。反面、牛の角は剣の二倍もの長さを持っているように見える。

「角を見るんじゃない」ホセが声を上げた。

怜奈はうなずいた。刺殺の瞬間は決して角を見ず、目標だけを見据えなくてはいけない。理屈では分かっているものの、尖った角に視線が吸い寄せられた。飛び込んだら間違いなく角の一撃が胸に突き刺さるだろう。芯棒を抜かれたように両脚がガクガクした。

「冷静になれ」カルロスが叫んだ。

怜奈は荒い呼吸の合間に唾を飲み込み、気持ちを落ち着けようと努めた。本物の牛を操る練習は何度か経験していても、刺殺の練習は手押し車の藁を相手にしただけだ。人間が操る角と違い、牛はどのような動きをするか分からない。もし予想外の動きをされたら――。

刺殺を成功させるには、左手に持ったムレータを右腕の下へ交差させるように滑らせ、牛の目を下方に引きつける必要がある。剣を突き刺す瞬間、体が右の角の上を通過しなければいけないため、牛がその誘いに乗らなければ大腿部を突かれてしまう。

もしムレータに反応せず、飛び込んだ体に反応されたら――。

不安は尽きなかった。だが、覚悟を決めるしかない。練習で躊躇するようでは、本番で成功するなど夢のまた夢だろう。

怜奈は極力角を見ないようにし、気合を吐き出した。ムレータを右下方に振り、子牛が反応した刹那、剣を突き刺した。先端が背に沈んだとたん、剣がしなる衝撃が肩に抜けた。弾かれるように横へ転がる。

倒れ臥したまま顔を上げると、剣は半分以上残っていた。柄を握る手が牡牛の血に濡れるまで刺さなくてはいけないというのに――。失敗だった。

瞬間、右肩に激痛が走った。顔を顰めながら肩を押さえる。明後日は本番なのに――。

「レイナ！」

痛む肩を握り締めながら顔を向けた。エンリケたちが駆けてきた。三人は深刻な表情をしている。

結局、エンリケのセダンで病院へ直行した。幸いにも最悪の事態だけは免れた。飛び込んだとき、本能的に腕を縮めてしまった分、脱臼や骨折などの大怪我はしなかったらしい。だが、恐怖心に負けてしまった現実は胸に重くのしかかってきた。

「大事に至らなくてよかったよ」カルロスが言った。「剣を骨に当ててしまって肩を痛める闘牛士は多いんだ。数百キロの巨体と、飛び込む人間の勢いが全部肩にぶつかるわけだからね」

大怪我は免れたものの、痛めた腱がズキズキ痛む。今日一日は動かさないほうがいいと言われた。

怜奈は肩の痛みが本番までに治るように祈った。

26

デビュー戦が明日に迫っていた。

怜奈はホテルのベッドで目覚めると、ナイトスタンドをつけた。窓から薄闇が忍び込んできている。

気持ちが高ぶって眠れず、ベッドから起きてはグラスに水を注いで飲み干し、意味もなく室内を行き来した。体調を崩しては話にならないとベッドに入るものの、自分自身の心音が耳について落ち着かない。猟師から追われる小動物になったように神経が逆立ち、目がギンギンに冴えている。

待ちに待った本番が明日に迫っているうえ、慣れないホテルの一室にいるのが悪いのかもしれない。闘牛士は闘いの前日、闘牛場付近のホテルで夜を明かす習慣があるのだ。

気晴らしにテレビを点けてみたものの、放送しているのは裏モノのポルノビデオだった。売春宿の宣伝テロップも流れている。性にオープンなスペインらしいと思ったが、牡牛と闘う前日に観るものではないので電源を切った。

再び水を飲み、ホテルの窓から大聖堂の尖塔を見つめ、室内を歩き回ってはベッドに入り、結局、朝の七時まで起きていた。

睡魔に屈し、目が覚めたのは正午前だった。数時間でも眠ったおかげで体調は悪くなかった。肩の痛みも引いている。陽光が窓から斜めに射し込み、絨毯を四角く切り取っていた。

部屋のドアがノックされた。

怜奈は下着の上からバスローブを羽織り、「どなたですか?」と訊いた。雇ったバンデリジェーロの一人だった。ドアを開け、彼を招き入れた。三十代半ばで精悍な顔付きをし、ダークグレーの背広を着こなしている。

「ソルテオがあるんですが……」

怜奈はうなずいた。

当日の午後になると、役人、獣医、興行主、牧場の監視人、闘牛士の助手であるバンデリジェーロ、ピカドール、マスコミ関係者、闘牛愛好家が闘牛場の囲い場に集まる。牡牛の健康チェック、体重測定、角の検査——。そして最も大切な牡牛の区分けと抽選《ソルテオ》のためだ。

ラ・スエルテ闘牛場に行かなくてはいけない。正闘牛士になれば助手に任せるのが習わしだが、若いうちは自ら足を運ぶ必要がある。

「すぐ準備します」

「いえ」バンデリジェーロは言った。「体調を整えるためにも休んでおいたほうがいいですよ。俺が行きましょう」

「いいんですか？」

「俺らは闘牛士を助けるためにいる助手ですからね」

彼は一瞬だけ皮肉に笑い、部屋を出て行った。怜奈はベッドに横たわると、目を閉じて体を休めた。緊張のあまり、用意された白身魚は一口も食べられなかった。

二時間後、戻ってきたバンデリジェーロが言った。

「三歳牛なみの体格を持つ気性の荒い奴と、角が細い小柄な奴に当たりましたよ」

彼は二頭の牡牛について簡潔に説明してくれた。怜奈は聞き終えると、「他の牛はどうでした？」と質問した。バンデリジェーロは残りの四頭について語った。

内心でため息が漏れる。自分はなんて不運なんだろう。引き当てた二頭は、他の二人の闘牛士が闘う牡牛より厄介だった。大柄な牡牛のほうは練習で相手にした子牛とは比べものにならない体格だし、小柄な牡牛のほうは戦闘意欲の乏しさゆえに操るのが難しい。

「最初は小柄なほう？」

「大きなほうですよ」

唖然とした。危険の高い牡牛より、操りにくい牡牛のほうがいい。牡牛に戦闘意欲がなく、どんなにけしかけても駄目な場合は、仕方がないと大目に見てもらえるが、もし凶暴な牡牛相手にひるんでしまったら闘牛士が責められる。最初に相手するなら、小柄なほうで場の雰囲気に慣れておきたかった。

気持ちを説明すると、彼は皮肉混じりの表情で答えた。

「どっちでも同じでしょう？」

大柄でも小柄でも失敗するのは同じ――。

「私は絶対に成功するから」

「あれ？　俺はどっちでも成功するって言ったつもりでしたけど。心外ですね」

よく言う――。

口調から本心でないのが分かった。

怜奈は屈辱を噛み締め、礼を言って彼を帰した。闘いの準備をするまでの三時間、気持ちを鎮めるために仮眠した。

午後五時、剣係――闘牛士に最も近い世話役――を買って出てくれたホセに起こされた。彼はワイシャツ姿で厳然たる表情をしている。

怜奈は笑顔を作って感謝の言葉を返し、シャワーを浴びた。体を拭いて髪を乾かし、純白のバスタオルを巻いてバスルームを出る。ホセがトランクを開け、着替えの準備を整えていた。

「正反対の牛と当たったの」怜奈は自嘲の笑いを漏らした。「大きくて危険な牛と小さくて臆病な牛よ」

ホセは手を止め、肩ごしに振り返った。

「当然だよ。牛の区分けをするときは、闘牛士によって有利不利がないようにする。つまり、大きな角を持った牛は小さな角を持った牛とペアにし、最重量の牛は最軽量の牛とペアにするんだ。だから同タイプの牛とはまず当たらない」

「そうなの？　でも、不運には変わりないかも。三組の中で最も避けたい組み合わせに当たったから」

「……運だけじゃないかもしれないな」

「どういう意味？」

「うむ。ソルテオでは、まず闘牛士を代表して集まった三人のバンデリジェーロが牛を精査し、三組に分ける。次に各組の番号を煙草の巻紙に書いて丸め、牧場の監視人の鍔広帽子に入れ、別の鍔広帽子で挟んで閉じる。最初に最上級の闘牛士のバンデリジェーロが紙を選ぶ。偉い者から順番だ。しかし、最上級の闘牛士に快適な牛が当たるように、巧妙な仕掛けがなされるケースもある。巻紙の端を軽く折り曲げておいたり、巻紙の中に鉛球を入れておいたりし、手触りで目当てのくじが分かるようにするんだ。ひどいときには、いい牛に当たっても、上級闘牛士のバンデリジェーロに巻紙を取り替えるように説き伏せられる場合もある」

「私の場合もそうだったの?」

「可能性はある——という話だよ。しかし、闘う牛が決まった以上、四の五の言っても仕方ない。最善を尽くせるように気持ちを切り替えるべきだ。では、着替えをはじめよう」

無言でうなずいたものの、椅子の背にかけられた金の衣装を見たとたん、胃が締めつけられた。螺旋《らせん》状の無限階段を上っているような不安とめまいを感じた。背中が汗で湿っている。

年に何十回も闘牛をこなす闘牛士は、毎回毎回こんな緊張の中で過ごし、勇気を振り絞らなければいけないのか。精神的、肉体的に疲弊して判断力が鈍り、やがて怪我するのが分かる気がする。

怜奈は深呼吸して気持ちを落ち着けると、バスタオルを落として全裸になった。

一回り小さい闘牛服は一人で着られないため、剣係に手伝ってもらわなくてはいけない。だからホセが剣係を買って出てくれた。無駄金をはたいて見知らぬ男を雇って裸を見せるよりよかった。

怜奈は白いタイツを身につけると、ベッドの縁に腰を下ろし、ホセが口を広げてくれたピンクのストッキングに脚を差し入れた。肌に張りつく絹を持ち上げるようにして穿かせてもらった。金の房飾りが目立つズボンに両脚を通すと、立ち上がった。胸の真下までウエスト部分を引っ張り上げる。

ホセが膝をつき、ズボンの裾にある金細工をはめ込み、紐を結んで締め上げた。続けて白のシャツを着ると、緋色《ひいろ》のネクタイを結んでもらった。体を回しながら、着物の帯を巻くように緋色の腰帯を巻いてもらう。

服を一枚身につけるたび、緊張が上塗りされる気がした。聖職者が聖なる衣を身につけるかのごとく、厳粛な空気が流れている。

小一時間もかけて衣装を纏うと、彼が強化樹脂を縫い込んだ金糸刺繍の短ジャケットを羽織らせてくれた。長時間立っていたため、額に汗が噴き出ていた。ホセがハンカチで拭ってくれる。

着替え終えると、体を捻って背後の腰回りを見た。ズボンは脚に張りつき、肌に直接ピンクの塗料をスプレーしたように見えた。尻から太ももの曲線的なラインがそのまま浮き上がっている。

カルロスが言ったように、女が光の衣装《トラヘ・デ・ルセス》を着て現れると性的な対象として見られる、という意味が分かる気がした。だが、男でも女でもすることは変わらない。

「幸運《スエルテ》を」

ホセは一言だけ言葉をかけ、部屋を出て行った。

怜奈はテーブルにしつらえられた祭壇に歩み寄った。十字架のキリストと聖母マリアの図像に黙禱を捧げる。カトリック教徒でなくても神に縋りたい気分だった。

失敗は許されない。

ああ、神様――。

何分か祈りを捧げると、オリーブ油の灯明を灯し、部屋を出た。金襴《きんらん》のチョッキが肩に重く感じられる。神経は絞首刑のロープのように張り詰めていた。


ホテルを出ると、ホセの赤いセダンが停まっていた。車だと闘牛場にあっと言う間に着いてしまうだろう。心の準備をする暇もない。

「ラ・スエルテまではそう遠くないでしょう？」

「何を言い出すんだ？」ホセは怪訝な顔をした。

「歩いても充分間に合う時間よ」

「駄目だよ、レイナ。闘牛場には車で乗りつけるしきたりなんだ。光の衣装を纏ったら、バーや繁華街のある場所に行ってはいけない。光の衣装で街中を歩くのは場違いなんだよ」

怜奈は仕方なく車の後部座席に乗り込んだ。

ホセはセダンを発車させた。闘牛士と区別されるバンデリジェーロは同じ車で移動しない。今ごろは別のホテルから闘牛場に向かっているだろう。

普段は車通りの多い道路も空いていた。日曜日を休日と考えるスペイン人はあまり外出しない。だが、ラ・スエルテ闘牛場が近づいてくるにつれ、車や通行人の数が増えてきた。

五分も経たないうちに到着した。怜奈は行進用のケープを裏返しに折って左腕にかけ、闘牛帽を握って車から降り立った。

裏手にある馬場へ向かうと、ゲートに集まるファンたちの目が一斉に注がれた。

「本当に日本人の女だぜ」

「その細腕で牛を殺せるのかい？」

「頑張れよ」

言葉は返せなかった。緊張混じりの息が漏れただけだ。思い返してみれば、カルロスも裏門に入るときは一言も喋らなかった。気持ちが分かった気がする。闘牛の前は神経が張り詰め、表情も硬くなってしまう。

押し黙ったまま歩いていくと、馬場に踏み入る直前、いきなり尻を撫でるように叩かれ、怜奈は悲鳴を上げそうになった。臀部に貼りついているタイトなズボンの生地は薄く、剝き出しの尻を直接撫でられたような不快な感触だった。

振り返ると、赤ら顔の中年男が下卑た笑みを浮かべていた。

「へへ。そんなエロいケツ見せつけて、ダンスでも踊るのかい？　公の場で女がする格好じゃねえぜ」

キッと睨みつける以上のことはできなかった。

誇らしいはずの光の衣装《トラヘ・デ・ルセス》に羞恥心を感じさせられてしまった屈辱を噛み締めながら馬場に進み入ると、ラファエルが立っていた。紫を下地に金細工が光る闘牛服に身を包み、彫りの深い赤銅色の顔に冷然とした笑みを浮かべている。

「言い返さねえのかよ」

ラファエルは小馬鹿にするように笑った。緊張と不安を見透かされている。

「牡牛を引き寄せる仕草は女のほうが得意そうだな。派手な腰使いで尻を振って誘惑すればいい」

ラファエルは自分の股間を突き出すような仕草を見せた。ズボンの股間部に膨らみが浮き上がっている。

「闘牛士が牛を誘うときはこうするんだ。酔っ払い親父の言うとおり、女がする真似じゃねえぜ」

「私は――」

反論しようと口を開いたものの、喉が干上がっていて言葉は出てこなかった。

怜奈は唇を引き結び、平然とした態度を装いながら裏手にある礼拝堂に向かった。途中で三人のバンデリジェーロと合流し、一緒に部屋に入る。

琥珀色の明かりが照り、祭壇の正面にある巨大な聖母マリア像に陰影が刻まれていた。

幾本かの蠟燭《ろうそく》が灯され、炭火の燃える火鉢がテーブルに置かれている。香炉から立ち上る芳香がひんやりした空気に混じり、鼻についた。隣には神父が立っている。

怜奈は目を閉じ、聖母像の前で祈りを捧げた。荘厳な雰囲気に気持ちが落ち着いてくる。

神のご加護がありますように――。

目を開けたとき、ラファエルが礼拝堂に現れた。彼は火鉢で煙草に火を点けると、この世の最後とでもいうような表情で一服した。

彼は煙草を吸い終えると、底意地の悪い笑みを見せた。

「神父が待機してるのは、臨終の儀式を授けられるようにだ。まあ、世話にならなくてすむように祈っておくんだな」

落ち着きはじめていた心臓が一際大きく脈打ち、再び鼓動が駆け足になった。

自分がこれから向かうのは生死を懸けた場所なのだ――。

怜奈は震える息を吐き出すと、唇を嚙んだまま礼拝堂を出た。金銀に彩られたキリスト像が刺繡されたケープを左腕に纏い、馬道の薄暗い通路で行進の準備を整える。

周囲は埃っぽかった。革や動物の臭気がする馬が眼前に立ち、黒マントと羽飾りのついた帽子を身につけた執達吏《アルグアシル》が跨がっている。

嘔吐感を伴う圧迫感を覚えた。怜奈はかぶりを振ると、後から現れた闘牛士の左に並んだ。

「おいおい、何してんだよ」

　顔を上げると、ラファエルの苛立った顔があった。

「何で左に陣取るんだよ。並び方知ってるよな？」

　怜奈はあっと声を上げ、慌てて真ん中に並び直した。横一列に並ぶとき、右が最古参、左が次に古参、真ん中に新人となっている。規則まで気が回らなかった。

「あんたは出場百回のベテランか？」

　ラファエルの視線が自分の頭に注がれているのに気づき、怜奈は急いで闘牛帽を脱いだ。出演する闘牛場が初めての場所であれば、敬意を表するために無帽で行進しなければいけない。

　左右を見やると、帽子を被っているのはラファエルだけだった。左側にいる青年は無帽だ。

　怜奈は深呼吸で自分を落ち着かせた。

　甲高いラッパの音が響き渡り、楽隊が演奏する音楽が通路に忍び込んできた。アルグアシルが会長に挨拶して戻ってくると、行進がはじまった。

　怜奈は静かに息を吐くと、馬に乗るアルグアシルに続き、薄暗い通路から光の降り注ぐアレーナへ踏み出した。陽光が目を刺し、地響きのような大喚声が耳を叩いた。アレーナを円形に囲む階段席は観客で埋め尽くされている。ガルシアが『兄の遺志を継いで闘う東洋の女闘牛士』と宣伝して成功したため、一万人も収容できる闘牛場は満員だった。

古代ローマにタイムスリップし、コロシアムの砂場から大観衆を見上げている錯覚に囚われた。カルロスの闘牛を見たときは観客としてだった。だが、今は命懸けの決闘をする剣闘士として砂場に立っている――。

ああ、全員の視線が自分に注がれている。

ただでさえ女闘牛士は珍しいというのに、兄の遺志を継いで異国からやって来た、という経歴が注目を集めている。もしこんな大勢の前で無様な演技をしてしまったら――。

踏み出す足が重々しく、泥沼を歩いているようだった。舌は痺《しび》れ、吐く息に胃液の饐《す》えたにおいが混じっている。通い慣れた闘牛場が別物に見え、敵意を持ってのしかかってくる気がした。

待ちに待った闘牛だというのに、逃げ出したい衝動に駆られた。自分には無理かもしれない。いや、駄目だ、駄目だ。弱気になってはいけない。

心臓は針で刺されているように痛かった。これは他人の期待から来る恐怖が原因なのかもしれない。バレエの全日本コンクールのときはバレエ団の仲間の期待を背負い、大舞台に挑んだ。だが、小さな舞台とは大違いの大勢の目に晒されたとたん、足が止まった。

周囲の観客たちが自分を中心にグルグルと回り出し、アレーナを歩いているのを忘れそうになった。懸命に気を引き締め、一歩ずつ踏み出し、ボックス席の真下で会長に挨拶する。

退避所に移動する最中、真横を歩くラファエルが鼻で笑った。

「何だよ、震えてるじゃねえか」

「……食事もできなかったの」

自分でも信じられない台詞だった。からかってくる相手に弱音を吐いている。

「食べなくて正解だ」ラファエルは言った。「牛に突かれたとき、胃に何も入れていないほうが手術しやすいからな」

生々しい台詞だった。ますます自分の体が硬くなるのが分かった。

「もっとも、胃の中身が関係ない不幸もあるけどな」

「どういう――意味？」

「バレンシアが生んだ最高の闘牛士、マノロ・グラネーロは二十歳で命を落とした。八十年前、空中に放り上げられたグラネーロは、落ちたところを再び角に突き上げられたんだ。凄惨だぜ。右目から脳髄を角に突き破られたんだからな」

スローモーションになって目に迫る角が見え、早鐘を打っていた心臓の鼓動がさらに速足になった。ラファエルは自分の言葉で与えた効果を楽しむように薄笑みを浮かべ、確信的な足取りで去っていった。

怜奈は息を呑み、震える脚を叱咤《しった》しながら退避所に入った。

緑を下地にした金の衣装を着た闘牛士が立っていた。彫りが深く、くぼんだ目の周りに影ができている。彼は一緒に組むことになったもう一人の闘牛士だ。

「僕はファン・カミーノ。無帽だったってことは、君もここは初めてだね。互いに最高の演技をしよう」

ファンの表情に皮肉の影はなかった。

「……あなたは女が闘牛をしても平気なの？」

「僕はむしろ君に感謝してるよ。君のおかげでデビューできる。しかもマドリードの闘牛場でね」

「私のおかげ？」

「女と組むのを嫌がる闘牛士が多かったおかげでもある。普通なら僕みたいな無名の闘牛士には声すらかからないよ」

なるほど、彼にはそういう恩恵があったのか。

「僕は何より出番が欲しかった。出番さえ貰えたら誰にも負けない演技ができるのに、ただの一度のチャンスも貰えなかった。何年もね。牛と向かい合えなきゃ、腕前なんて披露できやしない。それなのに小さな村でさえ相手にされなかった。でもそんなとき、この闘牛場で女と組む闘牛士を探してるって聞いたんだ。僕は飛びついたよ。犬と組めと言われても喜んだだろう。出番のためには、組む相手も何も関係ない。僕は自分の腕を披露する場が欲しかった。女との闘牛が嫌だなんて贅沢《ぜいたく》言う奴は恵まれてるのさ」

興奮が舌をなめらかにしているようだった。吐き出さずにはいられない感情のままに喋っている印象だ。

「……ずいぶん苦労したのね」

「僕は闘牛牧場に忍び込んでは牝牛相手に技を磨き続けたよ。時代錯誤な方法だけど、人間の持つ角を相手にするより腕が上がる。もちろん楽じゃなかった。角にもやられたよ。でも助けは呼べない。捕まるわけにはいかないからね。僕は血を流しながら木陰で一夜を明かし、監視人に見つからないように逃げ出して病院へ行った。そんな状況にも耐えられたのは闘牛士になりたかったからだ。そして今日、その長年の夢が叶ったんだ。僕は今回のチャンスを絶対に生かしてみせる」

形を帯びた希望への喜びが彼の表情にあふれている。

怜奈は気持ちが少し落ち着くのを感じた。何年も出番を貰えず、機会を渇望していた人間に比べたら、自分はなんて幸運なのだろう。二年という短期間で闘牛士になれ、出番すら貰えた。贅沢は言っていられない。

怜奈はアレーナに目を向けた。ラファエルの演技だ。彼は『貧困はアレーナに葬ってやる』と言い放ったとおり、復讐の情念に突き動かされたような荒っぽいムレータ捌きを見せた。二度目で牡牛を仕留めると、堂々とした足取りでアレーナを一周した。

次はファンの出番だった。バンデリジェーロが牡牛を走らせる。急に角を振る癖がある危険なタイプだった。ファンも当然気づいているだろう。

ファンはアレーナに出ると、的確にカポーテの技を決めた。銛打ちの場がはじまり、バンデリジェーロが二対の銛を打った。牡牛の背に六本の銛が垂れ下がると、最終演技の場になった。彼は会長に挨拶した後、剣係に闘牛帽を手渡し、アレーナに登場した。彼が退避所の近くに立っていたため、目に浮かぶ涙が見えた。両腕が打ち震えている。

彼は十字を切ると、自信に裏付けされたムレータ捌きを見せた。デビュー戦とは思えない技だった。ラファエル顔負けだ。だが、牡牛はパセされるたび、角を振り立てていた。

〝香炉突き〟だ。油断したら布ごしに角を浴びるだろう。

ファンは近距離でのパセを繰り返した。いつの間にか牡牛は頭を振り立てるのをやめていた。全ては順調だった。彼は耳を切るかもしれない。

牡牛が突進した瞬間、アレーナに突風が吹いた。ムレータが煽《あお》られ、ファンの体に張りついた。牡牛が方向転換する。真紅の布ごしに突進する。ファンは黒い鼻面にかち上げられ、砂場に叩きつけられた。牡牛が頭を下げ、彼目がけて角を突き出す。ファンの叫び声が上がった。角は右太ももの内側に刺さっていた。観客が一斉に悲鳴を上げ、どよめいた。

怜奈は両目を剝いたまま動けなかった。

ファンは除雪車の前に転がるボロ人形のごとく牡牛に押され、砂煙の中で絶叫していた。

真っ先にアレーナへ飛び出したのは、最も近くに待機していたラファエルだった。続けて他のバンデリジェーロも後を追った。

ファンを助けなくてはいけない！

怜奈は数秒遅れて飛び出した。

彼の太ももから角が抜けると、牡牛はラファエルの構える布に突進した。怜奈は息を切らせながら駆けつけ、ファンを見下ろした。彼は血まみれの砂場に横たわっている。

バンデリジェーロたちがファンを持ち上げると、彼は破れたふいごにも似た息遣いをしていた。不規則に大量出血している。

怜奈は自分の表情が凍りつくのが分かった。見える世界が灰色になっている。

ああ、ファン――。

後は彼に何事もないように祈るしかなかった。

医務室に消えるファンを見送ったラファエルは、呆れたように息を吐き出した。

「俺なら自分の血を踏み締めてでも演技したぜ」

騒動がおさまると、ラファエルは規則にのっとり、剣を持って牡牛に歩み寄った。退場したファンに代わり、彼は慎重かつ淡然ととどめを刺した。

闘牛士が二人だけになると、順番を入れ替える処置がとられた。闘牛士が演技中の怪我で退場した場合、残った者のうち古参の闘牛士が代わりを務めなくてはいけない。つまりラファエルだ。だが、ファンが相手にする予定だった五番目の牡牛を相手にすると、四番目を闘う予定のラファエルは二頭連続になる。だから六番目を闘う予定だった怜奈をあいだに差し込み、彼が連続して牡牛を相手せずにすむように計らわれた。

怜奈は緊張の息を吐いた。二頭目の出番が一つ早まったことは気にならない。一頭目に成功しなければ次はないのだ。

係員が掲げるプラカードに視線を投じると、三百五十キロと記載されていた。三歳牛なみの体重だ。

だが――。

絶対に成功してみせる。もう他人の期待は重荷にならないと証明してみせる。勇敢な人間だと証明してみせる。昔の弱い自分に打ち勝ってみせる。

ラッパの音が鳴り響くと、『恐怖の門《トリル》』を見つめた。闇の中から骨灰色の角が現れた次の瞬間、黒檀色の牡牛が飛び出てきた。ラファエルやファンが相手にした牡牛より一回り大きい。筋肉を波打たせ、涎《よだれ》をしたたらせている。

牡牛はバンデリジェーロが振る桃色の布を目に留め、防壁沿いを疾駆した。空気の壁をぶち破るような速度だった。防壁に角から激突する。木片が飛び散る。荒々しい気性の持ち主だ。

怜奈は癖の観察を終えると、ホセからカポーテを受け取り、アレーナへ進み出た。牡牛と向かい合ったとたん、心臓の鼓動が三倍くらいに速まった。泥だらけの肉が腐ったような動物臭が鼻についた。まるで血まみれの手で胃を掻き回されているようだ。口内に苦みが広がる。

負けじと牡牛を睨みつけた。黒檀色の筋肉は引き締まり、獰猛そうな肉体は強健さを誇示していた。二本の円錐の角は三日月形に突き出し、地面と水平に構えている。

アレーナは直径五十メートルはあるはずなのに、狭い檻の中に閉じ込められた気がした。黒檀色の大岩が背後の観客席まで隠しているように見える。

大丈夫、大丈夫、大丈夫――。

怜奈は自分に言い聞かせ、意を決してカポーテを揺すった。牡牛が砂塵を巻き上げて突進してくる。桃色の布を体の横に滑らせた。巨軀がカポーテの中に導かれる。体の真横を駆け抜ける。振り返って二度目の誘いをかけた。牡牛は意図したとおり桃色の布に突っ込んできた。

五度、六度とパセしたときには、多少なりとも気持ちが落ち着いていた。基本的な技を披露し終えると、カポーテを腰に巻きつけるように決めのポーズを見せた。

最初の場が終了すると、汗の滲む拳を握り締め、退避所に戻った。銛打ちの場では、彩り鮮やかな銛をバンデリジェーロが打ち込み、牡牛を飾った。最終演技の場はあっと言う間にやって来た。

「冷静にな。練習どおりにすれば大丈夫だ」

ホセがムレータと模造の十字剣を手渡してくれた。怜奈はうなずくと、ボックス席の真下に進み、頭上の会長に挨拶した。アレーナの中央に進み出る。最初の牡牛は自分を見に来てくれた観客に献呈しようと決めていた。

左手でムレータと剣を揃えて持ち、右手で闘牛帽を掲げた。緩やかに一回転し、観客全てに挨拶する。右の肩ごしに闘牛帽を投げた。牡牛に向かう最中、横目で見た。鍔が上になって落ちていた。

不吉の前兆だった。

27

怜奈は小さくかぶりを振り、迷信だと自分に言い聞かせた。何も悪い事態に陥りはしない。

闘牛帽の裏表が見えない観客たちは、興奮の声を上げていた。泥沼の数百メートル底に立って地上の歓声を聞いている気がした。バレエの全日本コンクールのときの無様な自分の姿が脳裏をよぎる。

怜奈は静かに息を吐き、陰になっている西の防壁前に移動した。剣を右手に持って腰に当てると、左手に握るムレータを体の正面に構えた。前方に突き出せば突き出すほど布と体が離れる分、安全にパセできる。臆病の証だと思ったものの、凶悪な角を体に引きつける勇気はなかった。

牡牛を誘おうとしたとき、ムレータが実物以上に小さく見えた。体から遠のけたせいだと分かっている。だが、牡牛を誘導する目標が小さくなるのはたまらなく不安だった。ただでさえムレータはカポーテの半分以下の面積しかないのに——。

「落ち着け、レイナ！」

遠くからホセの声がした。

怜奈は目をしばたたいて視線を牡牛に移し、真紅の布を揺すった。牡牛が穴をあけるように砂場を蹴立てる。三百五十キロの巨体が岩石のように大きくなる。視界一杯に黒檀色の肉体が広がる。両脚がわななき、飛びのきたい衝動に駆られた。

動いてはいけない。動いたら標的になってしまう。代わりにムレータを動かさなくては——。

震える腕が左に滑った。牡牛が方向を変える。真紅の布に体躯を突き刺す。

成功した！

喜ぶ間もなく牡牛が反転する。怜奈は急いで向き直り、ムレータを振った。巨体が真紅の布に飲まれる。三度、四度と繰り返した。牡牛が切り返すたびに背中の銛が跳ね、黒檀色の体に当たって音が鳴る。

　牡牛が脚を止めると、怜奈は一瞥してから背を向け、胸を張りながら観客にアピールした。まばらな拍手が降ってきた。だが、一部からは悪い演技を非難する口笛が鳴っていた。脅えて牡牛を引き寄せられないことが見透かされている。パセのときの互いの距離はずいぶん離れていた。

　怜奈は下唇を噛み、牡牛に向き直った。真っ黒な鼻面は泡で白くなり、筋肉は脈打っている。

　先ほどよりムレータを体に寄せて構え、誘った。牡牛が二本の角を振り立てながら突貫してくる。パセした瞬間、跳ねた銛の後端が闘牛服に当たり、硬質な音がした。

　観客に応えようと懸命に技を披露した。

　何度もムレータを操るうち、腕が重くなってきた。芯棒の通った真紅の布とアルミ製の剣は予想以上に重く、普段から鍛練は欠かさなかったにもかかわらず、腕が痺れはじめた。命を懸けた実践の場では精神的疲労も激しい。練習とは大違いだった。

　もし腕が思うように動かなくなったら――。

　ファンが怪我した血みどろの光景が目の前にちらつき、両脚がガクガクと震えた。不安を抱えながらムレータを操った。相変わらず観客の拍手はまばらで、口笛が交ざっている。観客を納得させるにはもっと牡牛を引き寄せるしかない。

怜奈はムレータを腰元に構え、ドクドクとわめく心臓をなだめようと努めた。喉は呼吸が困難なほど干からびている。

真紅の布を波打たせると、牡牛が突っ込んできた。ムレータを体から離しすぎないように小さく横にずらした。牡牛が方向を変える。わずか数十センチだった。

引き寄せすぎた！

全身の汗が瞬く間に凍りついた。危機感に駆られて体をずらした。左脚がガクンッと落ちた。牡牛が蹴立てた穴に足をとられてしまった。牡牛が真っ黒な頭を振り立てる。腹部に人身事故のような衝撃があった。防壁に叩きつけられた。息が詰まった。背骨が折れたかと思った。

咳き込む間もなく、牡牛が角を下げて向かってきた。起き上がってはいけない。地面を転がって危険地域から脱出しようとした。角がズボンの布地に突き刺さる。無理やり引っ張り上げられる。二メートルも浮き上がり、宙で振り回された。ビリッと音がして放り出された。砂場に顔から叩きつけられた。苦い砂を噛みながら顔を上げると、砂煙の中に大きくなる黒い影があった。

刺される！

死を覚悟した瞬間、黒い影が方向転換した。ラファエルが構えるカポーテに突進する。彼は数人のバンデリジェーロより先に駆けつけてくれていた。

　怜奈は息を喘がせながら彼の背中をしばらく見つめた後、何とか立ち上がった。

　ピンク色のズボンの前面が鉤裂きに破れ、裂けた布地が砂場に垂れ下がり、小麦色の内ももが半分以上覗いていた。だが、臆病な演技しかできないことのほうが何倍も恥ずかしかった。

　気を取り直して歩こうとしたとき、左足首に激痛が走った。顔を顰めながらくるぶしの部分に触れる。ストッキングごしに熱が感じられた。捻挫したかもしれない。

　ああ、最悪だ――。

　怪我で退場なんて嫌だ。惨めすぎる。

　怜奈は下唇を噛み締めた。

　闘牛士は動かずにパセするのが基本だから、演技は続けられるかもしれない。最後まで闘わなくては――。ミゲルは何度牡牛に撥ね上げられても立ち上がり、見事闘い抜いたではないか。

　怜奈はムレータと剣を拾い上げると、ラファエルに向き直った。

「ありがとう」

　一番に駆けつけ、助けてくれたのは嬉しかった。

　彼は素っ気なく鼻を鳴らし、戻っていった。代わりにホセが駆けてきた。

「演技中に踏んだら危ない」

ホセは垂れ下がる布地をハサミで切り取ってくれた。

「気をつけろ」

怜奈はうなずくと、熱砂をかけられたように痛む足首を気にしながら構えた。早鐘を打つ心臓が張り裂けそうだ。脇が汗でじっとりと濡れている。

果たして演技できるかどうか――。

覚悟を決めてムレータを振った。パセする。成功したものの、牡牛は体から一メートル近く離れていた。腰が引けているのは分かっていた。だが、体は思いどおりに動かなかった。パセのたびに牡牛と体の距離が離れていくようだった。

観客のブーイングや口笛や野次が耳に入ってきた。

「スカートに着替えて帰んな！」

「テーブルクロスを準備してるほうがお似合いだぜ！」

「金玉つけて戻ってこい！」

世の中の不幸を全て背負った気分になった。胃が痙攣しているのが分かる。屈辱を噛み締め、牡牛を引き寄せようとするものの、ムレータは体から離れたままだった。

突然、トランペットが鳴り渡った。

怜奈ははっと顔を上げた。十分経過したから警告されたのだ。制限時間の十五分が迫っている。だが、元気な牡牛の首はまったく下がっていない。こんな状態で刺殺を試みたら角に刺されてしまう。

早く牡牛を疲れさせようと演技を再開した。依然として安全な領域でのパセしかできなかった。女の性そのものを嘲笑する罵声が浴びせられた。観衆に野次られるたび、恥ずかしさで体が硬くなり、焦りだけが募る。

二度目のトランペットが鳴った。胸が締めつけられる音だった。十三分経過だ。もう次はない。三度目の警告は、牡牛を殺す権利と義務の剝奪を意味している。制限時間内に殺せなかったら、闘牛士は防壁の中に下がらされ、牡牛は囲い場まで連れ出されて殺される。恥辱の極みだ。闘牛士として最も避けるべき不名誉だ。

怜奈は足首の疼《うず》きに耐えながら心持ち早足で防壁に戻り、真剣に交換した。時間が経てば経つほど牡牛は闘牛の仕組みを学び、扱いにくくなる。早く刺殺しなければいけない。

決然とアレーナに戻ったとき、愚かな思い違いに気づいた。パセは不動で牡牛を迎えるから足首の捻挫を気にしなくてもいい。だが、自ら飛び込む刺殺だけは脚がいる。

ああ、捻挫さえしていなければ——。

悔やんでも仕方がない。もう最後まで演技するしかないのだ。

怜奈は最後に数回だけパセすると、刺殺の構えを取った。

「牛はまだ元気だ。早すぎる！」

ホセの叫び声が耳に入った。だが、もう時間はない。

怜奈は彼の声を無視し、一気に飛び込んだ。牡牛はムレータの誘いに乗らなかった。体目がけて角を振り立ててきた。両手を突き出して身を庇《かば》う。鼻面に撥ね上げられ、肩から地面に落ちた。三日前に痛めた場所を激痛が駆け抜ける。牡牛が突進してくる。転がって直撃だけは避けたものの、角がズボンの裂け目に引っ掛かった。牡牛が鼻面を振ると、股下まで裂け目が広がり、角が自由になった。再び突進してくる。逃げようがなかった。馬も持ち上げる力で小突き回された。角が股に差し込まれたかと思うと、内ももを撥ね上げられ、人知を超えたパワーに転がされた。恐怖のあまり頭を抱え込んだ。喉が張り裂けんばかりの絶叫がほとばしっていた。

助けが現れ、牡牛が引き離されると、怜奈は倒れ臥したまま息を喘がせた。全身の骨がバラバラになった気がした。岩山を転がり落ちたように体じゅうが痛んだ。

起き上がれないでいると、バンデリジェーロが駆けつけ、肩を貸してくれた。何とか立ち上がることができた。闘牛服はチョッキもシャツもズボンも強姦魔に襲われたように破れていた。激痛に疼く右肩はまったく動かない。

演技続行不可能なのは間違いなかった。

怜奈は助けを借り、左脚を引きずったまま退場した。途中、すれ違いざまにラファエルが鼻で笑った。

「角を差し込まれて女性器《アソコ》が裂けなくてよかったな」

言い返す気力はなかった。惨めさだけが胸の中に渦巻いていた。

闘牛場に設置されている医務室に運ばれると、ホセの手伝いでチョッキを脱がされ、シャツを切り取られた。小麦色の肌は青アザだらけだった。溶けた鉛を浴びせられたように右肩が疼いている。

診断結果は脱臼だった。だが、怪我の程度より、観客の期待を裏切ったことのほうがショックだった。

28

右腕を吊ったままベッドの縁に腰かけていると、カルロスが気遣わしげに言った。

「引き寄せすぎと焦りすぎだったね」

彼の目には温かな同情の光が輝いていた。怜奈は目を伏せると、感情を押し出した。

「私は他人の期待が重荷になるような弱い人間じゃないって証明したかった。だから観客の期待に応えようと――。でも、全然駄目だった。カルロスみたいに華麗な演技もできなかった。ミゲルみたいに勇気あふれる演技もできなかった。怖かった。刺し殺されるかと思った。あんなに野次ばかり浴びせられる演技をして――」

「男の場合に比べたらまだましだよ。アレーナで野次は当然のものだけど、公然と女性を侮辱するのは醜い振る舞いだからね。レイナを野次ってたのは一部だけだよ」

「……私は大失態を演じたの」

「コップ一杯の水で溺死する気かい？　些細な問題を大問題のように考えるのはよそう。次のチャンスに生かせばいいさ。悪いベッドは夜を長くするけど、夜明けは必ず来るよ。懲りた人たちの中から賢者が出るんだ。今日の反省を忘れなかったら必ず成功するさ」

「でも、私は――」

ホテルの部屋のドアがノックされると、片付けをするホセの代わりにエンリケが対応に出た。背広姿の男が立っていた。男はエンリケに何事かを告げ、首を振りながら去っていった。

「何かあったの？」

エンリケは息を吐くと、重々しい口調で言った。

「ファン・カミーノが右脚を切断したそうだ。命を助けるには他に方法がなかったらしい」

一瞬、何を言われたのか理解できなかった。事態が呑み込めると、体の奥から悲嘆が込み上げ、呼吸がしがたいほど胸が痛んだ。

「悪夢だな」エンリケが言った。「不運としか言いようがない。医療設備が充実し、外科技術も進化したこの時代に脚を切り落とさなければならないとは……」

自分自身が脚を切断したような苦悩の表情だった。脚を刺されて引退を余儀なくされた身だから、ファンの無念さがなおさら理解できるのだろう。

怜奈は絨毯に視線を落とした。現実が重くのしかかってくる。

ファンが脚を切断した。成功を夢見て何年も努力を続け、念願のデビューを果たした矢先だったというのに――。

彼の無念さを思うと、涙がとめどもなくあふれてきた。自分でも時間が分からないほど涙が流れ落ちるままにした。

涙が涸《か》れると、後悔の念に打ちのめされた。

ファンが大怪我したのは自分のせいだ。彼が角に刺されたとき、動揺して助けにいくのが遅れたから、取り返しのつかない結果になった――。

理屈に合わないとは分かっている。自分よりファンの近くに待機していたラファエルが迅速に行動した結果なのだから、責任を感じるのは間違っている。だが、理屈ではなかった。

自分が素早く駆けつけていたら、彼は助かったかもしれない――。

怜奈はカルロスたちに励まされながら腰を上げた。

アパートに帰ってからは夕食もとらず、自室へ引き上げた。一時間ほど経ったころ、カルロスが葡萄酒とグラスを手に部屋を訪ねてきた。

「悪いベッドには葡萄酒の枕が最適さ。今夜は飲もう」

彼の声にはいたわりの響きがあった。

怜奈は黙ってうなずき、グラスを受け取った。


翌日、街角のキオスクで数紙の新聞を購入した。自分自身の記事に目を通してみた。扱いは小さかったが、同情的に書かれているものとけなされているものと半々だった。剣係のエンリケが新聞に備えてくれたとはいえ、全ての記者に袖の下を摑ませるのは無理だ。三流紙ではラファエルが非難されていた。演技の順番を入れ替えたことが原因だ。小休止のために女性闘牛士をあいだに挟まざるを得なかった情けなさを皮肉った記事が掲載されている。だが、ファンの怪我を報じる内容が一番大きかった。

昼食の時間になると、怜奈はエンリケに新聞を見せた。

「何紙かに手ひどく書かれてる」

「そんなもの気にするな」エンリケは言った。「新聞の記事など信用するに値せん」

「でも、新聞はゴシップ誌じゃないんだし……」

「同じようなものさ。昔のスペインはフランコの治下で言論が統制されていたからね。新聞は奴の政治路線に同意していた。ジャーナリストは全員フランコ主義者でなくてはいけなかった。私が思春期を迎えるころに『新聞・定期刊行物法』が制定され、徐々に新聞も変わりはじめたが、どうも完全には信用できん」

「そうなの？」

「ああ。記事で世論を操りたい人間ばかりさ。踊らされる必要はないよ」

エンリケの言葉を聞き、怜奈は前向きに考えることにした。

「じゃあ、私も悪い記事に左右されるのはやめる」

昼食を終えると、ラ・スエルテ闘牛場に行くため、アパートを出た。建物の角を曲がったとき、いつもどおり物乞いの老婆がいた。スキンヘッドの側頭部に蜘蛛の入れ墨をした男が何やら話しかけている。

二年前にも同じような光景を見た覚えがある。

怜奈は二人を見つめ、思わず「あっ」と小さく声を上げた。スキンヘッドの男の正体に思い至ったのだ。クラブで見かけた麻薬の売人ではないか。

だが、売人が物乞いの老婆に金銭を恵むとは不自然だ。

奇妙に思っていると、スキンヘッドの男が立ち去った。姿が消えてから後悔した。尾行したら新たな密売の場所が分かったかもしれない。マヌエルの居場所に通じていた可能性がある。

怜奈は嘆息を漏らすと、ラ・スエルテ闘牛場に向かった。昨日の盛り上がりは跡形もなく、普段どおりの光景があるだけだった。数人の練習生の中にラファエルもいた。防壁に背を預けている。

歩み寄ると、彼は新聞を睨んだまま「クソッ！」と吐き捨てた。

「どいつもこいつも俺を馬鹿にしやがって！」ラファエルは拳を握り、歯噛みした。「牛を前にした苦痛すら知らないくせに好き勝手言いやがる」

吐き出す言葉には剝き出しの憎悪があった。屈辱の重さに声が押し潰されているようだった。

29

面会が許されると、フアンを見舞いに行った。自分でもかけるべき言葉が分からなかったが、何か話したいと思った。だが、彼は誰とも会いたくないと拒絶した。諦めるしかなかった。

肩と足首が完治すると、ラ・スエルテ闘牛場で練習を再開した。デビュー戦の当日、ソルテオで大柄な牡牛を引き当てたバンデリジェーロの姿はなかった。一週間以上顔を見せない。

ガルシアに呼び出されたのは九月六日だった。事務所を訪ねると、ラファエルの姿もあった。

ガルシアは垂れ下がる頬を揺らしながら言った。

「レイナ。二度目のチャンスをやる。十九日の日曜日だ。ラファエルと一緒だ。だが、次に失敗したらもう機会は与えんからな」

意外な言葉だった。デビューで無様な姿を見せたから、次に機会を貰うためには自分から強引に事務所へ出向き、頭を下げねばならないと思っていた。

理由を尋ねると、ガルシアは鼻息荒く言った。

「デビューの失敗は馬鹿な助手がいたからだ。わしは奴に『レイナが最も快適な牛に当たるようにしろ』と命じたのだ。なのに奴はくだらんプライドで全く逆の牛を当てた。あんな馬鹿はもう雇わん」

そんな密約があったとは思いも寄らなかった。だが、バンデリジェーロへの懲罰を喜ぶ気持ちはなかった。厄介な牡牛を故意に引き当てられたのも不快だったが、贔屓《ひいき》で快適な牡牛を引き当てさせようと裏取引があったのも不快だった。

「……だがな、レイナ。正直なところ、前回の演技で底が見えたとも思った。だから二度目のチャンスを与えるかどうか、わしは迷っていた」

「ならなぜ私にチャンスを？」

「ある男に頼み込まれてな。そいつはお前のバンデリジェーロを務めたいそうだ」ガルシアは奥にあるドアに視線を向けた。「入って構わんぞ」

ドアが開き、現れたのは――ミゲルだった。

背広を着こなしている。撫でつけた黒髪もL字形の揉み上げも一年前と変わっていない。変化があったのは、赤ら顔の代わりに日焼けしていることだろう。

「よお、久しぶりだな」

「ミゲル……」

怜奈は驚きながらも抱擁し、彼の両頬にキスをした。ミゲルは酔いどれだったころの面影がなく、今や精悍な顔つきをしている。

「引退して以来、闘牛はやめていたんだが、バンデリジェーロに転身してな。冬でも闘牛をやってる南米で闘っていた。あの闘牛で生活費を遣い込むのを許してくれた女房のためにも、ずっと銛を打ち続けていたんだ。気がついたら夏だったよ」

驚きの事実だった。確かにミゲルは銛打ちに類い稀な才能を見せていたが、バンデリジェーロを嫌っていた。転身にはずいぶん悩んだに違いない。

昔、闘牛酒場で老人が言っていた言葉を思い出した。

――闘牛士という人種は、午後の夢に駆り立てられてアレーナに戻る。

「どうだ？」ミゲルは訊いた。「俺を雇ってくれるか？」

怜奈は「もちろんです」とうなずいた。彼なら信頼できる。

「決まりだな」ガルシアが言った。「次こそは納得できる演技を披露してくれ」

「兄のためにも成功してみせます。闘牛を続けていれば、兄が残した謎の言葉の意味も分かるかもしれませんし……」

「何の話だ？」ミゲルは訊いた。「レイナは兄の無念を晴らすために闘牛士になったんだろ？」

「……実は、他にも目的があるんです」

怜奈は、兄がなぜ無謀な技に挑んだのか知りたいと話し、兄がカルロスに残した台詞——取り返しがつかなくなる前に闘牛界から身を引く準備はしておいたほうがいい——を教えた。

ガルシアとラファエル、ミゲルは真面目な顔で聞いていた。

間を置いてからガルシアが言った。

「わしとしては、動機は問題ではない。レイナが成功し、大勢の客を呼べる闘牛士になってくれればいい」

「命を懸けて全力を尽くします」

二度目の闘牛の話し合いが終わると、ミゲルとバルへ行き、思い出話に花を咲かせた。

彼と別れてアパートに帰ると、リビングから怒鳴り声が聞こえた。駆け込むと、マヌエルが立っていた。鋭角的な顔に備わる切れ長の目で両親を睨んでいる。

「金が欲しいんだよ、金が」

「馬鹿を言うな！」エンリケががなり立てた。「麻薬を買う金などやれるか！」

「何だっていいだろ、何だって」

マヌエルは椅子に座っては立ち、座っては立ち、何度も何度も左右に視線を走らせていた。コカインの精神的な依存症状が出はじめていると思った。放置したら取り返しがつかなくなる。

「駄目よ！」怜奈はマヌエルの前に駆け出た。「麻薬は駄目」

「よお、あんたか。新聞で見たぜ。昔は俺に偉そうな口利いたけど、無様だったらしいな」

「……最初から成功するのは難しいのよ。でも、私は兄の死の真相を突き止めるまで絶対諦めない」

「そういや、前にもそんなことを言ってたな」

「だから次は絶対成功してみせる。ねえ、今度の闘牛、観に来てくれない？　真の勇気が伝わるような演技をしてみせるから」

「俺だって勇気はあるぜ。今は切れてるけどな」

「薬で得た勇気なんてまがいものよ。私が本当の勇気を見せる」

「だから俺に闘牛を観ろって？　俺は無駄足が嫌いなんだよ。次も失敗だろ、どうせ」

「無駄足にならない演技をしてみせる」

「……今度も失敗したらどうする？」

挑みかかるような眼差しだった。怜奈は意図を察した。

「何が――望みなの？」

「あんたの闘牛服が欲しい。剣もケープも全部だ。普段着やアクセサリーやバッグも全部。売ったら金になるからな」

「……私の身ぐるみを剝ぐ気？」

「嫌なら別に構わねえよ。金なら別に作れるしな」

「駄目よ、駄目！」怜奈は声を尖らせた。「犯罪行為は駄目よ」

「勇気は金で買えるからな。金は簡単に手に入る。ここにせびりに来たのは、リスクを冒す前に一応頼んでみようって思ったからだ。さあ、どうする？」

「レイナ！」エンリケがピシャリと言った。「耳を貸すな。馬鹿な奴の馬鹿な挑発に乗るんじゃない」

怜奈はエンリケに微笑を返すと、マヌエルに向き直った。答えは決まっている。

「分かった。でも、私の闘牛を観に来るのが条件よ」

「いいんだな？」

「次に失敗したら、私の持ち物、何でもあげる。私を素っ裸にして路上に放り出せばいい」

30

深夜の闇が窓から忍び込んでいた。二度目でも慣れないホテルの一室にいると、気分が落ち着かなくなってくる。

部屋にはカルロスと二人きりだった。一時間前から彼が励ましてくれている。

「野次が怖いの」怜奈はベッドの縁に腰を下ろしたまま、かぶりを振った。「一万人もの観客から責められるたび、勇気が枯れていくみたいだった。もし明日も同じような状況になったら……」

「大丈夫だよ。今度は成功するさ」

「でも、失敗したら私は全てをなくしてしまう」

「マヌエルとの馬鹿げた約束のことだね？　僕から言ってやるよ。殴り飛ばしてでも――」

「駄目よ。それは駄目」怜奈はかぶりを振った。「彼が本当に変わるためには本気じゃなきゃいけないの」

「あいつは何をしても変わらないさ。昔から不良だった」

「マヌエルは勇気のなさを悪ぶって正当化してるだけよ。私も昔は同じだったから分かるの。悲劇のヒロインを演じることで臆病を正当化してきた。だから、きっかけがあれば変われると思うの」

以前、クラブで会ったときの印象を覚えている。マヌエルは無理して自分を悪者にしている気がした。

「私は家族がバラバラなのを見てられない。でも――駄目よね。偉そうなこと言っても体は震えてる。失敗する気がするの。男みたいに闘える気がしない。ねえ、女の勇気なんてたかが知れてるの？」

カルロスは真横に腰を落とした。貴族的な顔に優しい微笑を浮かべている。全ての不安を氷解させてくれる笑みだった。

「レイナは女として演技すればいいじゃないか。無理して男と並ぶ必要はないと思うよ。僕が言うのもおかしいけどね」

「でも、闘牛は男のものなんでしょ？　女のままで闘える？」

「関係ないさ。女であることを負い目に思う必要なんてない。女として堂々と闘えばいいんだ。僕は頭が固い年寄り同然だった。レイナは女である自分に自信を持てばいい」

声には撫でさするような優しさがあった。本心だと分かる。突然、彼に対する熱い感情が湧き上がってきた。

カルロスの黒光りする瞳を見つめると、彼も見返してくれた。視線が絡まり合う。

「私……女として自信を持っていいの？」

「ああ、当然だよ。僕は――」

カルロスは間を置いた後、力強い腕で抱き締めてきた。怜奈は甘美の声を漏らし、彼の肉感的な唇にキスをした。彼は驚きもせず受け入れてくれた。抱擁を交わしたままベッドに倒れ込むと、スプリングが軋《きし》んだ。

彼は息をつきながら顔を上げた。

「レイナが女として自信を持てないなら、国じゅうの女たちは全身を隠して歩かなきゃならないよ」

カルロスの指が真っ白いブラウスに伸び、ボタンを順番に外していった。前が開いてしまうと、ブラウス同様白いブラジャーと小麦色の肌がナイトスタンドの明かりに浮き上がった。

「スペインに長くいるから肌が綺麗な蜂蜜色になってるね」

「日本じゃミルク色のほうが綺麗な肌だって言われる」

「幽霊みたいな色より、こっちのほうがいい」

怜奈は笑みで応えると、仰向けのままブラウスを脱ぎ捨てた。鎖骨から首筋にかけて口づけされると、全身が打ち震えた。

衣服を脱がせ合い、互いに裸になると、彼がのしかかってきた。硬い胸板に押し潰された。彼の肌は熱を持ち、引き締まった筋肉は男性的だった。

彼の愛情あふれる手つきに身を委ねた。

華奢に見えながらも力強い彼の背中に両腕を回し、全身でカルロスを感じた。彼の感情が伝わってくる。永遠に繋がっていたいと思うほどの幸福感だった。

内心でずっと待ち望んできた瞬間だ。本心で語り合ってからは微妙な関係が続いていた。互いを意識しながらも、薄氷の板一枚があいだにあるような関係だった。

だが今夜、互いの情熱で薄氷を溶かすことができた。薄氷の板一枚分離れていた心が一つになれた。心が溶け合えた。

汚れのない窓ガラスから、太陽の光が射し込んできていた。金属製のナイトスタンドに反射している。

カルロスは隣に横たわったまま笑みを浮かべていた。

「君の官能的な唇が動くたび、男の目を惹きつける。その素敵な唇で僕にキスしてくれ」

怜奈は腕枕の中で彼を見つめ、キスし、上体を起こした。背中を向けたまま下着を身につけ、絨毯に落ちている衣服を着る。

「もう九時よ」

カルロスは置き時計に視線を投じた。

「やばい、やばい。もうすぐホセが来るな」

彼は開襟シャツとジーンズを拾い上げた。服を着終えると、「闘牛の前にまた来るよ」と言い残し、部屋を出て行った。

正午前になると、ミゲルがソルテオに行ってくれた。引き当てた牡牛は比較的大柄なタイプと脚の遅いタイプだった。彼には『快適な牛を私に当てる細工はなしにして。責任は私がとるから』と言っておいたから、フェアなくじびきの結果だろう。

着替えの時間になると、カルロスが現れた。剣係はホセだが、着替えの手伝いだけ代わってもらったらしい。彼が準備しているあいだにシャワーを浴びた。体を拭いて髪を乾かし、純白のバスタオルを巻いて部屋に戻る。

カルロスは用意を終えて待っていた。椅子の背には光の衣装《トラヘ・デ・ルセス》がかけられている。

「……それを見るたび緊張して体が硬くなる」

「大丈夫。今日は僕がついてるからね」

怜奈はうなずくと、バスタオルを落とした。カルロスは裸体の上から下まで視線を這わせ、感嘆の声を上げた。

「綺麗だ。レイナは闘牛服より裸のほうが似合ってるね」

「……褒められてる気がしない」

「もちろん闘牛服も似合うさ」

リラックスさせるための軽口だと分かっているから、怜奈は笑顔を返した。カルロスに手伝ってもらい、真っ白いタイツとピンクのストッキングを穿いた。

「服を一枚身につけるたび、勇気を纏っていくって考えるんだ」

怜奈はうなずくと、言われたとおりに想像した。緊張感が和らぎ、勇気が出てきた気がする。金とピンクのズボンを穿き、金モールの派手なチョッキを身につけ、髪を束ねてかつらの髷をつけ、闘牛帽を被った。

「確かに闘牛は生半可な世界じゃない。予行練習のない舞台演劇みたいなものだからね。両者──闘牛士と牛の呼吸が乱れたり、もたついたりしたら観客から野次が飛ぶ。だから短い時間の中で牛を頭に叩き込む必要があるんだ。千差万別の牛の特徴を把握し、自分の知識と勇気をもって操らなくてはいけない。いいかい？　牛は敵じゃない。芸術を作り上げるための協力者だ」

彼の助言を聞きながらも、心音が耳につくほど鼓動は速かった。

「駄目。心臓が止まりそうなほど胸が高鳴ってる」

カルロスは右手を伸ばし、そっと胸の上部に触れてきた。彼の手のひらに異様な速さの心音が伝わっているのが感じられる。

「確かに速いね」

「気持ちが落ち着かないの」

「大丈夫だ、レイナ。目を閉じて。僕の声と心臓の鼓動は一致するんだ」カルロスは緩やかなペースで一から数を数えはじめた。「ウノ……ドス……トゥレス……クアトロ……シンコ……セイス……シセテ……オチョ……」

目を閉じて彼の声に耳を傾けていると、早鐘を打っていた心臓の鼓動が緩やかになってきた。本当にカルロスの声と心臓が一体化したかのようだった。体の震えも止まった。心は澄んだ水面のように静まり返っている。

目を開けると、カルロスは確信に満ちた声で言った。

「大丈夫。きっと素晴らしい演技ができるさ」

カルロスが先に部屋を出ると、怜奈は聖像に祈りを捧げた。心は落ち着き、自信がみなぎっている。

突然、ノックの音が耳に入った。

ドアを開けると、ホテルのボーイが立っていた。

「あなたに手紙です」

渡された封筒には差出人の名前はなかった。開封して中身を見る。真っ白な紙に一言——。

『兄の死の真相を知りたければ、今日の闘牛で失敗しろ』

31

闘牛場に着くと、ラファエルがいた。赤銅《しゃくどう》色の顔に皮肉を浮かべている。

「女がミニサイズの光の衣装《トラヘ・デ・ルセス》を着てると、恥ずかしくなるな」

怜奈は動じず、むしろ逆に釣り鐘形の胸を突き出した。

「私は女として見事な演技をしてみせる」

唖然とするラファエルを残し、礼拝堂に進み入った。聖母マリア像の前に膝をつき、十字を切って祈る。壮麗な空気の中にいると、穏やかで満ち足りた気分になった。だが、頭の中では手紙の内容がグルグルと回っていた。

一体誰が出したのだろう。ホテルのボーイに訊くと、子供から手渡されたと言われた。犯人は正体がバレないように、適当な子供に小銭でも渡して運ばせたのだろう。

兄の死の真相を探っているという動機は、何人もが知っている。その中に犯人がいるのか？

一体どうすればいいのだろう。今回が最後のチャンスだ。失敗したら次はない。闘牛士として闘えなくなる。

本当に失敗したら、兄の死の真相を知ることができるのだろうか。だが、失敗してもし駄目だったら？　闘牛士としての未来が閉ざされたあげく、何の情報もなかったら――。

怜奈は迷いを振り切って立ち上がり、礼拝堂を出た。

馬場に整列し、行進がはじまると、光の下に踏み出した。アレーナには鎌のような日差しが降り注いでいた。足取りは自信に満ち、不安のないものだった。闘牛靴の薄い底から砂の熱が伝わってくる。円形闘牛場の底に立ち、天を仰ぎ見ると、真ん丸に切り取られた空が目に入った。棚引く雲を飲み込みそうなほどの青空だ。永遠に忘れることはないだろう丸い空――。他の闘牛士たちもこの丸い空を見るのだろうか。

乾いた十月の風が防壁沿いを緩やかに回り、砂埃がかすかに舞っている。

風が強ければ、ケープが煽られて体に巻きつき、角を身に受ける危険がある。ファンの事故は、穏やかだったはずのアレーナに吹いた突風が原因だった。

今日は自然も味方してくれているように思えた。

会長への挨拶が終わると、ラファエルの演技がはじまった。荒々しい技だった。感情的な演技のすえ、二度目で刺殺した。次に無名の闘牛士が牡牛を仕留めた。出番はあっと言う間にやって来た。

以前、闘牛酒場の老人が『闘うには勇気が必要だ』と言ったのを思い出した。怜奈はカポーテを握り締め、『恐怖の門《トリル》』の前に進んだ。

「何をする気だ？」

ホセが防壁の中から声を上げた。怜奈は歩みを止めず、トリルから数メートルの場所に両膝をついた。テーブルクロスを敷くように桃色の布を砂場に広げ、両手で端を握り締める。

兄が挑み、失敗した技——『ポルタ・ガジョーラ』。

勇気の証明にこれほど適した技はない。最初の大技に成功すれば、続く全ての技が決まる気がする。

午後の太陽が真上にあり、暑苦しく輝いていた。心臓は心地よく高鳴っている。

「いつでも構わない」

怜奈はトリルの真横に立つ係員に合図した。

臆病な自分をアレーナに葬り去るために成功してみせる。兄から勇気を受け取ったと証明してみせる。

さあ——。

数秒の間を置き、闇から砂を蹴立てる脚音が聞こえてきた。尖ったミルク色の角に続き、チョコレート色の肉体が飛び出してきた。今だ！　カポーテを体の外側へ巻くように舞い上げる。牡牛の脚音が真横の砂塵の中を駆け抜けた。

成功した！

甘美に酔いしれる間もなく立ち上がり、切り返して突進してくる牡牛を操った。角がカポーテに飲み込まれ、荒々しい鼻息が全身をかすめる。闘技場全体が「オーレ！」の声で揺れた。体の内側がざわめき、牡牛を通過させるたび興奮が沸き上がった。

最高の気分だった。

カポーテの場が終わると、拍手を浴びながら防壁に戻った。ホセは額の汗を拭った。

「冷や冷やしたぞ。あんな無謀なチャレンジをするなんて」

怜奈は満足の笑みで応えると、アレーナに視線を戻した。銛打ちの場がはじまっていた。銀の衣装に身を包んだミゲルは、二本の銛を片手ずつに持ち、頭上高くV字に構えている。彼は体を揺すり、半円状に走りはじめた。牡牛が標的を目に留め、一直線に突進する。交錯の刹那、ミゲルは角の真正面で伸び上がり、両腕を高々と上げ、心臓を晒しながら突かれる寸前で銛を突き立てた。

華麗で勇敢な銛打ちだった。大観衆が拍手喝采を送った。もしかしたら彼はバンデリジェーロとして大成するかもしれない。

ミゲルは助手としての本分をわきまえ、黙ったまま帰ってくる。怜奈は『歓声に応えて』とジェスチャーした。彼は一瞬戸惑った後、両手を挙げて成功をアピールした。

次のバンデリジェーロが登場し、銛を打った。直後、猛り狂った牡牛に追いかけられ、彼はつんのめった。

危ない！

観客がどよめいた瞬間、怜奈は誰よりも早く飛び出し、カポーテを振って牡牛の注意を引いた。牡牛はバンデリジェーロの目前で方向転換し、桃色の布に吸い込まれた。他の助手が続けて牡牛を引き寄せ、バンデリジェーロが助け起こされると、大喚声が起こった。ファンのときは出遅れて後悔したが、今回は一人の命を救えた。自信が生まれた。

ミゲルは二度目の銛打ちも鮮やかに決めた。

怜奈は剣とムレータを受け取り、会長に挨拶すると、カルロスが座る観客席の前に歩み寄った。

「今日の牛の死と私の演技をカルロスに捧げる。私を励まし、勇気づけてくれた感謝を込めて」

怜奈は習慣に従って背を向けると、肩ごしに闘牛帽を放った。深呼吸し、助手たちから最も離れた中央に進み出る。

中央で演技するのは、防壁前で演技するより危険性が高い。仲間が控える退避所から距離があるため、一度でも撥ね飛ばされたら助けが来るまでの数秒間、横たわったまま何度も牡牛から攻撃を受けるはめになる。だが、勇気を示すために真ん中で演技したかった。

アレーナは光と影で二分されていた。怜奈は狭間で片膝をつくと、左手のムレータを差し出した。顎を引き、背筋を伸ばし、胸を牡牛に向け、腰を柔軟に保ち、手首を柔らかくする。

真紅の布を揺すると、牡牛が砂を蹴立てた。猛然と疾駆してくる。手首の捻りでパセした。角は心臓の数センチ横を駆け抜けた。観客の中から悲鳴が上がったほどだった。いける。自分の技は充分通用する！

片膝をついたまま反転し、真紅の布に誘った。牡牛は四本の脚を突っ張り、滑るように走り抜けた。大きな鼻孔から猛々しいうなり声を上げている。三度、四度と繰り返した。

怜奈は立ち上がると、全神経を集中し、ムレータを構えた。デビュー戦のときのように体から遠ざけて距離を稼がず、真紅の布は太ももに張りつくほど近くに保った。

体重を両脚にかけ、微動だにしないまま牡牛を呼んだ。チョコレート色の体軀が角を剣き出して突進してくる。最小限の動きでパセを試みた。体軀が腹部をこする。切り返して呼び込む。牡牛が生臭い涎をほとばしらせながら突っ込んできた。角先が衣装の房飾りや裾飾りをかすめる。「オーレ！」の叫び声が周囲に広がった。

たった一人、舞台でバレエを踊っているような錯覚を覚えた。指先まで神経が行き届き、全身はしなやかでありながら、力強く、エネルギーに満ちあふれているのが分かる。

たぎる血に煽られるように一連のパセを終えると、自分の闘牛服に視線を落とした。ピンクのズボンが牡牛の血に濡れ、赤く染まっていた。牡牛は銛が刺さった背中を揺らし、血潮が噴き出るままにしている。遠目からでも涎混じりの濡れた息遣いを感じた。

再び構えると、右足で砂場を踏み打って誘った。恋人を自分の体の中に誘うように牡牛を引きつけ、真紅の布の襞《ひだ》に飲み込ませては愛撫するようにパセする。

最高神ゼウスが処女エウロペを誘惑すべく牡牛に姿を変えたのと同様、目の前の生き物は男と力の権化だった。巨体がムレータに吸い込まれ、光の衣装すれすれを駆け抜けるたび、恋人と愛を交わすような興奮が高まり、生と死の絶頂に向かって登り詰めている気がした。めまいに似た恍惚感が襲ってくる。

牡牛が熱い鼻息を漏らしながら突いてくるたび、「オーレ!」の大喚声に鼓膜が打ち震えた。魂を叩きつけるような叫び声だった。自分にできないことなど何もない気になった。

生きている実感、不死の感覚、幸福感——。様々な感情がない交ぜになっていた。

一連のパセを終え、牡牛から離れたとたん、耳を聾せんばかりの歓声が湧き起こった。

一万人の拍手の霰が耳を叩いた。

ああ、最高の瞬間だ。大勢の人間の期待に応えられている——。

怜奈は構え直し、牡牛を誘った。真紅の布を揺らし、脇の下ギリギリを通過させる。二度、三度と繰り返すうち、全身を支配する緊張感と子宮から突き上げてくる興奮が体の内側で交じり合い、奇妙な高揚感に支配された。生と死の狭間に立つ感覚だ。光と影の中で意識が体を抜け出た気分だった。大喚声が遠ざかり、視界が真っ白になって牡牛しか見えない。

やがて牡牛と一体化した感覚に囚われ、周囲の歓声も拍手も聞こえなくなった。午後の光に包まれた神秘的な世界に立っている気がした。

観衆の姿も声も消えた真っ白な世界——。

何ヵ月も頭の中でイメージしてきた動きが具現化し、数秒先の牡牛の動きが手に取るように分かった。考えるより先に体が動き、牡牛は恋人のように協力的な意志を見せてくれた。自分自身が牡牛の中に溶け込み、牡牛もまた自分自身の中に溶け込んでいた。意志が通じ合えた瞬間だった。

愛する者を優しく撫でて操るように牡牛を支配した。牡牛は敵ではなく恋人だった。決闘ではなく抱擁だった。パセした直後、牡牛の臀部を撫でた。本能的な行為だった。牡牛に愛情を感じた。

もう歓声は聞こえないにもかかわらず、観客たちに自分の感情が伝達し、全員が自分と同じ興奮に呑まれているのが分かった。歓喜に体が震えた。

時間の感覚のない世界でパセを続けていると、最後まで闘い抜いた牡牛が『もう充分だ』と告げているのが分かった。

怜奈は黙ってうなずいた。

技を終えると、牡牛に背を向けた。突然視界に大観衆の姿が現れ、轟音にも似た歓声と拍手に耳を打ち抜かれた。一瞬だけ戸惑ったが、自分が満員のアレーナで闘っていたことを思い出した。観客たちが演技の成功に興奮してくれている。

怜奈はモデルさながらに姿勢を正して防壁に歩み寄り、アルミ製の剣を真剣に取り替えた。冷鍛した鋼鉄の両刃で、空気を通すための溝があり、先端がわずかに曲がっている。

中央に戻ると、牡牛はおとなしく待っていた。怜奈は数度のパセを試みた後、牡牛から二メートルの位置に立った。左手でムレータを差し出し、右手に持った剣を水平に構えた。深呼吸で気持ちを鎮める。闘牛場から音が消えた。

真実の瞬間だ――。

互いの視線が絡まり、動くべき瞬間が分かった。裂帛の気合を吐き出し、飛び込んだ。背中を狙って剣を突き出した。粘土に突き立てたように抵抗なく根元まで滑り込む。

一撃を加えて飛びのくと、牡牛を走り回らせるため、バンデリジェーロたちがカポーテを手に駆けつけた。怜奈は彼らを制し、牡牛を見つめた。

剣を根元まで挿入した数秒後、牡牛は愛を交わし終えた男さながらに痙攣すると、前脚を折り、鼻先を砂場に落とし、緩やかにくずおれた。

痺れるような恍惚感《こうこつかん》と悲しみを感じた。涙で視界が霞んだ。アレーナに立ち、牡牛を相手にした者にしか分からない感覚だろう。

万雷の拍手が降ってきた。地鳴りのごとく闘牛場が揺れている。大勢の観衆がハンカチで涙を拭っているのが目に入った。だが、次の瞬間には一斉に振られるハンカチで観客席が真っ白に染まった。

自分の闘牛が感情を伝えたのだ。

怜奈は誇らしげに体を揺さぶって歩く男性的な仕草は真似せず、女として自然体で歩いた。観客に応えている最中、執達吏《アルグアシル》が切り取った二枚の耳を持ってきた。最高の名誉だった。耳を受け取るときは抱擁でなく、彼の両頰にキスをした。最後まで女として振る舞った。

観客が沸いた。

「いいぞ！」

「最高だ！」

会長に辞儀をしてから場内一周をした。防壁沿いに歩きながら、投げキッスをした。観客たちは大盛り上がりだった。鍔広の帽子やハンカチが投げ込まれた。怜奈はキスしてから投げ返した。

女として立派に闘えたことが誇らしかった。真の勇気とは無謀さではなく、恐れを知りながら克服し、死に打ち勝つことにあるのだと実感できた。最高の気分だった。

この日は二頭目も満足できる演技をし、耳を一枚切った。

闘牛が終わり、他の二人の闘牛士と一緒に整列したとき、突然、背後に人の気配を感じた。股の下から男の頭が突き出てくる。

「な、何？」

体が浮き上がり、気がついた時には肩車されていた。周囲を熱狂的なファン数十人が取り囲んでいる。気恥ずかしさを感じながら場内一周した。眼下に大勢の人間の頭があり、体そのものが護符であるかのように人々が手を伸ばし、触ってきた。

闘牛場の正門が開かれると、肩車されたまま街に凱旋《がいせん》した。ファンに認められた闘牛士だけが受けられる最高の栄誉――。『プエルタ・グランデ』だった。

ホテルに戻ると、祭壇の聖母に感謝の祈りを捧げ、オリーブ油の灯明を消し、アナとマリアに電話で無事と成績を知らせた。ホセに手伝ってもらって衣装を脱ぎ、シャワーを浴びる。

バスローブを羽織って部屋に戻ると、ホセの横でカルロスが待っていた。

「レイナ……」カルロスは目を伏せて息を吐くと、数拍の間を置き、中性的な顔を引き締めた。「これだけは言わせてくれ」

「……急に改まってどうしたの？」

「君は間違いなく最高の勇気を持った最高の闘牛士だよ」

胸が高鳴った。カルロスに素っ気なくされて以来、彼から一番聞きたかった台詞だ。涙があふれ出た。兄の死からずっと張り詰めていた緊張感が解け、心の底からの安堵を覚えた。

女として牡牛の前に立ち、最高の演技ができた。

マリアが女性として魅力的に見えるファッションをいろいろ勧めてくれたことを思い出し、感謝した。自分は男としてではなく、女として牡牛の前に立った。本人が望んでもいない〝男らしさ〟を赤の他人に——社会に強《し》いられたくはなかった。〝女らしさ〟というものに罪悪感を覚えさせられたくもない。ぬいぐるみやピンク色が好きなスペイン人の女性見習い闘牛士がインタビューに答えている記事も目にした。アレーナでも私生活でも〝男〟になることなく、可愛らしいものが好きな自分に後ろめたさを植えつけられてもおらず、ありのままの自分で牡牛の前に立っていた。

今は自分が誇らしい。

カルロスが優しく肩を抱いてくれた。

感情の高ぶりがおさまると、エンリケやミゲル、ガルシア、数人のバンデリジェーロが次々に現れ、褒め言葉をかけてくれた。感謝の言葉で応じていると、共演したラファエルがやって来た。赤銅色の顔に悔しさと驚きの入り交じった表情を浮かべている。

「……大したもんだ。俺の負けだな」

「闘牛に勝ち負けはないわ」

笑顔で応じると、ラファエルはかぶりを振った。

「いいや、俺の負けだ」

「レイナの演技が最高だったんだ」カルロスが言った。「僕は闘牛の意味を忘れてたよ。ずっと耳を切れなかったのも当然だ」

「何か悟ったの？」怜奈は訊いた。

「僕は完璧な闘牛をしてるのに、なぜ観客に評価されないのか理解できなかった。でも、レイナの演技を見て思い出したんだ。死に物狂いで死に立ち向かう姿が重要だってね。簡単に演じられるなら、死の回避による感動はない。安定してる演技に心を揺さぶられるはずがないんだ。僕は何十回と闘うちに闘牛に慣れ、いつの間にか機械的に効率よく闘ってた。可もなく不可もない演技は自分にとっても観客にとっても時間の浪費だ。何の感情も生まない闘牛に何の意味がある？」

「今なら私にも分かる。闘牛は感情を伝えるものだもの」

「覚えてるかい？　僕が最後に耳を切ったのは二年前だ。レイナを招待して演じた最初の日だ。あのとき、僕はレイナとダイスケのために演じると約束した。僕は衝動とも言うべき強烈な感情のままに闘ったんだ。だから観客たちの心を揺さぶれた。耳を切る演技ができた。僕はまたそんな闘牛をしたい」

「カルロスならきっとできるわ」

「僕は正闘牛士に昇格して以来、挑戦することを忘れてた。今日のレイナを見て思い出したんだ。『ポルタ・ガジョーラ』からの演技は本当に最高だった。次の闘牛では僕も挑戦するよ」

日焼けした顔には、熱意のあふれる瞳があった。彼の意志的な表情を見ていると、自分も嬉しくなった。

ラファエルは「俺はもう帰るよ」と言い、部屋を出て行った。言葉をかける間さえなかった。入れ違いに現れたのはマヌエルだった。カルロスとエンリケの表情が険しくなる。

「よかった」怜奈は努めて明るく言った。「観に来てくれたのね」

「……参ったよ」マヌエルは黒髪を掻き毟った。「闘牛がこんなにすげえもんだとは思わなかった。あんたの身ぐるみ剝ぐつもりで観に来たんだが、あんな演技見せられちゃあ、何もできねえな。あんたの勝ちだ」

「勝ち負けなんてどうでもいいの。私はあなたに本当の勇気を知ってもらいたかっただけよ。クスリに頼るのは真の勇気じゃないわ。私の演技に少しでも感じるものがあったなら――約束してほしい。もうクスリはやめるって」

マヌエルは眉間を揉み、絨毯に視線を落として沈黙を作った。戸惑いがちに顔を上げる。

「努力するよ。一人で無理なら施設に入ってもいい」

部屋の中が静まり返った。家族の一人が結婚するとでも言い出したような空気が流れている。驚きの中にも嬉しさがあり、簡単には返事できないでいる。

「……お前は一人じゃない」

毅然《きぜん》と言ったのはエンリケだった。マヌエルは意外そうに父親を見る。

「親父？」

「私たちは家族だろ、マノロ」

マヌエルは一瞬だけ目を瞠《みは》り、照れ臭げに微笑した。エンリケが愛称で呼んだのは初めてかもしれない。二人の瞳の中に理解の光がある。

怜奈は二人の姿を見つめ、胸が熱くなるのを感じた。長年、すれ違っていた家族が一つになろうとしている。

微笑ましい光景が続いた後、マヌエルはカルロスに顔を向けた。

「ああ、そうだ。兄貴、話があるんだ。ちょっといいかな」

マヌエルは兄を廊下へ引っ張り出した。五分後、戻ってきたカルロスは強張った表情をしていた。

暗い雰囲気が気になり、怜奈は意識的に明るい口調で言った。

「私へのサプライズプレゼントなら指輪がいいな」

カルロスは笑いもせず、思い詰めた表情のままだった。

32

カルロスの闘牛は二週間後だった。

怜奈は観客席からカルロスの姿を見つめ、息を呑んだ。陽光の真下で彼は両膝をつき、砂場にカポーテを広げている。

自分がする分には平気だったのに、他人が膝をつく姿を見ると、嫌な既視感を覚えた。途方もない不安感が迫り上がってくる。兄が命を落とした大技――『ポルタ・ガジョーラ』。頭の中では警鐘が乱打されていた。

カルロスが兄のように失敗したら？　大切な人間をまた失うはめになってしまう。

ああ、もし――。

赤茶けた門が開き、真っ暗闇から牡牛が飛び出した。アルバロ・マルケス牧場出身で五百三十キロの巨体だ。カルロスは両手で桃色の布を振り上げた。牡牛は反応しなかった。体目がけて突っ込む。

「危ない！」怜奈は立ち上がって叫んだ。

カルロスは横ざまに身を躍らせた。角が金のチョッキをかすめて通り抜ける。零コンマ一秒でも避けるのが遅ければ、心臓に拳大の穴があいていただろう。

怜奈は虚脱しながら腰を下ろした。カルロスは立ち上がり、カポーテで牡牛を操った。問題は特になかった。槍の場が終わり、銛の場も終わると、最終演技がはじまった。

カルロスは剣と一緒にムレータを構えた。牡牛はジロッと彼を一瞥すると、真紅の布に視線を戻し、再び彼を見つめた。ムレータで誘いをかけると、牡牛が突進した。真紅の布の中で角を振る。体を狙っていた。彼は数センチの差で直撃を避けた。

怜奈は牡牛がムレータの動きに騙されていないことに気づいた。直接体を狙っている。

牡牛は突進のたび、真紅の布を弾きながら彼の体に向き直った。カルロスは激しくムレータを振り、牡牛の目を囮に向けさせようとしていた。だが、牡牛は真紅の布に誘われるどころか、彼の隙ばかり狙い、体目がけて襲いかかった。

闘牛士か熱狂的なファンでないかぎり気づかない悪質さだった。当然、カルロスも警戒しているはず――。

牡牛が砂を蹴立てながら突進する。カルロスはパセしようとした。牡牛は真紅の布に全く騙されなかった。角が振り立てられる。あっと思った刹那、尖った角が彼の腹に飲み込まれた。カルロスは牡牛の頭に体を釘づけにされたまま振り回された。弾き飛ばされて砂場に落ちる。

カルロスはピクリとも動かなかった。真っ赤な闘牛服が朱色のペンキを浴びたように濡れている。

まさか、そんな――。

怜奈は自分の見ている光景を否定しようとかぶりを振った。視界がグニャグニャと歪み、景色が遠のいた。だが、意識は辛うじて保った。

仲間に運ばれていくカルロスの顔が見えた。眉間に苦痛の皺を何本も刻み、脂汗まみれの顔を歪めている。

ああ、不安が的中してしまった――。

33

カルロスは闘牛場の医務室から病院へ緊急搬送され、手術の真っ最中だった。

駆けつけたアナの表情は白骨のように硬く、目の奥で不安と動揺が交錯していた。ブツブツと神に祈り続けるマリアの顔には、疲労が色濃く刻まれている。エンリケとホセは廊下を行ったり来たりしながら、何度も掛け時計を見上げた。

怜奈は待合室のソファに座ったまま、膝の上で両手を組み、マリアと同じく神に祈り続けていた。

ああ、もし兄に続いてカルロスまで失うはめになったら――。

手のひらに滲んだ汗をタイトスカートで拭った。掛け時計の秒針が一回りするたびに心臓は苦しくなり、胃は絞り上げられているように痛んだ。

カルロス、カルロス、カルロス、カルロス――。ああ、家族が死んだときのような苦痛や悲しみは二度と味わいたくない。お願いです、神様――。

永遠にも思える時間が経ったとき、手術医が深刻な顔で現れた。全員の視線が一斉に注がれた。

手術医は息を吐き出した。

「……手術は成功です。一命を取り留めました」

安堵《あんど》のあまり泣き出しそうになった。怜奈は涙をこらえ、神に何度も感謝の言葉を捧げた。

面会が許されたのは三日後だった。

「気分はどう？」

カルロスはベッドに寝たまま、苦笑いした。

「怠け者の農民になった気分だよ」

「本当に心配したんだからね」

「参ったよ。牛が角でキスしようとしてくるんだ」

アナとマリア、エンリケ、ホセの四人は、カルロスの軽口に困惑顔で立っていた。だが、一様に安堵の表情を浮かべている。

五人で容体を気遣っていると、病室のドアが開いた。巨体を背広に包んだガルシアが現れた。彼は口髭を撫でると、頬の肉を揺らしながら儀礼的に見舞いの言葉をかけた。

怜奈は思い切って彼に訊いた。カルロスの無事が分かって冷静になったとたん、ふと湧いてきた疑問だった。

「この前の牛、人間と闘ったことがあるんじゃないですか？」

「馬鹿な！」ガルシアは顔を紅潮させた。「冗談でも許されん」

「あの牛は執拗に体ばかり狙っていました。いわゆる〝闘牛術の仕組みを知っている牛〟でした」

カルロスの技術がなければ、最初の一撃で終わり、牡牛が人間を狙っていることに気づかなかっただろう。

「わしの牛は欠陥品じゃない！」ガルシアは声を荒らげた。「お前は興行の仕組みを知っているのか？」

「いえ……」

「だったら教えてやる」

ガルシアは興行の仕組みを説明した。

闘牛のプログラムを組むと、その詳細を当局に報告して開催許可を得なければいけない。

闘牛場や医療施設、小屋、食肉処理場、牛の囲い場が良好だと保証する書類の提出義務だけでなく、牡牛の健康状態や血統を記した証明書や牧場との売買契約書、牡牛が一度も人間を相手にしていないことの証明書が必要だ。

「分かったか?」

言われてみれば、無垢な牛である証明書提出の話は、前に闘牛士志願者の仲間から聞いたことがある。牡牛の売買の際にも綿密なチェックが行われるらしい。あの牛が人間と闘ったことがあるという考えは間違いだったのだろうか。

「だから不正などあり得ん!」

「そうだよ、レイナ」カルロスは言った。「体を狙ったからって牛が人間を相手にしたことがあるとはかぎらない。牛の中には稀にいるんだよ、〝ラテン語を解する《サベ・ラティン》奴〟がね」

サベ・ラティン――。全てを理解し、ケープに惑わされない牡牛、という意味だろう。

二人の言い分はもっともだった。だが、世の中に絶対はない。もしあの牡牛が人間を相手にしたことがあったら――。

思考を巡らせたとき、怜奈はある可能性に気づき、背筋が凍りついた。

34

怜奈はラ・スエルテ闘牛場の薄暗い観客席に腹這いになり、真夜中を待った。

病室でガルシアの話を聞いた後、卑劣な手段に思い至ったのだ。ただ、現実に実行されたとは思えなかった。自分が馬鹿らしく思えるような突拍子もない手段だ。

だが、もし推測が当たっていたら？

犯人が今夜現れるかも、犯人が誰かも分からないが、確かめてみる価値はあると思った。

十月十日の日曜日に自分の三度目の闘牛が決まると、数日前から会う人間全員に「次も『ポルタ・ガジョーラからの演技で観客を沸かせるつもりよ』と言い触らしておいた。もし犯人が聞きつけたら、前日に行動を起こすのではないかと思った。だから土曜日の今日、予行練習のためと称して闘牛場に来た後、帰ったように見せかけ、観客席に姿を隠したのだ。

夜中の二時になった。闘牛場は真っ暗だった。一寸先の階段席も闇に溶け込んでいて見えない。高みから見下ろす円形のアレーナは、奈落に通じる黒い大穴そっくりだった。

Tシャツとジーンズの上から厚手のコートを羽織っていても、寒気が染み通ってくる。剝き出しの頬や手の甲はかじかみ、皮膚感覚がなくなっていた。

無人のアレーナを見つめていると、心細くなってきた。一万人も収容できる闘牛場に一人きり――。

だが、エンリケたちには頼れない。自分の想像が間違っていたら迷惑をかけてしまう。処分されるなら自分だけで充分だ。

もし自分の推測どおりだったら、エンリケたちに連絡しよう。手にはデジタルカメラと携帯電話がある。

時間が経つにつれ、緊張が高まってきた。

果たして本当に犯人は誘いに乗ってくるだろうか――。

突然、対面の観客席の真上にある照明一灯が仄白《ほのじろ》い光を放った。自分自身がライトアップされた気になり、心臓が跳びはねた。

照らされているのは――アレーナの中央部だけだった。

怜奈は闇に飲まれた観客席で身じろぎ一つせず、頰を花崗岩の座席に張りつけて息を殺した。

男の叫ぶ声がした直後、アレーナに真っ黒な塊が飛び出してきた。牡牛だ。続けざまに人影が現れた。牡牛の輪郭が薄闇に溶け込み、ムレータを持った人影がうごめいている。

照明がスポットライトのようにアレーナの中央を丸く照らす中に、人影が移動してきた。牡牛相手にパセをはじめる。

想像どおりだった！

怜奈は動きやすいようにコートを脱ぐと、デジタルカメラを構え、人影が背を向けた隙にしゃがんだまま階段を下りた。証拠映像を撮影する。だが、顔までは写らない。足音に警戒しながら防壁の裏側まで歩を進めた。

光の中に浮かび上がっていたのは――ラファエルだった。


彼は私服の上に金のチョッキだけを羽織り、ムレータと剣を手にパセしている。

彼が犯人とは思わなかった。だが、動機はある。

怜奈はホセの携帯に電話すると、見たままの状況を伝えた。

「なんて危ないまねをしてるんだ。明日に備えてホテルで休んでいると思えば――」

「説教は後で聞く。彼を問い詰めるのが先よ」

「すぐそっちに向かうから何もするな。私は――」

怜奈は携帯を耳から離すと、防壁の上にデジタルカメラを載せ、アレーナの中央を撮影し続けるように角度を調整した。暗闇の中に踏み出し、明かりの下に進み出る。

「兄の事故の裏では明確な殺意が糸を引いていたのね……」

声をかけると、ラファエルは振り返り、驚いた顔を見せた。数秒の間を置き、彼は薄い唇の片端を緩やかに吊り上げた。

「……飲む前にスープがこぼれたようだな。成功間近だったのに」

言いわけもしない彼に対し、悲しみと失望感を覚えた。実は何かの間違いで、筋の通った理由を聞かせてほしかった。ずっと敵対していたものの、最近になって互いに悪感情が薄れてきたと思っていたのに――。

怜奈は改めて深呼吸した。

「一人で闘牛服に着替えるのは困難だからチョッキだけ羽織って、剣も持って、なるべく本番に近い姿で、あなたは闘牛士とケープの違いを牛に教えた」

闘牛士とケープの違いを学んだ牡牛は、ケープに騙されず、人間の体を狙うようになる。そんな牡牛がアレーナに飛び出してきたら――闘牛士の命はない。

怜奈はスペインに来てから得た知識を総動員し、現状を元に組み立てた推理を語った。

「牛が闘牛場に運び込まれるのは闘牛の前日よ。そのときに興行主が〝無垢な牛〟だと証明する書類を提出したなら、牛と接触できるのは夜中しかない。だから私は見張ってたの」

ラファエルは無表情だった。

「私が『ポルタ・ガジョーラ』に挑むって言い触らしたのは餌よ。あの技は危険度が高いものね。観察もせず迎え撃つわけだから、人間を狙う牛が飛び出してきたら避けられない。犯人に殺意があったら、狙ってくると思ったの」

「犯人が俺だと知らなけりゃ、動機は想像できないはずだ。なぜ今夜も実行すると分かった？」

「私の身近な人間が立て続けに怪我した。だから次は私が狙われるんじゃないかって思ったの」

ラファエルは舌打ちした。

「なるほどな。あんたから見りゃ、自分に関係してる奴ばかり餌食になってたわけか」

「理由は想像がつく。あなたはマリアに惚れてた。でも、彼女の目は私の兄に向いてた。だから卑劣な細工を思いついたのね。ソルテオじゃ、細工しておけばくじを操作できるんでしょ。バンデリジェーロに『あいつにはこの牛を当ててくれ』って命じておけば、闘牛士とケープの違いを覚えた一頭だけを標的に当てることができる。六頭も無垢でなくしたら、絶対誰かが気づくもの」

ラファエルは黙ったまま、酷薄な唇を引き結んでいた。

「死亡事故が起きたのは予想外だったかもしれない。医学の発達した現代じゃ、牛の角で命を落とす可能性は決して高くないもの。あなたは兄を大怪我させ、闘牛ができなくなればいいと思った。演技できなくなったら、マリアが興味をなくすと考えたんでしょうね。それだけじゃない。兄が怪我したり評判を落としたりしたら、あなたと出番を競うライバルも減る――。一石二鳥だった。違う？」

「……大した推理だな」

「でも、分からない。兄だけじゃなく、カルロスを狙った理由は一体何なの？　私を狙った理由なら想像できる。あなたは二度も私のせいで屈辱を味わったものね。一度目は私が怪我した闘牛のとき。あなたが新聞に酷評されて怒ってたのを覚えてる。二度目は次の闘牛のときよ。私が耳を切る大活躍をしたから、あなたは脇役に甘んじた。演技の後では私を認めるような言葉をかけてくれたけど、内心では日本人の女に負けた屈辱を噛み締めてた——。だから思い知らせる意味を込めて、今回の細工に踏み切った。成功したら、ざまあみろって私を笑うだけじゃなく、ライバルも減らせるものね」

「ライバルだと？　女が俺のライバル？」

怜奈は彼の怒気を無視して続けた。

「でも、本当の理由はまだあるはずよ。私に闘牛で失敗するように手紙で指示して来たのはあなたね。私が兄の死の真相を探っているって知ったあなたは、私が真相に近づいたら困ると思ったのよ。私が失敗したら出番がなくなって、闘牛ができなくなる。そうなったら真相を探るのも難しくなる。そう考えたんでしょう？　でも、なぜなの？　私が牛に倒されたとき、あなたは真っ先に駆けつけて助けてくれた。私が目障りなら助けに来る必要はなかったじゃない。私は勝手に失敗して角で大怪我したわ」

「俺が共演してるのに怪我されちゃたまらねえからな」

怜奈ははっとした。

「闘牛士が怪我したら責任は共演者に向けられる。助けに入るのが遅れたから大怪我したって書かれるんだよ。仲間も救えねえ愚鈍だと悪評が立ったら、組む奴が見つからなくなる」

「……私を心配して駆けつけてくれたわけじゃなかったのね」怜奈は悲しい気持ちになりながらも訊いた。「じゃあ、カルロスを傷つけようとした理由は何だったの？　見習い闘牛士《ノビジェーロ》と正闘牛士《トレロ》はカテゴリーが違うから、カルロスが怪我で消えても、他の正闘牛士が代わりに出演するだけよ。ノビジェーロであるあなたにはチャンスのかけらすら手に入らない」

「関係ねえだろ」ラファエルは悪意がしたたる声で吐き捨てると、感情をほとばしらせた。「何も手に入らないなんて許せねえ。耐えられねえ。闘牛士として成功せず、愛する女も取られ、母を養う金すら稼げない。そんなのは耐えられねえ。耐えられねえんだよ！」

怜奈はかぶりを振った。

「自分の生い立ちを否定して復讐《ふくしゅう》の念だけで演じても、本当の意味で人生を勝ち得たことにはならない。自分の全てを受け入れて、死に打ち勝つことが大切なのよ」

「俺に説教するな！　俺は貧困の生活にゃもう戻らねえ」

彼は荒々しく息を吐き、覚悟を決めたように薄笑いを浮かべた。ムレータを投げ捨てると、剣を握り締めて迫ってきた。目には殺意がみなぎっている。

「私を口封じしても絶対警察に見つかるわよ」

「うるせえ。俺は成り上がるんだ。捕まってたまるか！」

ラファエルが襲いかかってきた。怜奈は飛びのいて避けた。続けざまに剣先が突き出される。横にかわし、転がるように逃げ惑った。携帯電話を取り落とした。だが、気にせず距離をとり、体勢を立て直した。

彼は蛇の威嚇に似た息を漏らし、剣を構えながら一歩一歩迫ってきた。怜奈は後ずさりした。

灰白い明かりの輪の中で後退を続けたとき、数メートル後方で牡牛の鼻息が聞こえた。緊張が背中を走り、足が止まった。最悪だ。ラファ、エ、ル、と牡牛に挟まれている。

もし剣を避けようと飛びのいたら、牡牛が動く標的に反応し、背中に角が突き刺さるだろう。牡牛に突進されないよう、その場で動かずにいたら、剣の一撃が待っている。

どちらにしても、死――。

ラファエルが距離を詰めてきた。

逃げなきゃ――。

だが、一歩も動けなかった。

もう一か八かの賭けに出るしかないと思った。

「ちょ、ちょっと待ってよ」

ラファエルは怪訝そうに足を止めた。怜奈は唾を飲むと、素早くTシャツを脱いだ。

「何のまねだ？　俺に色仕掛けは通用しないぜ」

ラファエルがからかうのも当然だった。彼に真っ白いブラジャー姿を晒しているのだ。だが、羞恥心より不安感のほうが強かった。賭けに失敗したら命はない。

怜奈はレモン色のTシャツを両手で持ち、胸の前でケープのように揺らした。

「……俺を牛扱いする気か？」

怜奈は背後の気配を窺いながら一歩ずつ後退した。牡牛の鼻息が大きくなってくる。三、四メートル背後で湿った息遣いを感じた。立ち止まる。

「あなたは闘牛士として牛を操るより、牛のように操られるほうがお似合いよ」

ラファエルの表情が憤激の色に塗り替えられた。

「馬鹿にするな！」

彼は剣を握り締めながら猛然と突進してきた。怜奈は軽く跳ねるように体を上下に揺すった。瞬間、牡牛が砂を蹴立てる脚音が聞こえた。蹄の音が大きくなる。振り返りたい衝動に耐え忍ぶ。

タイミングを誤ったら死ぬ！

角の気配を真後ろで感じた刹那、両脚を地面を根づかせたまま、Tシャツを体の横に差し出した。牡牛が反応してくれるか否か――。視界の右下隅から真っ黒い巨体が飛び出してきた。

成功した！

鳥肌が立ち、死の電流が体を貫いた気がした。牡牛は脇の下を通り抜けると、目の前に現れたラファエルへ狙いを変えた。彼は叫び声を上げつつ飛びのくように転がった。剣が地面に落ちて跳ねる。

ラファエルは悲鳴を上げながら頭を抱え込んでいた。鼻先で小突き回されている。

怜奈は息を喘がせながら剣を拾い上げ、牡牛の視界でTシャツを揺すった。黒い巨体が標的を変更して突進してくる。パセした。角が生地を引き裂き、勢いのままTシャツが剝ぎ取られた。牡牛は目の前の布を追うように駆け抜けた。Tシャツが砂場に落ちると、脚を止め、生地に荒っぽく角を突き立てながら頭を振っている。

怜奈は安全を確かめてからラファエルに剣を突きつけた。彼は倒れ臥したまま顔を上げた。

「な、なぜ俺を助けた？」

兄の命を奪うことになった小細工を弄したラファエル。彼への怒りは当然ある。だが、憎悪の炎は燃えなかった。二年間の闘牛とのかかわりが――そこに存在する人々の真摯な情熱が負の感情を流し去ってくれた。

復讐心に駆られて報復したとしても、一時の仄暗《ほのぐら》い満足感を得るだけで、憎悪の連鎖はきっと続いていく。

今は闘牛を裏切ったラファエルへの悲しみが上回った。

「……あなたを助けたわけじゃないわ」牛に人間を殺してほしくなかったからよ。牛は殺人の道具に使われるべきじゃないわ」

ラファエルの顔が歪み、両手の指が砂を掻き毟った。敵愾心を燃やしても彼に生殺与奪の権利はない。

「さあ、全部話してちょうだい」

半裸の上半身に寒さを覚えつつ詰め寄ったとき、背後から声がした。

「乱暴はそれまでにしてもらおうか」

驚いて振り返ると、牧場の監視人であるメンドーサが立っていた。真っ黒な口髭と顎髭が分厚い唇を囲み、剝き出された目が明かりに光っている。

右手には拳銃が握られていた。

35

「形勢逆転だ」ラファエルは体を起こし、鼻を鳴らした。「剣を捨てて命乞いでもするんだな」

迂闊だった。

以前、闘牛酒場で老人から聞いた話が脳裏をよぎる。牡牛の背中に砂袋を落としたり、角を削ったりする細工を防ぐため、近年は牧場の監視人が夜通し闘牛場を見張っていると言っていた。ラファエルの細工は、メンドーサがグルでないかぎり実行不可能ではないか。ホセの説明によると、ソルテオは監視人の帽子に巻紙を入れて行われるらしい。メンドーサがグルなら何から何まで上手くいく。

起死回生の手段を模索したものの、何も思い浮かばなかった。怜奈は仕方なく剣を捨てた。瞬間、視界の右隅で人影が動いた。腹部に鋭い衝撃が突き刺さる。咳き込みながら膝をつくと、ラファエルが爪先を振り上げているのが見えた。避ける間もなく、横っ腹を蹴り飛ばされ、激痛にうめきながら砂場に転がった。

「俺を馬鹿にしやがって」

怜奈は倒れ臥したままラファエルを一瞥し、メンドーサの達磨大師然とした顔を見上げた。腹部の刺す痛みに涙が滲んだ。うめき声を押し殺すために下唇を嚙まなくてはいけなかった。

「あ、あなたは……」怜奈は辛うじて声を絞り出した。「牛に人殺しさせて悲しく……ないの？」

メンドーサはタラコ唇を動かし、感情を剥き出しにした。

「丹精込めて育てた牛が名も知られぬまま殺されるほど空しいものはない。分かるか？観客は牛のことなど記憶にも留めん。俺は一頭一頭名付け、成長を記録し、我が子のように育てているというのに――。だが、闘牛士を殺した牛の名前だけは永遠に残る」

愕然とした。

以前、エンリケが言っていた。新聞の記事になるとき、牡牛は番号でしか呼ばれない、と。だが、思い返してみれば、闘牛士の死を語った者は全員、牡牛の名前を口にしていた。ホセリートを殺したバイラオールしかり、パキーリを殺したアビスパードしかり、エル・ジジョを殺したブルレーロしかり、マノレーテを殺したイスレーロしかり――。兄を殺したティラノも同様だ。

「有名なミウラ牧場の牛を見ろ。偉大な闘牛士を何人も殺したが、特別な牛として認められている」

ミゲルの最後の闘牛を思い浮かべた。勇猛に闘ったミウラは、素晴らしい牡牛として場内一周した。だが、ミゲルを何度も倒して撥ね上げたからではなく、闘牛士がパセのタイミングを誤るほどの勢いで突進し、正々堂々と力を発揮したから称賛されたのだ。

「牧場の名前が知れ渡れば、超一流の闘牛場と売買契約が結べるようになる。四歳牛も求められるだろう。二歳の牛を死地に向かわせるのでなく、立派に育った四歳牛をアレーナに送り出せる」

泥水のように濁った瞳には、狂気の色が浮かんでいた。

闘牛に魅せられたゴヤやピカソは、芸術的衝動を掻き立てられ、創作に生かした。だが、闘牛に狂ったメンドーサは、間違った考え方で牡牛を育てるようになってしまった。家族代わりの牡牛に入れ込むあまり、まともな精神では想像もできない手段に訴えたのだ。前にカルロスが口にしたスペインのことわざが脳裏に浮かんだ。

溺れる者は焼けた釘でも掴む——。

「あなたの考え方は間違ってる」怜奈は言った。「ミウラが認められているのは、牛そのものが勇敢で猛々しく、立派だからよ。闘牛士が殺されたのはただの結果よ。牛が殺意を持って人間を襲ったわけじゃない」

「黙れ、黙れ！　東洋人風情に何が分かる！」

メンドーサは顔を真っ赤にし、拳銃を持ち上げた。

撃たれる！

死を覚悟した瞬間、「レイナ！」と叫ぶ声が耳を打った。入り口に顔を向けると、駆けてくるホセとエンリケ、マヌエルの姿があった。

ラファエルとメンドーサは視線を泳がせ、舌打ちした。

「間に合ったようだな」ホセは言った。「タクシーが掴まらないから冷や冷やしたぞ」

闘牛場近くのホテルにいたホセは、アパートにいるエンリケとマヌエルに電話したのだろう。

怜奈は腹部を押さえながら立ち上がった。

「全てが分かったの」

「ああ、知ってるよ」ホセは砂場の携帯電話を指差した。「繋がったままだったから、会話は聞こえていた」

「なら話は早いわ。兄やカルロスの事故は彼らの犯罪だったのよ。ラファエルは私の兄と私を邪魔に思ってた。メンドーサは牛と牧場の名前を広めたかった。そんな二人が利害の一致で手を組んだの。たぶん、カルロスを殺したがってたのはラファエルじゃなく、メンドーサだったのよ」

「どうかな……」マヌエルがラファエルを睨みつけた。「お前は俺の兄貴も殺したかったんだろ？」

「何の話だ？」

「俺はお前が闘牛士だとは知らなかったよ」

怜奈は小首を傾げた。

「一体何の話をしているの？」

説明を求めると、マヌエルはラファエルに人差し指を突きつけた。

「こいつはな、クラブでコカインを密売してた売人の一人だ」

唐突な言葉に意味が呑み込めなかった。

マヌエルは続けた。

「あんたの闘牛を観に行ったとき、こいつの顔を見て驚いたよ。コカインの売人が闘牛に出てるんだからな」

「……本当なの？」

「ああ。俺はこいつが闘牛士だなんて知りもしなかったよ」

当然だろう。闘牛嫌いのマヌエルは闘牛場に足を運んでいないし、一人暮らしをしているから、マリアを訪ねてくるラファエルと顔を合わせることもない。

「俺は一応、兄貴に話したよ。あんたの闘牛の後だ。あんたの勇敢な演技を観た後だったから、闘牛を汚す奴が許せなかった」

「だからあのとき、カルロスは深刻な顔をしてたのね」

「兄貴はこいつに話してみると言った。説得しようとしたんだ」マヌエルはラファエルに視線を投じた。「だけど、お前は密売から手を引くんじゃなく、目障りな兄貴を消そうとした。そうだよな？」

ラファエルは数秒ばかり黙っていたものの、突然、口を裂くように広げて哄笑《こうしょう》した。

「仕方ないだろ。コカインを売って金を手に入れなきゃ、出番を貰うための金はおろか、バンデリジェーロたちへの給料すら払えない。万引きで生計を立てるのにも限界があるんだよ」

ラファエルが振り返ると、目が合った。怜奈は睨み返した。彼は鼻を鳴らした。

「お前の兄もカルロスと同じだった。クラブで会ったとき、俺に密売をやめるように説教したんだ。俺のコカインまで取り上げ、密売を続けるなら俺の指紋がついたビニールごと警察に渡す、と言いやがった。闘牛や恋のライバルを消すより、重大な問題だった」

まさか――。

前にマヌエルが言っていた。兄はクラブで売人を殴り倒し、大量のコカインを強奪したらしい。その売人がラファエルだった――。

兄の部屋から見つかったコカイン――。

牡牛に恐怖を抱くようになった兄が一時の勇気を得るため、クスリに頼った可能性も疑った。だが、事実は違った。兄は犯罪を阻止しようとしていただけだったのだ。間違ったことはしていない。兄を信じられなかった自分が恥ずかしい。

出番を貰う金欲しさにコカインを売る心理は、たしかに一般人では理解できないだろう。

怜奈はラファエルとメンドーサを見据えた。

「間違った情熱で闘牛を汚すなんて許せない」

メンドーサは嚙み締めた唇の隙間から蒸気を思わせる息を吐き、両腕をブルブルと震わせた。突然、拳銃を握る彼の腕が持ち上がり、銃口と目が合った。心臓が跳ね上がり、足がすくんで動けなかった。

「くたばれ《ムエラ》！」

夜空に乾いた音が響き渡った。同時に牡牛の突進を受けたような衝撃を食らい、横ざまに視界が飛んだ。砂場に叩きつけられる。砂塵の中で顔を向けると、ホセがのしかかっていた。銃弾を受けたような激痛は感じない。

マヌエルがメンドーサに飛びかかり、拳を鼻っ面に叩き込んだ。彼は悲鳴を上げながら倒れ込み、鼻を押さえながら転げ回った。

「クソ野郎《イホ・デ・プタ》！」

「大丈夫か、レイナ？」

心配するホセにうなずくと、彼は立ち上がってメンドーサに詰め寄り、見下ろした。

「お前は闘牛を侮辱したクソ野郎だ。飼育者のくせに忘れたのか？　牛に必要なのは〝ノブレサ〟だ。誠実で裏切らないことだ。意図的に闘牛士の体を狙うのは許されない。汚いまねだ。高貴な牛は真っすぐ囮を追い、道を逸れず突進する牛だ。人間を襲う牛は高貴に死ぬのを拒否したにすぎない。結局、無様に殺される」

メンドーサは鼻血を流しながら彼を見上げていた。

「牛を育てたのなら、その死に際が高貴なものであるように祈るべきだった。人間を狙う牛など、観客の不興を買うだけだと分からんのか。牛が人間を欺こうとしたら、それはもはや闘牛ではない。牛が人間を殺そうとするなど言語道断だ。もし牛が無垢じゃないという烙印《らくいん》をアレーナで押されたらどうする？　何たる不名誉か。お前は牧場も牛も闘牛も全て冒瀆《ぼうとく》しているんだぞ！」

メンドーサは倒れ臥したまま、砂を嚙むようにうなだれた。

サイレンの音が近づいてきた。銃声を聞きつけたのだろう。

闘牛場に警察官の影が現れると、ラファエルは十字架が折れるように膝をつき、唐突に泣き叫んだ。割れたガラスの破片を思わせる危険な金切り声だった。

怜奈は同情しそうになった気持ちにブレーキをかけ、きっぱりと言い放った。

「あなたは罪を償うべきよ」

ラファエルは喉を引き攣らせながら両肩を落とした。警官たちが現れると、マヌエルが簡単に事情を説明した。犯罪者二人は同行を求められた。

警官に連れ去られるとき、すれ違いざまにラファエルが耳元で一言囁いた。

「だけど、俺に——だぜ」

「え？　どういう意味なの？」

ラファエルは振り返らず、悠然とした足取りで去っていった。彼の口にした言葉の意味を噛み締めていると、背後でドサッと音がした。

振り返ると、ホセが倒れていた。ワイシャツの腹部が赤黒く濡れている。

ああ、まさか――。

怜奈は駆け寄り、涙を浮かべながらホセの体を抱きかかえた。血があふれている。

「ああ、血が、血が……私を助けてくれたときに……ああ、どうして私なんかのために……」

「レイナは、大切な家族だからな。守るのは当然だろ」

ホセは儚げな微笑を浮かべ、静かに目を閉じた。彼の胸元には、誕生日にプレゼントした懐中時計が血ぬられて横たわっていた。

36

真相は大々的に報道された。闘牛界を汚す前代未聞の事件として記事になり、隅には『日本から来た勇敢なる女闘牛士が卑劣な犯罪行為を暴いた』との評が掲載された。

怜奈は押しかけるインタビュアーを捌いた後、警察の事情聴取に応じてから病院へ足を運んだ。ロビーには明らかに病院に不釣り合いな数人の姿――私服捜査官だろう――があった。

怜奈はカルロスが入院する病室へ向かった。一命を取り留めたホセも同室だ。銃弾は急所を逸れていたらしい。長時間の手術のすえ、弾丸は摘出された。

病室のドアを開けると、興行主のガルシアが来ていた。彼は肉厚の頰を揺らしながら言った。

「いやいや、参ったな。馬鹿な奴らがわしの闘牛場を汚しおって」

「はい」怜奈は言った。「決して許されない行為です」

「まあ、君たちが無事で何よりだよ。カルロスは当分無理だろうが、レイナには今後、この前のような見事な演技でわしの闘牛場を盛り上げてほしい。今回の騒ぎで三度目の闘牛は流れてしまったが、出番はすぐに与えるからな」

怜奈はガルシアの目を見つめ、一呼吸置いてから言った。

「私はもうあなたの闘牛場で演技することはないと思います」

ガルシアを含め、入院中の二人も驚きの顔を見せた。動揺交じりの沈黙が満ちた。

先に口を開いたのはカルロスだった。

「冗談だろ、レイナ。今回の事件で闘牛が嫌いになったのかい？　もしそうなら考え直して――」

「違うの」怜奈は首を横に振った。「私は〝セニョール・ガルシアの〟闘牛場では演技しないって言ったのよ」

「どう違うんだ？　いくら新聞で名前が売れたとはいえ、二試合しか経験していないレイナが他の闘牛場で出番を勝ち取るのは難しい。彼ほど君を評価してくれている興行主はいないよ」

怜奈は表情を引き締め、ガルシアに視線を移した。

「コカイン密売の元締めはあなただったんですね」

病室の空気が凍りついた。ガルシアは両目を瞠り、ブルドッグ然とした顔に苛立ちを浮かべた。

「馬鹿な。一体何を根拠に――」

「ラファエルは去り際、私に一言だけ耳打ちしました。俺にコカインを密売させたのはガルシアだぜ、と」

ガルシアは枯れ葉を嚙み締めたような苦々しい顔をし、ウインナーを彷彿とさせる太い指を握ったり開いたりした。

「元締めなんでしょう？」

重ねて問い詰めると、歯の軋みが聞こえそうなほどガルシアの頰の筋肉が張り詰めた。

「ラファエルは警察で自白しているそうです。先ほど事情聴取に協力した際、捜査官から教えてもらいました」

コカイン密売の手口は手が込んでいた。

ガルシアの下で仲買人を担っていた男はひとけのない路地裏にコカインを隠し、売人に渡していた。売人は客が現れるたび、客を待たせておいて隠し場所に行き、求められた分の麻薬だけ取ってきて売る。これなら手渡す瞬間を押さえられないかぎり、安全だ。所持中に売人が警察に声をかけられても、大量の麻薬は持っていないから、売買目的ではなく自分で使うだけだから違法ではないと言い張れる。

売人は麻薬を売り捌き、得た金の何割かをガルシアに払っていた。受け渡しの方法も手が込んでいる。

金は物乞いの老婆に手渡していた。老婆は喜捨用の段ボール箱を二重底にし、その中に金を入れさせていた。はた目には、はした金を寄付しただけに見える。後は回収屋の男が老婆から金を手に入れ、黒幕であるガルシアに渡す。手の込んだ手口だ。受け渡しを二重三重に仕組み、元締めにたどり着かれないようにしている。仮に老婆が取り調べを受けても、見知らぬ人間に『警察にマークされているから一時的に預かってくれ』と大金を段ボール箱の底に押し込まれただけだとでも言えば、元締めまで繫がる道は断ち切られる。本物の物乞いを使っているから危険もない。

警察から密売の手口を聞いたとき、路地裏の老婆の前にしゃがみ込んで話しかけていたスキンヘッドの男のことを思い出した。男は周囲を窺いながら大金を二重底の下に押し込んだ後、人が現れたらカムフラージュのために数ユーロ硬貨を段ボール箱に落としていたのだろう。

密売の手口を突きつけるあいだ、ガルシアは黙りこくっていた。

「観念してください」怜奈は言った。「ラファエルがここまで自白している以上、もう隠し通せません」

ホセとカルロスは驚きの表情で言葉を失っていた。興行主の愚行が信じられないのだろう。

「ロビーに捜査官の姿がありました。目当てはあなたです。逮捕するために病院へ来ているんです」

最初は銃撃されたホセの警護かと思った。だが、元締めのガルシアが来ていたなら、彼らの目的は明らかだった。

ガルシアは深々と嘆息した。

「……どうやら、育てた鳥に両目を刳《く》り貫《ぬ》かれたようだな。親切にしてやったのに、あの恩知らずめ」

「以前、ミゲルやカルロスが『最近のラファエルは出番が増えている』と言っていました。彼はあなたからコカインを受け取り、それを売ったときの取り分であなたから出番を買っていたんですね」

ホセは闘牛士だったころ、出番を貰うために興行主からチケットを買う必要があったらしい。出費を取り戻すには売り捌く必要があったと言っていた。ラファエルの場合も同じだ。チケットかコカインか、という違いでしかない。

「あなたがラファエルに密売を持ちかけたんでしょう？」

ガルシアは忌々しげに吐き捨てた。

「違う。奴は自ら踏み込んできたんだ」

「信じられません」

「本当だ。提案は奴からだ」

「あなたが元締めなんてこと、彼には知る術がないでしょう？」

ガルシアは歯軋りしてから答えた。

「……一人の売人の死体が発見されたニュース、知っているか？」

以前、クラブでマヌエルが言っていた。路地裏のポリバケツから見つかった売人の死体だ。一時はマヌエルが殺人犯ではないかと警察に疑われていた。

「死後三週間ほど経過していたらしい。麻薬は所持していなかったから、警察は売人だとは気づいていなかった。しかし、不可解な状況があった。売人が殺されていたにもかかわらず、売買で得た金が物乞いの老婆に渡されていたのだ」

「どういう意味ですか？」

「……どうやら何者かが売人を殺害した後、代わりに路地裏の麻薬を売り捌き、他の売人同様、売上の七割を老婆に渡していたらしい。そんな事情を知らなかったから、わしは死体発見までの三週間、金が入るたびに新たな麻薬を補充していた。死体の発見後、わしは麻薬を補充しないようにした。当然だろ。正体不明の奴が何を企んでいるか分からん」

「もしかしてそれをしていたのが――」

「二週間ほどしてからラファエルが訪ねてきた。出演料の値上げと出番を要求してきたのだ。当然、応じられん。ラファエルに客を呼べるカリスマ性はない。わしは突っぱねた」

「どうなりました？」

「ラファエルはわしがコカイン密売の元締めだと突きつけ、売買の手口を語った。ある売人が路地裏から麻薬を入手する姿を目撃し、そこから調べ上げたらしい。おそらく買い手を装って声をかけ、麻薬の置き場所に向かった売人を尾行したのだろう。奴は路地の場所も口にした。その瞬間、ラファエルが売人殺しの犯人だと分かった。麻薬を置く路地裏の場所を売人ごとに変えているから、奴が口にした路地裏は殺された売人しか使っていない」

ラファエルは売人を殺害し、大金目当てで成り代わったということか。

「路地裏に麻薬が補充されなくなり、ラファエルは困ったようだ。容易に大金を稼ぐ方法を知ってしまった以上、もう地道に稼ぐなど考えられなかったのだろう。奴は老婆を見張り、回収に現れた男を尾行し、執念でわしとの繋がりを調べ上げたのだ。だが、わしもむざむざ言いなりになるつもりはなかった。だからお前が売人を殺害したんだろう、と突きつけてやった。それで五分だ。わしとラファエルは互いに動くことができなかった」

二人は核で互いを牽制《けんせい》し合った状態になったのだ。共に脅迫の材料を手に入れながらも、使用はできなかった。ガルシアが殺害の事実を警察に密告すれば、ラファエルは麻薬売買の事実を話すだろう。逆にラファエルが麻薬売買の事実を話せば、ガルシアはラファエルが売人殺害の犯人だと話す――。

「貪婪《どんらん》なラファエルは諦めなかった。今までどおりコカインを補充してくれたら、それを売り捌き、その金で出番を買う、と言った。わしは現役の闘牛士に売人をさせるのに反対した。末端の売人ほど逮捕されるリスクが増す。捕まっても元締めのことは喋らないと言ったが、信用はできなかった。だが、断るのは無理だった。不利なのはわしだ。互いに密告し合った場合、ラファエルの売人殺害は証拠不充分で罪にならない可能性が高いが、わしは違う。だから奴の妥協案に応じるしかなかった」

兄がカルロスにした忠告――『取り返しがつかなくなる前に、闘牛界から身を引く準備はしておいたほうがいい』――は、クラブで麻薬を売買していたラファエルを追及して元締めを暴き、闘牛界の裏の顔を見たからだろう。

「牡牛にケープと人間の違いを教え込むように指示したのも、あなたですね」

ガルシアは無言で立っていた。沈黙が答えだった。

「真相を暴いたときにあなたが黒幕だと気づくべきでした。闘牛士の死や怪我が起きたときの牛は、必ずアルバロ・マルケス牧場のものでした。メンドーサは『俺の牧場からは四歳牛が買われない』と言っていました。なのに、カルロスの闘牛ではそこの牛が使われていました。あなたが黒幕でなかったら実行不可能です。あなたはカルロスの口封じを許可し、特別に四歳牛を買ったんですね？　他の牧場から牛を買った場合、事情を知らないその牧場の監視人が牛の見張りに現れるから、ラファエルが夜中に細工できなくなります」

　ガルシアがうなった。

「でも、私には分かりません。コカインを密売させ、売上金を懐に入れるだけならまだしも、なぜ自分の闘牛場で牛の細工を認めたんですか？　ラファエルは兄やカルロスを邪魔に思い、メンドーサは牛の存在を観客に見せつけたかった――。そんな二人の勝手な動機を支援した理由は何です？　口封じなら他にも手段があります。確実に仕留められる保証もない方法を選んだ理由はなぜですか？」

「……日本人には分からんだろう」ガルシアは渋面で言った。「三年前にも死者が出たのを知っているか？」

　以前、聞いた覚えがある。最近は死亡事故が減っており、ラ・スエルテ闘牛場で兄の前に闘牛士が一人死んだ以外、死者が出ていなかったらしい。

「偶然の死亡事故だった。しかし、その闘牛士が死んだ直後、チケットの売り上げが増えた。分かるか？　闘牛士がアレーナで死ぬと、一時的に観客が増えるんだ」

　戦慄が走った。

「わしはそのことに気づいたとき、利用できるかもしれないと思った。闘牛士が死ぬと、サッカーやラス・ベンタス闘牛場に押されぎみのわしの闘牛場に客が集まる。死は観客の興奮を煽り、誰もが死を期待して足を運ぶ。昔、囚人の処刑見たさにマヨール広場がやじ馬で埋め尽くされたようにな」

　絶対に違う、と怜奈は思った。

　闘牛士が命を落とした後、一時的に観客が増えるのが事実だったとしても、それは断じて死を期待して集まってくるわけではない。死があったからこそ、人間が死に打ち勝つ姿を見たくて集まるのだ。人間の死を心から悼み、撥《は》ね除《の》けてほしいと思うから足を運ぶのだ。エンリケも前に言っていた。闘牛が禁じられたら異端審問で異端者を焼くなどという考え方は間違いだ、闘牛は断じて暴力的欲求の代償行為ではない、と。

　闘牛酒場で会った老人が悲しげな顔をし、闘牛士の死を嘆いていたのも覚えている。闘牛士の死は悲劇以外の何ものでもない。

　怜奈は自分のデビューを思い出した。満員の観客だった。冷静に考えてみれば、ガルシアが盛大に宣伝したとはいえ、新人のデビューにあれほど観客が集まるはずがない。兄の闘牛のときは毎回半分ほど空席があった。デビュー時に大勢の人間が足を運んでくれたのは、悲劇的な死を迎えた闘牛士の妹が兄に代わり、死を打ち負かす姿を見たかったからだろう。

ガルシアは不満を口にし続けていた。

「狂牛病のせいで牛を肉にもできん。闘牛士との契約金や牛の購入費が高く、経営は悪化する一方だ。闘牛場を維持するには莫大な金が必要なのだ。わしが経営に失敗したら、家族も大勢の従業員も路頭に迷う。クソッ!」ガルシアは絶望的な顔でうなった。「どうやら一本の釘から蹄鉄が失われたようだな。完璧な計画が決壊するきっかけというものは、いつも些細なものだ。クソめ。わしの指示を仰がんからだ」

「どういう意味です?」

「ダイスケ・シンドウとカルロスのときはわしも細工を認めた。利害が一致したのだ。結構な技を見せるとはいえ、平凡の域を出ないダイスケ・シンドウ、完璧な闘牛を見せるとはいえ、観客の心が摑めないカルロス――。わしは二人に出番を与えるより、死による衝撃での集客効果に期待した。だからダイスケ・シンドウに『もうこの闘牛場で闘う気はない』と宣言されたとき、わしはこう言ってやった。『なら最後に大技を見せ、代理人たちにアピールすることだな。他の闘牛場の権力者が集まる場でチャンスをやる』とな」

以前からの疑問が解けた。闘牛をやめるつもりでいながらも、名を売る危険な技に挑んだ理由――。麻薬を密売するガルシアの下ではもう闘えないから、他の闘牛場の代理人にアピールできなければ、髷を切るしかない。

「奴は愚かにも膝をついて牛を待ち構え、角に倒れた。カルロスのときはレイナの闘牛の後、お前やわしの前で『ポルタ・ガジョーラ』に挑むと言っていたから、何の挑発もいらなかった。二人は不要だった。しかし、レイナ、お前の場合は違う。お前は観客の心を摑む演技をし、闘牛場を満員にした。わしの闘牛場のためにこのまま活躍してもらいたかった。なのに馬鹿なラファエルが許可なく先走り、レイナを口封じしようとして発覚した」

最後は言葉にならず、ガルシアは下唇を噛んだまま床を睨んだ。

ガルシアは夜中に牡牛を変えてしまう手口に絶対の自信を持っていたから、兄の死を探られても不安はなかった。だが、それは指示する立場にいる人間ゆえだった。戦場に赴かない司令官に死の不安などないのだ。

ラファエルは違った。自分自身がリスクを冒して夜中に牡牛と対峙していた分、不安は尽きなかったのだろう。だから、ガルシアに相談せずに手紙を送ったり、最後の口封じに挑んだ――。

悲しい真相だった。

怜奈は一呼吸置くと、静かに言った。

「あなたは闘牛界に相応しくありません。檻の中で罪を悔いてください」

エピローグ

日本からも取材陣が現れた。怜奈は戸惑いながらも苦労話を聞かせた。インタビューに応じたのは、日本でも大勢に闘牛に興味を持ってほしい、という思いがあったからだ。以来、ホセとカルロスが退院するまでの約二週間、取材陣への対応で忙殺された。

一段落したのは十一月になってからだった。ホセはダイニングの椅子に腰を下ろすと、全員を一瞥した。

「今年の闘牛シーズンはとんでもない終わりを迎えたな。しかし、吉報もある。ラ・スエルテ闘牛場は一流牧場の牧場主が買い取り、今年と変わらず闘牛が続けられることになった」

「ガルシアが逮捕されてどうなるかと思った」怜奈は今回の事件を思い返しながら言った。「とんでもない陰謀だったもの」

「〝脚を引きずる人間より嘘つきが先に捕まる〟――」カルロスはスペインのことわざを引用した。「どんなに巧妙に隠そうとも、犯罪なんてものはあっけなく発覚するものだ」

怜奈はうなずくと、アナが並べた手料理を見回した。退院祝いに豪華な豚肉料理が並んでいる。

七人で他愛もない話をしながら食事をした。ホセは葡萄酒を呷った。退院したばかりなのに普段の二倍ほど飲んでいた。

テーブルの皿が空になりはじめたとき、ホセはグラスを置き、アルコール臭混じりの息を吐いた。

「レイナ……実は告白せねばならないことがある」

自分の人生を振り返るような真剣な顔を見せていた。彼の唐突な表情の変化に怜奈は動揺した。

「急にどうしたの？」

「レイナを家族の一員として迎えるにあたって、言わねばならん。マリアも聞いてくれ」

ホセは葡萄酒を注いで飲み干すと、一呼吸置いてから言った。

「レイナは私の娘なんだ」

言葉の意味が呑み込めなかった。

私の娘？　彼はいきなり何を言い出すのだろう。生粋の日本人を摑まえてスペイン人の娘？

怜奈は眉根を寄せただけだった。カルロスたちはオリーブの木にオレンジが実っているのを見たような顔をしている。

「言葉をなくすのも無理はない」ホセは言った。「しかし、事実なんだよ」

「冗談はやめて」怜奈は何とか言葉を押し出した。

「私は日本人の母と父の娘よ。どこをどう見たら私がスペイン人に見えるの？」

「母親の血が濃いんだろう。スペイン人は黒髪黒目だから、欧米人より日本人に近いからな。だが、レイナの顔立ちにはスペイン人の血が見えるよ」

スペインに来た当初、タクシー運転手やアナから言われた言葉がふと蘇る。

――スーツケースを持ってなきゃ、観光客には見えなかったよ。

――それだけ喋れたら、現地人に間違われると思うわ。

外見も含めた感想だったとしたら――。

「本気で――言ってるの？」

「順を追って話したほうがいいだろうな。聞いてくれ。フランコの独裁時代は、公衆の面前でディープキスしただけで警察にしょっ引かれた。私が闘牛士だったのはそんな時代だ。レイナには以前、話したな。マリアが現れたから途中で切り上げざるを得なかったが、今回は全てを語るつもりだ。結婚後の私は闘牛士として成功できないのを結婚のせいにし、妻を大事に考えなければ勇気が戻ってくる、などと愚かな考えに取り憑かれた。女遊びを繰り返した。そんな放蕩の時期、私は闘牛酒場で一人の日本人女性と出会った。女優のように綺麗でスタイルのいい女性だった。レイナ――君のお母さんだ」

口調の真剣さから冗談でないと分かると、震え交じりの衝撃が背中を這い上ってきた。まさか自分が比較的短期間で闘牛術を身につけられたのは、体に闘牛士の血が流れていたから？

「私は彼女と話した。家族旅行中に私の闘牛を観て惹かれたらしい。片言のスペイン語で熱っぽく語ってくれた」

闘牛士と一般人が出会うのは難しくない。闘牛士はアイドルや歌手とは違い、庶民的なバルなどで普通に過ごしているし、ファンとも気軽に話し合っている。そんな状況下で母とホセは出会った——。

「互いに既婚の身だったが、私たちは一夜だけの関係を持った。すると数ヵ月後、日本からの電話で妊娠を告げられた。避妊していなかったから当然の結果かもしれない。しかし、当時は人為的な避妊が許されていなかったんだ。現在でも、カトリック教会は避妊に繋がるコンドームの使用を教義上で禁止しているし、種の繁栄以外の性行為はすべきでないと教えている。もちろん私は結婚している身だから、注意はしていた。しかし、妊娠するときはするものだ。私は知らせを聞いて驚いたよ。彼女はどうするべきか相談してきたのだ。私は中絶を望まなかった。身勝手は承知だった。カトリックの考え方を日本人に押しつけるのは間違っている。しかし、宿った子供は人間として扱われるべきだ。不倫でカトリックに背いた私がカトリックを持ち出すのはフェアではないが、私は中絶してほしくないと告げた」

ホセの言い分は理解できた。スペインはカトリックと結びつきが強い。聖人にちなんだ命名法、聖週間、八歳の時に行われる初聖体拝領の儀式――。カトリックが全ての中心にある。

「彼女は出産したが、レイナが子供のころに遊具で怪我したときの血液検査で浮気が発覚し、夫婦間で喧嘩が絶えなくなったと聞いている。私がレイナの家庭を壊したも同然だ」

六歳のころから夫婦喧嘩が起こるようになった本当の理由はそれだったのか。ずっと父が悪者だと思っていた。父が裏切られた側だったとは――想像もしなかった。

「……私は彼女から電話で離婚したと聞いたとき、資金援助を申し出た。しかし、断られてしまった。彼女が過労で亡くなったと知ったときには後悔で胸が潰れそうだった」

「母は迷惑をかけたくなかったんだと思う。たぶん、父よりホセを愛してたのよ。私にレイナって名付けるほど」

自ら口にしながら納得した。

母が日本でも通じるスペイン人の名前をつけたのは、そういう意味だったのだ。ホセの娘という意味を込めたに違いない。

「たぶん、思い出のホテルからヒントを得て名付けたのだろう」

ホセの言葉に怜奈ははっと思い至った。

「ホテルの名前、当てるわ。闘牛士の定宿、『レイナ・ヴィクトリア』――でしょう？」

「驚いた。あのホテルを知っているのか？」

「私が闘牛士になりたいって言ったとき、マリアが冗談めかして言ったじゃない。『闘牛士の宿として有名なホテルの名前の一部が名前なんて、神様に導かれているような気がしない？』って」

「ああ、思い出したよ。あのホテルの名前が出たとき、彼女との一夜が脳裏に蘇ってきたのを覚えている」

怜奈はふと気づいた。

母はスペインで闘牛を観戦したらしい。母が妊娠したのは一九七九年だ。兄はちょうど五歳。家族旅行の最中だったのなら、兄も闘牛を観たのではないだろうか。

兄は自分でも理由が分からず、闘牛の夢を見ると言った。幼心に闘牛の衝撃が刻み込まれ、夢となって現れたのでは？

ミゲルが闘ったときの彼の息子と同じだと思った。彼の息子は闘牛を目の当たりにして涙し、感動と興奮に震えていた。彼の息子は二十三年前の兄の姿だったのだ。

兄も同じように闘牛を間近で観た結果、心の奥底に興奮と感動が残り、当時の光景が記憶から消えても、言い知れぬ衝動だけは忘れなかった。だから中学時代に夢を見て闘牛の虜になっていった――。

母の死後、養ってくれた伯母は、母から事情を聞かされていて経緯を知っていたのだろう。

だから兄が闘牛士になりたいと言ったとき、ホセたち家族に連絡し、都合をつけられた。伯母が『海外旅行でスペインを訪ねたとき、闘牛を観た帰りに彼ら一家と知り合った』と説明したのは嘘だったのだ。冷静に考えれば、そんなに都合よく闘牛士関係の滞在先が見つかるはずないではないか。

謎が一つ氷解するたび、数々の疑問に対する答えが次々と浮かび上がってきた。

スペインに来た日、アナが『新しい家族よ』とホセに紹介してくれたとき、彼が返事に戸惑ったのを覚えている。当時は歓迎されていないのかもしれない、と危惧したが、実は『家族』という単語に動揺しただけだったのだ。

思えば、父はバンタム級の四回戦ボクサーだった。バンタム級の体重はたしか五十キロ前半だったと思う。実際、父は小さかった。自分の百七十センチ近い身長は、キスするのに背伸びが必要だった長身のホセのＤＮＡではないか。そう考えると腑に落ちる。

怜奈はホセを見つめ、疑問をぶつけた。

「兄は何も知らなかったの？」

「ダイスケだけは知っていたよ。彼がスペインに来て一年ほどしたとき、真実を告げたんだ」

そうか。兄が『スペインはいいところだ。絶対に来ることになるから外語大学に進め』と言ったのは、いずれ本当の家族に会わせようという意図があったのだろう。本当の父親に会っても言葉が通じなければ寂しいはずだ、と考えたに違いない。

兄の優しさに涙が出そうになった。兄は闘牛で命懸けの演技をしては勇気をくれようとし、本物の家族に会ったときのために助言してくれていた。

「……レイナ、私を恨むか？」

ホセの声には、平坦な中に不安が忍び込んでいた。怜奈はつかの間考えた後、緩やかにかぶりを振った。

「ホセが中絶を望んだら私は生まれてなかったわ」

怜奈は六人の顔を一瞥した。ホセは憑《つ》き物が落ちたような顔をしており、マリアは動揺が尾を引いた顔で固まっている。エンリケとアナは優しい眼差しを崩していない。カルロスとマヌエルは表情を作るのに困っている様子だ。

胸が熱くなった。自分は両親と兄を失って絶望する中、スペインに来て家族を手に入れたのだ。本当の父親であるホセ、腹違いの姉であるマリア、そして二人と同じアパートに住むエンリケたち一家。一昨年ホセが贈ってくれたトマト色のイブニングドレスは、本当の父親からのクリスマスプレゼントだったのだ。今度着てみせようと思った。

ホセの告白には驚いたが、最高の一日だ。

スペインへ来てよかった。何の文句を言うことがあるだろう。ホセとマリアという家族を手に入れ、カルロスという恋人を手に入れ、人生における目標も手に入れ、勇気も手に入れた。

不幸に負けて悲観的になるようなことはもう絶対にないだろう。

避けられない死が訪れるまでは、闘牛士として闘い続けよう。真の勇気とは、死に立ち向かい、徹底して人生を生き抜くことなのだから。

兄から受け取った勇気は絶対に忘れない、と怜奈は胸に誓った。日本人初の女正闘牛士を目指し、自分自身と闘い続けよう。

目の前に未来の希望が広がっているようだった。

【参考文献】

『スペインひるね暮らし』中丸明　文藝春秋
『闘牛士』　モンテルラン著　堀口大學訳　新潮社
『スペインうたたね旅行』中丸明　文藝春秋
『スペイン内戦　老闘士たちとの対話』野々山真輝帆　講談社
『スペイン　フランコの四〇年』　J・ソペーニャ　講談社
『スペイン内戦』ピエール・ヴィラール著　立石博高、中塚次郎訳　白水社
『スペインを知るための60章』　野々山真輝帆　明石書店
『地球の歩き方　マドリッド　トレドとスペイン中部08-09』地球の歩き方編集室　ダイヤモンド・ビッグ社
『トラベルストーリー　マドリード』昭文社
『世界の建築・街並みガイド1　フランス／スペイン／ポルトガル』羽生修二、入江正之、西山マルセーロ編　エクスナレッジ
『闘牛　スペイン文化の華』ギャリー・マーヴィン著　村上孝之訳　平凡社
『闘牛　スペイン生の芸術』　有本紀明　講談社
『闘牛はなぜ殺されるか』　佐伯泰英　新潮社
『闘牛への招待』エリック・バラテ、エリザベト・アルドゥアン＝フュジエ著　管啓次

郎訳　白水社
『スペインのBARがわかる本　グラナダ・バルの調査記録報告書』川口剛　バルク・カンパニー
『スペイン生活事典』　高士宗明　白馬出版
『ダーリンは、スペイン人』平岡蘭子　三修社
『極楽スペイン　ポルトガルの暮らし方』東佐智代　日高充子　山と溪谷社
『スペイン人と日本人』　武田修　読売新聞社
『わがまま歩き17　スペイン』ブルーガイド編集部　実業之日本社
『日本人には分からないスペインの生活』　榎本和以智　南雲堂フェニックス
『スペイン・サバイバル旅行――話せない人のための』安藤まさ子　バベル・プレス
『スペイン人のまっかなホント』ドリュー・ローネイ著　小林千枝子訳　マクミランランゲージハウス
『闘牛鑑』　ミシェル・レリス著　須藤哲生訳　現代思潮新社

解　説

西上心太（文芸評論家）

自分が変われる何かを見つける。その何かを見つけたい。そう思っている方は多いだろう。

新藤怜奈も同じ気持ちを持ち続けていた。そしてある覚悟を決めスペインにやってくる。本書はヒロインである新藤怜奈が、萎縮していたそれまでの自分と訣別し、新たな生きる目標を見つけ出すまでの物語である。そのきっかけとなったのは、唯一の肉親である兄の死によってだったけれど。

怜奈の兄、新藤大輔は二十二歳の時に闘牛士を目指しスペインに渡った。それから六年、大輔はノビジェーロと呼ばれる見習い闘牛士になっていた。だが大輔は危険な技に挑み、牛の角にかかって死亡してしまう。怜奈は兄の行動を疑問に思う。事故の一週間前の日付で届いた手紙には、闘牛士をやめるかもしれないと書かれていたからだ。それなのになぜ兄は危険な技に挑んだのか。

怜奈はマドリードで大輔が寄宿していたアナのアパートを訪ねる。アナの夫エンリケは元闘牛士で、その息子のカルロスも、トレロと呼ばれる正闘牛士だった。大輔はカルロスにも〈取り返しがつかなくなる前に、闘牛界から身を引く準備はしておいたほうがいい〉という謎めいた言葉を残していた。

怜奈が六歳のころ両親が不仲になり、やがて母親は大輔と怜奈を連れて離婚。だが無理がたたり一年後に亡くなってしまう。伯母に引き取られた怜奈は八歳からバレエを習い始める。十二歳で地元バレエ団に入団、十五歳で中学生の部のコンクールで三位に入賞、高校時代は小さな舞台ではあるが何度も主役を務めるなど、順調に才能を伸ばしていった。ところが高校生三年生の時に暗転する。予選を通過して出場にこぎつけた全日本バレエコンクールジュニアの部。その本番のステージで失敗してしまったのだ。バレエ団の名を汚してしまったという自意識ばかりが肥大し、他人の目が怖くなった怜奈はバレエ団を退団する。それ以来、人生の目標を失った怜奈は心を殻で覆い他人を拒絶していた。そんな怜奈に寄り添っていたのが兄の大輔だった。

その兄が突然闘牛士になると宣言しスペインに渡ってしまう。見習い闘牛士になってからは、自分が出場したビデオを怜奈に送り続けていた。「俺の闘う姿を見て勇気を得てほしい」という願いを込めて。だがなぜ兄が毎晩夢を見るほど闘牛に魅せられたのか、なぜ一度も見せたことのない危険な技に突然挑んだのか、怜奈にとって兄の言動はまったくわからないままだった。

怜奈は兄の命を奪った闘牛に対し、当然のことながら良い印象は持っていない。スペイン伝統の文化であることは認めても、牛を剣で殺す残虐な見世物としか思っていなかった。だが闘牛場でカルロスの演技を見た後、怜奈の闘牛に対する印象は一変する。そして怜奈は自分も闘牛士を目指すことを決心し、カルロスたちにその思いを表明するのだった。

作中にフランシス・フランコが死んで二十五年以上経ったという登場人物の台詞があるので、この物語の時代設定は二〇〇〇年代初頭の頃と思われる。フランコの独裁時代を知る人間にとって、その時代とそれ以降の時代という区切りは非常に大きかった。アナは「フランコの独裁時代、女は取るに足らない者のように扱われたわ」と語っている。さらに女性闘牛士が禁止され、海外でしか活躍できなかった時期もあった。このようにフランコ独裁時代の記憶は民主化された「現在」にも影を落としているのだ。

少しスペイン現代史をおさらいしておこう。一九三六年。第二共和国政府に対し、陸軍の将軍グループがクーデターを起こし、およそ二年半にわたる内戦が始まった。反乱軍は同じファシズム陣営のドイツ、イタリア、ポルトガルなどの援助を受けた。一方の共和国人民戦線はソ連やメキシコが支援し、欧米各国の文化人や知識人の多くが義勇兵として参戦した。

だが内戦はフランコが率いる反乱軍が勝利する。そして第二次大戦中はナチス・ドイツやイタリアなどの枢軸国側にシンパシーを寄せながらも中立を保ったため、終戦後もフランコ総統の独裁は、彼が死去する一九七五年まで続くことになったのである。

スペイン内戦をテーマにした文芸作品は数多い。アーネスト・ヘミングウェイ『誰がために鐘は鳴る』（四〇年）はこの内戦に参戦したアメリカ人を主人公にした物語だ。後にゲイリー・クーパーとイングリッド・バーグマンの主演で映画化（映画の邦題は『誰が為に～』）されたことでも有名だ。自身の義勇軍従軍体験を描いたジョージ・オーウェル『カタロニア讃歌』（三八年）は、いち早くスターリン主義への批判も描かれている。

ミステリーの分野ではカルロス・ルイス・サフォンの〈忘れられた本の墓場〉シリーズ第一作『風の影』（二〇〇一年）がある。内戦の影響が影を落とす一九四五年のバルセロナを舞台に、主人公の少年の未来と謎めいた作家の過去が交錯するこの物語も、スペイン内戦の後遺症ともいえる影響と無縁ではないのだ。

また国内作品でスペインといえば、逢坂剛を忘れてはならない。中でも『幻の祭典』（九三年）はスペイン内戦を背景にした作品だ。ナチス・ドイツの国家発揚に利用されたベルリンオリンピックに対抗するべく、バルセロナで人民オリンピックが計画された。だが開会の直前に内戦が始まり、幻の祭典と化してしまう。内戦に参加した日本人を描く過去のパートと、バルセロナオリンピック開会直前の一九九二年の現代のパートが描かれ、時を隔てた二つの時代の物語が呼応していく巧みな構成が光る作品だった。

これらの作品や、アントニー・ビーヴァーの『スペイン内戦 1936-1939』（八二年）などのノンフィクションを読めば、スペインが辿ってきた現代史を理解でき、本書をより楽しめるのではないかと思う。

本書の第一の魅力は、国内の小説ではほとんど読んだことがない闘牛シーンの描写だろう。紅《あか》い布をひらひらさせて牛をあしらう闘牛士。そんな紋切り型の印象は、怜奈が見たカルロスの演技シーンを読めば木端微塵に打ち砕かれるだろう。正闘牛士が相対するのは体重五百キロを超える四歳の牡牛である。闘牛士は牛の癖を見抜き、動くものに反応し攻撃する牛の性質を利用して、足を決して動かさず、ケープを振って牛の突進を受け流すのだ。とはいえケープを身体《からだ》から遠ざけて振れば、目ざとい観客はブーイングを発する。できる限り身体の近くでケープを振る勇気と、牛の動きへの見極めが闘牛士の腕の見せ所なのだ。

カルロスが大輔と怜奈に捧げた演技、酔いどれのベテラン闘牛士ミゲルが幼い息子のために見せた演技、そして数年の研鑽《けんさん》を積み見習い闘牛士になった怜奈による演技。キャリアもレベルも違う三人が闘牛に挑むシーンは鳥肌ものの迫力であり、これだけで満足してしまうほどだ。

第二の魅力が最初に挙げた本書のテーマでもある、怜奈が自分の殻を破り新たな道を見つける成長物語としての側面である。外国人、そして女性というハンデを負いながら、マチズモがはびこる闘牛の世界に足を踏み入れていく。女性闘牛士を嫌う男性中心の世界に挑んでいく怜奈の姿は、男女を問わず読む者の共感を呼ぶことだろう。

そして第三の魅力が闘牛に関する蘊蓄《うんちく》である。この場では縷々《るる》述べることはしないが、闘牛が持つ文化的な側面や、闘牛に関わる者たちの闘牛に対する真摯《しんし》で敬虔《けいけん》な思いなどを、闘牛シーンの描写や会話によってストーリー進行に溶け込ませて、巧みに読者の眼前に提示されるのである。本書を読んだ読者がスペイン旅行をしたら、必ずやオプショナルツアーで闘牛を選ぶのではないか。そんな気にさせる筆力が、本書の闘牛シーンに漲《みなぎ》っているのである。

作者の下村敦史は二〇一四年に『闇に香る嘘』で第六十回江戸川乱歩賞を受賞しデビューを果たした。残留孤児として日本に戻った兄が、実は偽者ではないかと疑う全盲の老人が主人公のサスペンスだ。全盲の男の一人称という制約の高い物語に挑んだ出色の受賞作は絶賛を浴びたものだ。

だが作者は受賞に至るまで、九年連続で乱歩賞一筋に応募をくり返していたことを忘れてはならないだろう。しかもそのうちの五回は最終選考にまで残っていたのだ。つまり過去四回も最終選考で涙を呑んでいたのである。この一念の強さは特筆ものであろう。

苦難のデビューを果たしてからは、精力的に執筆活動を続けている。山岳ミステリー『生還者』(一五年)、冒険小説『サハラの薔薇』(一七年)、警察小説『刑事の慟哭』(一九年)、前代未聞の趣向作『同姓同名』(二〇年)、古典名作へのオマージュ『そして誰かがいなくなる』（二四年）など単独の著作はすでに二十作半ばを数えている。また各種アンソロジーへの参加や収録も多い。このことは期待される作家であることを証するものだろう。

異国であるスペインを舞台に、日本ではあまりなじみがない闘牛の世界に挑み、同時に兄の死の真相を探る女性の活躍を描いたミステリー。それが本書である。動物愛護という時代の趨勢《すうせい》の中、闘牛は何かと風当たりが強い。だが本書を読めば、闘牛がどのような背景と、精神性をもって続けられている行事であるのかが理解できるだろう。

スペイン好きの作者が腕によりをかけ、知られざる世界を描いた本書をお楽しみいただければ幸いである。

二〇二四年八月

この作品は2022年4月徳間書店より刊行されました。
なお、本作品はフィクションであり実在の個人・団体などとは一切関係がありません。